D1100369

Kerstin Gier

Rubinrot. Liebe geht durch alle Zeiten

Weitere Bücher von Kerstin Gier im Arena Verlag:
Saphirblau – Liebe geht durch alle Zeiten
Jungs sind wie Kaugummi. Süß und leicht um den Finger zu wickeln

Kerstin Gier

Rubinrot. Liebe geht durch alle Zeiten

Arena

7. Auflage 2010
© 2009 Arena Verlag GmbH, Würzburg
Alle Rechte vorbehalten
Einbandillustration: Eva Schöffmann-Davidov
Gesamtherstellung: Westermann Druck Zwickau GmbH
ISBN 978-3-401-06334-8

www.arena-verlag.de
Mitreden unter forum.arena-verlag.de

www.rubinrotlesen.de

Für Elch, Delphin und Eule,
die mich beim Schreiben so treu begleitet haben,
und für einen kleinen roten Doppeldeckerbus,
der mich genau im richtigen Augenblick
glücklich gemacht hat

Prolog

Hyde Park, London
8. April 1912

Während sie sich auf die Knie fallen ließ und anfing zu weinen, schaute er sich nach allen Seiten um. Wie er vermutet hatte, war der Park um diese Uhrzeit menschenleer. Joggen war noch lange nicht in Mode und für Penner, die auf der Parkbank schliefen, nur zugedeckt mit einer Zeitung, war es zu kalt.

Er schlug den Chronografen vorsichtig in das Tuch ein und verstaute ihn in seinem Rucksack.

Sie kauerte neben einem der Bäume am Nordufer des *Serpentine Lake* in einem Teppich verblühter Krokusse.

Ihre Schultern zuckten und ihr Schluchzen hörte sich an wie die verzweifelten Laute eines verwundeten Tiers. Er konnte es kaum ertragen. Aber er wusste aus Erfahrung, dass es besser war, sie in Ruhe zu lassen, also setzte er sich neben sie ins taufeuchte Gras, starrte auf die spiegelglatte Wasserfläche und wartete.

Wartete darauf, dass der Schmerz abebbte, der sie wahrscheinlich nie ganz verlassen würde.

Ihm war ganz ähnlich zumute wie ihr, aber er versuchte sich zusammenzureißen. Sie sollte sich nicht auch noch Sorgen um ihn machen müssen.

»Sind die Papiertaschentücher eigentlich schon erfunden?«,

7

schniefte sie schließlich und wandte ihm ihr tränennasses Gesicht zu.

»Keine Ahnung«, sagte er. »Aber ich hätte ein stilechtes Stofftaschentuch mit Monogramm anzubieten.«

»*G.M.* Hast du das etwa von Grace geklaut?«

»Sie hat es mir freiwillig gegeben. Du darfst es ruhig vollschniefen, Prinzessin.«

Sie verzog den Mund zu einem schiefen Lächeln, als sie ihm das Taschentuch zurückgab. »Jetzt ist es ruiniert. Tut mir leid.«

»Ach was! In diesen Zeiten hängt man es zum Trocknen in die Sonne und benutzt es noch einmal«, sagte er. »Hauptsache, du hast aufgehört zu weinen.«

Sofort traten ihr wieder die Tränen in die Augen. »Wir hätten sie nicht im Stich lassen dürfen. Sie braucht uns doch! Wir wissen gar nicht, ob unser Bluff funktioniert, und wir haben keine Chance, es je zu erfahren.«

Ihre Worte gaben ihm einen Stich. »Tot hätten wir ihr noch weniger genutzt.«

»Wenn wir uns nur mit ihr hätten verstecken können, irgendwo im Ausland, unter falschem Namen, nur bis sie alt genug wäre...«

Er unterbrach sie, indem er heftig den Kopf schüttelte. »Sie hätten uns überall gefunden, das haben wir doch schon tausendmal durchgesprochen. Wir haben sie nicht im Stich gelassen, wir haben das einzig Richtige getan: Wir haben ihr ein Leben in Sicherheit ermöglicht. Zumindest die nächsten sechzehn Jahre.«

Sie schwieg einen Moment. Irgendwo in der Ferne wieherte ein Pferd und vom West Carriage Drive hörte man Stimmen, obwohl es noch beinahe Nacht war.

»Ich weiß, dass du recht hast«, sagte sie schließlich. »Es tut nur so weh zu wissen, dass wir sie nie wiedersehen werden.« Sie fuhr sich mit der Hand über die verweinten Augen. »Wenigstens werden wir uns nicht langweilen. Früher oder später werden sie uns auch in dieser Zeit aufstöbern und uns die Wächter auf den Hals hetzen. Er wird weder den Chronografen noch seine Pläne kampflos aufgeben.«

Er grinste, weil er die Abenteuerlust in ihren Augen aufblitzen sah, und wusste, dass die Krise vorerst überstanden war. »Vielleicht waren wir ja doch schlauer als er oder das andere Ding funktioniert am Ende gar nicht. Dann sitzt er fest.«

»Ja, schön wär's. Aber wenn doch, sind wir die Einzigen, die seine Pläne durchkreuzen können.«

»Schon deshalb haben wir das Richtige getan.« Er stand auf und klopfte sich den Dreck von seiner Jeans. »Komm jetzt! Das verdammte Gras ist nass und du sollst dich noch schonen.«

Sie ließ sich von ihm hochziehen und küssen. »Was machen wir jetzt? Ein Versteck für den Chronografen suchen?«

Unschlüssig sah sie zur Brücke hinüber, die den Hyde Park von den Kensington Gardens trennte.

»Ja. Aber erst mal plündern wir die Depots der Wächter und decken uns mit Geld ein. Und dann könnten wir den Zug nach Southampton nehmen. Dort geht am Mittwoch die Titanic auf ihre Jungfernfahrt.«

Sie lachte. »Das ist also deine Vorstellung von *schonen!* Aber ich bin dabei.«

Er war so glücklich darüber, dass sie wieder lachen konnte, dass er sie gleich noch einmal küsste. »Ich dachte eigentlich . . . Du weißt doch, dass Kapitäne auf hoher See die Berechtigung haben, Ehen zu schließen, nicht wahr, Prinzessin?«

»Du willst mich heiraten? Auf der *Titanic?* Bist du irre?«

»Das wäre doch sehr romantisch.«

»Bis auf die Sache mit dem Eisberg.« Sie legte ihren Kopf an seine Brust und vergrub ihr Gesicht in seiner Jacke. »Ich liebe dich so sehr«, murmelte sie.

»Willst du meine Frau werden?«

»Ja«, sagte sie, das Gesicht immer noch an seiner Brust vergraben. »Aber nur, wenn wir spätestens in Queenstown wieder aussteigen.«

»Bereit für das nächste Abenteuer, Prinzessin?«

»Bereit, wenn du es bist«, sagte sie leise.

*Eine unkontrollierte Reise durch die Zeit kündigt sich in
der Regel einige Minuten, manchmal auch Stunden oder
sogar Tage vorher durch Schwindelgefühle in Kopf, Magen
und/oder in den Beinen an. Viele Gen-Träger berichten
auch von migräneähnlichen Kopfschmerzen.
Der erste Zeitsprung – auch Initiationssprung genannt –
findet zwischen dem 16. und 17. Lebensjahr
des Gen-Trägers statt.*

Aus den Chroniken der Wächter,
Band 2, Allgemeingültige Gesetzmäßigkeiten

1.

Montagmittag in der Schul-Cafeteria spürte ich es zum ersten Mal. Für einen Moment hatte ich ein Gefühl im Bauch wie auf der Achterbahn, wenn man von der höchsten Stelle bergab rast. Es dauerte nur zwei Sekunden, aber es reichte, um mir einen Teller Kartoffelpüree mit Soße über die Schuluniform zu kippen. Das Besteck schepperte zu Boden, den Teller konnte ich gerade noch festhalten.

»Das Zeug schmeckt ohnehin wie schon mal vom Boden aufgewischt«, sagte meine Freundin Leslie, während ich die Schweinerei notdürftig beseitigte. Natürlich schauten alle zu mir herüber. »Wenn du willst, kannst du dir meine Portion gerne auch noch auf die Bluse schmieren.«

»Nein, danke.« Die Bluse der Schuluniform von Saint Lennox hatte zwar zufälligerweise die Farbe von Kartoffelpüree, trotzdem fiel der Fleck unangenehm ins Auge. Ich knöpfte die dunkelblaue Jacke darüber zu.

»Na, muss die kleine Gwenny wieder mal mit ihrem Essen spielen?«, sagte Cynthia Dale. »Setz dich bloß nicht neben mich, Schlabbertante.«

»Als ob ich mich freiwillig neben dich setzen würde, Cyn.« Leider passierte mir öfter ein kleines Missgeschick mit dem Schulessen. Erst letzte Woche war mir eine grüne Götterspeise aus ihrer Alu-Form gehüpft und zwei Meter weiter in den Spaghetti

Carbonara eines Fünftklässlers gelandet. Die Woche davor war mir Kirschsaft umgekippt und alle am Tisch hatten ausgesehen, als hätten sie die Masern. Und wie oft ich die blöde Krawatte, die zur Schuluniform gehörte, schon in Soße, Saft oder Milch getunkt hatte, konnte ich gar nicht mehr zählen.

Nur schwindelig war mir dabei noch nie gewesen.

Aber wahrscheinlich hatte ich mir das nur eingebildet. In letzter Zeit war bei uns zu Hause einfach zu viel von Schwindelgefühlen die Rede gewesen.

Allerdings nicht von meinen, sondern denen meiner Cousine Charlotte, die, wunderschön und makellos wie immer, neben Cynthia saß und ihren Kartoffelbrei löffelte.

Die ganze Familie wartete darauf, dass Charlotte schwindelig wurde. An manchen Tagen erkundigte sich Lady Arista – meine Großmutter – alle zehn Minuten, ob sie etwas spüre. Die Pause dazwischen nutzte meine Tante Glenda, Charlottes Mutter, um haargenau das Gleiche zu fragen.

Und jedes Mal, wenn Charlotte verneinte, kniff Lady Arista die Lippen zusammen und Tante Glenda seufzte. Manchmal auch umgekehrt.

Wir anderen – meine Mum, meine Schwester Caroline, mein Bruder Nick und Großtante Maddy – verdrehten die Augen. Natürlich war es aufregend, jemanden mit einem Zeitreise-Gen in der Familie zu haben, aber mit den Jahren nutzte sich das doch merklich ab. Manchmal hatten wir das Theater, das um Charlotte veranstaltet wurde, einfach über.

Charlotte selber pflegte ihre Gefühle hinter einem geheimnisvollen Mona-Lisa-Lächeln zu verbergen. An ihrer Stelle hätte ich auch nicht gewusst, ob ich mich über fehlende Schwindelgefühle freuen oder ärgern sollte. Na ja, um ehrlich zu sein, ich hätte mich vermutlich gefreut. Ich war eher der ängstliche Typ. Ich hatte gern meine Ruhe.

»Früher oder später ist es so weit«, sagte Lady Arista jeden Tag. »Und dann müssen wir bereit sein.«

Tatsächlich war es nach dem Mittagessen so weit, im Geschichtsunterricht bei Mr Whitman. Ich war hungrig aus der Cafeteria aufgestanden. Zu allem Überfluss hatte ich nämlich ein schwarzes Haar im Nachtisch – Stachelbeerkompott mit Vanillepudding – gefunden und war mir nicht sicher gewesen, ob es sich um mein eigenes oder das einer Küchenhilfe gehandelt hatte. So oder so war mir der Appetit vergangen.

Mr Whitman gab uns den Geschichtstest zurück, den wir letzte Woche geschrieben hatten. »Offenbar habt ihr euch gut vorbereitet. Besonders Charlotte. Ein A plus für dich.«

Charlotte strich sich eine ihrer glänzenden roten Haarsträhnen aus dem Gesicht und sagte »Oh«, als ob das Ergebnis eine Überraschung für sie sei. Dabei hatte sie immer und überall die besten Noten.

Aber Leslie und ich konnten diesmal auch zufrieden sein. Wir hatten beide ein A minus, obwohl unsere »gute Vorbereitung« darin bestanden hatte, uns die Elizabeth-Filme mit Cate Blanchett auf DVD anzuschauen und dazu Chips und Eis zu futtern. Allerdings hatten wir im Unterricht immer gut aufgepasst, was in anderen Fächern leider weniger der Fall war.

Mr Whitmans Unterricht war einfach so interessant, dass man gar nicht anders konnte, als zuzuhören. Mr Whitman selber war auch sehr interessant. Die meisten Mädchen waren heimlich oder auch unheimlich in ihn verliebt. Und Mrs Counter, unsere Erdkundelehrerin, ebenfalls. Sie wurde jedes Mal knallrot, wenn Mr Whitman an ihr vorbeiging. Er sah aber auch verboten gut aus, da waren sich alle einig. Das heißt alle, außer Leslie. Sie fand, Mr Whitman sähe aus wie ein Eichhörnchen aus einem Trickfilm.

»Immer wenn er mich mit seinen großen braunen Augen anguckt, will ich ihm Nüsse geben«, sagte sie. Sie ging sogar so weit, die aufdringlichen Eichhörnchen im Park nicht mehr Eichhörnchen zu nennen, sondern nur noch »Mr Whitmans«. Dummerweise war das irgendwie ansteckend und mittlerweile sagte ich auch immer: »Ach guck doch mal da, ein dickes, kleines Mr Whitman, wie süß!«, wenn ein Eichhörnchen näher hüpfte.

Wegen dieser Eichhörnchensache waren Leslie und ich sicher die einzigen Mädchen in der Klasse, die nicht für Mr Whitman schwärmten. Ich versuchte es immer wieder mal (schon weil die Jungen in unserer Klasse irgendwie alle total kindisch waren), aber es half nichts, der Vergleich zu einem Eichhörnchen hatte sich unwiderruflich in meinem Gehirn eingenistet. Und niemand hegt romantische Gefühle für ein Eichhörnchen!

Cynthia hatte das Gerücht in die Welt gesetzt, Mr Whitman habe neben dem Studium als Model gearbeitet. Als Beweis hatte sie eine Reklame-Seite aus einem Hochglanzmagazin ausgeschnitten, in dem ein Mann, der Mr Whitman nicht unähnlich sah, sich mit einem Duschgel einseifte.

Außer Cynthia glaubte allerdings niemand, dass Mr Whitman der Duschgel-Mann sei. Der hatte nämlich ein Grübchen im Kinn und Mr Whitman nicht.

Die Jungen aus unserer Klasse fanden Mr Whitman nicht so toll. Vor allem Gordon Gelderman konnte ihn nicht ausstehen. Bevor Mr Whitman an unsere Schule gekommen war, waren die Mädchen aus unserer Klasse nämlich alle in Gordon verliebt gewesen. Ich auch, wie ich leider zugeben muss, aber da war ich elf Jahre alt gewesen und Gordon irgendwie noch ganz niedlich. Jetzt, mit sechzehn, war er nur noch doof. Und seit zwei Jahren in einer Art Dauer-Stimmbruch. Leider hielt ihn das abwechselnde Gekiekse und Gebrumme nicht davon ab, ständig blödes Zeug zu reden.

Er regte sich schrecklich über sein F im Geschichtstest auf. »Das ist diskriminierend, Mr Whitman. Ich habe mindestens ein B verdient. Nur weil ich ein Junge bin, können Sie mir keine schlechten Noten geben.«

Mr Whitman nahm Gordon den Test wieder aus der Hand und blätterte eine Seite um. »*Elisabeth I. war so krass hässlich, dass sie keinen Mann abbekam. Sie wurde deshalb von allen die hässliche Jungfrau genannt*«, las er vor.

Die Klasse kicherte.

»Ja und? Stimmt doch«, verteidigte sich Gordon. »Ey, die Glubschaugen, der verkniffene Mund und voll die bescheuerte Frisur.«

Wir hatten die Gemälde mit den Tudors darauf in der National Portrait Gallery gründlich studieren müssen und tatsächlich hatte die Elisabeth I. auf den Bildern wenig Ähnlichkeit mit Cate Blanchett. Aber erstens fand man damals vielleicht schmale Lippen und große Nasen total schick und zweitens waren die Klamotten wirklich super. Und drittens hatte Elisabeth I. zwar keinen Ehemann, aber jede Menge Affären – unter anderem eine mit Sir . . . wie hieß er noch gleich? Im Film wurde er von Clive Owen gespielt.

»Sie nannte sich selber die *jungfräuliche Königin*«, sagte Mr Whitman zu Gordon. »Weil . . .« Er unterbrach sich. »Ist dir nicht gut, Charlotte? Hast du Kopfschmerzen?«

Alle sahen zu Charlotte hinüber. Charlotte hielt sich den Kopf. »Mir ist nur . . . schwindelig«, sagte sie und sah mich an. »Alles dreht sich.«

Ich holte tief Luft. Es war also so weit. Unsere Großmutter würde entzückt sein. Und Tante Glenda erst.

»Oh, cool«, flüsterte Leslie neben mir. »Wird sie jetzt *durchsichtig?*« Obwohl Lady Arista uns von klein auf eingetrichtert hatte, dass wir unter gar keinen Umständen mit irgendjemandem über die Vorkommnisse in unserer Familie reden dürften, hatte ich für mich selber beschlossen, dieses Verbot bei Leslie zu ignorieren. Schließlich war sie meine allerbeste Freundin und allerbeste Freundinnen haben keine Geheimnisse voreinander.

Charlotte machte zum ersten Mal, seit ich sie kannte (was genau genommen mein ganzes Leben war), einen beinahe hilflosen Eindruck. Aber dafür wusste ich, was zu tun war. Tante Glenda hatte es mir oft genug eingeschärft.

»Ich bringe Charlotte nach Hause«, sagte ich zu Mr Whitman und stand auf. »Wenn das okay ist.«

Mr Whitmans Blick ruhte immer noch auf Charlotte. »Das halte ich für eine gute Idee, Gwendolyn«, sagte er. »Gute Besserung, Charlotte.«

»Danke«, sagte Charlotte. Auf dem Weg zur Tür taumelte sie leicht. »Kommst du, Gwenny?«

Ich beeilte mich, ihren Arm zu nehmen. Zum ersten Mal kam ich mir in Charlottes Gegenwart ein bisschen wichtig vor. Es war ein gutes Gefühl, zur Abwechslung mal gebraucht zu werden.

»Ruf mich unbedingt an und erzähl mir alles«, flüsterte Leslie mir noch zu.

Vor der Tür war Charlottes Hilflosigkeit schon wieder verflogen. Sie wollte tatsächlich noch ihre Sachen aus dem Spind holen.

Ich hielt sie am Ärmel fest. »Lass das doch, Charlotte! Wir müssen so schnell wie möglich nach Hause. Lady Arista hat gesagt . . .«

»Es ist schon wieder vorbei«, sagte Charlotte.

»Na und? Es kann trotzdem jeden Augenblick passieren.« Charlotte ließ sich von mir in die andere Richtung ziehen. »Wo habe ich nur die Kreide?« Ich kramte im Gehen in der Jackentasche. »Ach, hier ist sie ja. Und das Handy. Soll ich schon mal zu Hause anrufen? Hast du Angst? Oh, dumme Frage, tut mir leid. Ich bin aufgeregt.«

»Schon okay. Ich habe keine Angst.«

Ich sah sie von der Seite an, um zu überprüfen, ob sie die Wahrheit sagte. Sie hatte ihr kleines, überlegenes Mona-Lisa-Lächeln aufgesetzt, unmöglich zu erkennen, welche Gefühle sie dahinter verbarg.

»Soll ich zu Hause anrufen?«

»Was soll denn das bringen?«, fragte Charlotte zurück.

»Ich dachte nur . . .«

»Du kannst das Denken getrost mir überlassen«, sagte Charlotte.

Wir liefen nebeneinander die Steintreppen hinunter, auf die Nische zu, in der James immer saß. Er erhob sich sofort, als er uns sah, aber ich lächelte ihm nur zu. Das Problem mit James war, dass niemand außer mir ihn sehen und hören konnte.

James war ein Geist. Deshalb vermied ich es, mit ihm zu sprechen, wenn andere dabei waren. Nur bei Leslie machte ich eine Ausnahme. Sie hatte nie auch nur eine Sekunde an James' Existenz gezweifelt. Leslie glaubte mir alles und das war einer der Gründe, warum sie meine beste Freundin war. Sie bedauerte zutiefst, dass sie James nicht sehen und hören konnte.

Ich war darüber eigentlich ganz froh, denn das Erste, was James sagte, als er Leslie sah, war: »Himmelherrgott! Das arme Kind hat ja mehr Sommersprossen, als Sterne am Himmel sind! Wenn sie nicht schleunigst anfängt, eine gute Bleichlotion aufzutragen, wird sich niemals ein Mann für sie finden!«

»Frag ihn, ob er vielleicht irgendwo einen Schatz vergraben hat«, war hingegen das Erste, was Leslie sagte, als ich die beiden einander vorstellte.

Leider hatte James nirgendwo einen Schatz vergraben. Er war ziemlich beleidigt, dass Leslie ihm das zutraute. Er war auch immer beleidigt, wenn ich so tat, als sähe ich ihn nicht. Er war überhaupt recht schnell beleidigt.

»Ist er durchsichtig?«, hatte Leslie sich bei diesem ersten Zusammentreffen erkundigt. »Oder so schwarz-weiß?«

Nein, James sah eigentlich ganz normal aus. Bis auf die Klamotten natürlich.

»Kannst du durch ihn hindurchgehen?«

»Ich weiß nicht, ich hab's noch nie versucht.«

»Dann versuch es jetzt mal«, hatte Leslie vorgeschlagen.

Aber James wollte nicht zulassen, dass ich durch ihn hindurchging.

»Was soll das heißen – *Geist?* Ein James August Peregrin Pimplebottom, Erbe des vierzehnten Earls von Hardsdale, lässt sich nicht beleidigen, auch nicht von kleinen Mädchen.«

Wie so viele Geister wollte er einfach nicht wahrhaben, dass er kein Mensch mehr war. Er konnte sich beim besten Willen nicht daran erinnern, gestorben zu sein. Wir kannten uns mittlerweile seit fünf Jahren, seit meinem ersten Schultag auf der Saint Lennox High School, aber für James schien es nur ein paar Tage her zu sein, dass er im Club mit seinen Freunden eine Runde Karten gespielt und über Pferde, Schönheitspflästerchen und Perücken gefachsimpelt hatte. (Er trug beides, Schönheitspflästerchen und Perücke, was aber besser aussah, als es sich jetzt anhören mag.) Dass ich seit Beginn unserer Bekanntschaft um zwanzig Zentimeter gewachsen, eine Zahnspange und einen Busen bekommen hatte sowie die Zahnspange wieder losgeworden war, ignorierte er geflissentlich. Ebenso wie die Tatsache, dass aus dem Stadtpalais seines Vaters längst eine Privatschule geworden war, mit fließendem Wasser, elektrischem Licht und Zentralheizung. Das Einzige, das er von Zeit zu Zeit zu registrieren schien, war die Länge der Röcke unserer Schuluniform. Offenbar war der Anblick weiblicher Waden und Knöchel zu seiner Zeit höchst selten gewesen.

»Es ist nicht besonders höflich von einer Dame, einen höhergestellten Herrn nicht zu grüßen, Miss Gwendolyn«, rief er jetzt, wieder mal total eingeschnappt, weil ich ihm keine Beachtung schenkte.

»Entschuldige. Wir haben es eilig«, sagte ich.

»Wenn ich irgendwie behilflich sein kann, stehe ich selbstverständlich zur Verfügung.« James zupfte sich die Spitzenbesätze an seinen Ärmeln zurecht.

»Nein, vielen Dank. Wir müssen nur schnell nach Hause.« Als ob James irgendwie behilflich hätte sein können! Er konnte nicht mal eine Tür öffnen. »Charlotte fühlt sich nicht gut.«

»Oh, das tut mir leid«, sagte James, der eine Schwäche für Charlotte hatte. Im Gegensatz zu »der Sommersprossigen ohne Manieren«, wie er Leslie zu nennen pflegte, fand er meine Cousine ausschließlich »liebreizend und von bezaubernder Anmut«. Auch heute gab er wieder schleimige Komplimente von sich. »Bitte entrichte ihr meine besten Wünsche. Und sag ihr, sie sieht heute wieder einmal entzückend aus. Ein bisschen blass, aber zauberhaft wie eine Elfe.«

»Ich werde es ihr ausrichten.«

»Hör auf, mit deinem imaginären Freund zu sprechen«, sagte Charlotte. »Sonst landest du irgendwann noch in der Irrenanstalt.«

Okay, ich würde es ihr *nicht* ausrichten. Sie war ohnehin schon eingebildet genug.

»James ist nicht imaginär, er ist unsichtbar. Das ist ja wohl ein großer Unterschied!«

»Wenn du meinst«, sagte Charlotte. Sie und Tante Glenda waren der Ansicht, dass ich James und die anderen Geister nur erfand, um mich wichtig zu machen. Ich bereute es, ihnen jemals davon erzählt zu haben. Als kleines Kind war es mir allerdings unmöglich gewesen, über lebendig gewordene Wasserspeier zu schweigen, die vor meinen Augen an den Fassaden herumturnten und mir Grimassen schnitten. Die Wasserspeier waren ja noch lustig, aber es gab auch gruselig aussehende dunkle Geistgestalten, vor denen ich mich gefürchtet hatte. Bis ich begriff, dass Geister einem gar nichts anhaben können, hatte es ein paar Jahre gedauert. Das Einzige, was Geister wirklich tun können, ist, einem Angst einzujagen.

James natürlich nicht. Der war völlig harmlos.

»Leslie meint, es ist vielleicht ganz gut, dass James jung gestorben ist. Er hätte mit dem Namen Pimplebottom sowieso keine

Frau abgekriegt«, sagte ich, nicht ohne mich zu vergewissern, dass James uns nicht mehr hören konnte. »Ich meine, wer will schon freiwillig *Pickelpo* heißen?«

Charlotte verdrehte die Augen.

»Er sieht allerdings nicht schlecht aus«, fuhr ich fort. »Und stinkreich ist er auch, wenn man ihm glauben darf. Nur seine Angewohnheit, sich ständig ein parfümiertes Spitzentaschentuch an die Nase zu halten, ist ein wenig unmännlich.«

»Wie schade, dass niemand außer dir ihn bewundern kann«, sagte Charlotte.

Das fand ich allerdings auch.

»Und wie dumm, dass du außerhalb der Familie über deine Absonderlichkeiten sprichst«, setzte Charlotte hinzu.

Das war wieder einmal so ein typischer Charlotte-Seitenhieb. Es sollte mich kränken und das tat es leider auch.

»Ich bin nicht absonderlich!«

»Natürlich bist du das!«

»Das musst du gerade sagen, *Gen-Trägerin!*«

»Ich quatsche das schließlich nicht überall herum«, sagte Charlotte. »Du hingegen bist wie Großtante Mad-Maddy. Die erzählt sogar dem Milchmann von ihren Visionen.«

»Du bist gemein.«

»Und du bist naiv.«

Streitend liefen wir durch die Vorhalle, vorbei am gläsernen Kabuff unseres Hausmeisters, hinaus auf den Schulhof. Es war windig und der Himmel sah aus, als ob es jeden Augenblick zu regnen anfinge. Ich bereute, dass wir nicht doch unsere Sachen aus den Spinden geholt hatten. Ein Mantel wäre jetzt gut gewesen.

»Tut mir leid, der Vergleich mit Großtante Maddy«, sagte Charlotte etwas zerknirscht. »Ich bin wohl doch etwas aufgeregt.«

Ich war überrascht. Sie entschuldigte sich sonst nie.

»Kann ich verstehen«, sagte ich schnell. Sie sollte merken, dass ich ihre Entschuldigung zu würdigen wusste. In Wahrheit konnte von Verständnis natürlich keine Rede sein. Ich an ihrer Stelle hätte vor Angst geschlottert. Aufgeregt wäre ich zwar auch gewesen, aber ungefähr so aufgeregt wie bei einem Zahnarztbesuch. »Außerdem mag ich Großtante Maddy.« Das stimmte wirklich. Großtante Maddy war vielleicht ein bisschen redselig und neigte dazu, alles viermal zu sagen, aber das war mir tausendmal lieber als das geheimnisvolle Getue der anderen. Außerdem verteilte Großtante Maddy immer großzügig Zitronenbonbons an uns.

Aber klar, Charlotte machte sich natürlich nichts aus Bonbons.

Wir überquerten die Straße und hasteten auf dem Bürgersteig weiter.

»Starr mich nicht so von der Seite an«, sagte Charlotte. »Du wirst schon merken, wenn ich verschwinde. Dann machst du dein blödes Kreidekreuz und rennst weiter nach Hause. Aber es wird gar nicht passieren, nicht heute.«

»Das kannst du doch gar nicht wissen. Bist du gespannt, wo du landen wirst? Ich meine, wann?«

»Natürlich«, sagte Charlotte.

»Hoffentlich nicht mitten im großen Brand 1664.«

»Der große Brand von London war 1666«, sagte Charlotte. »Das kann man sich doch wirklich leicht merken. Außerdem war dieser Teil der Stadt damals noch gar nicht großartig bebaut, ergo hat hier auch nichts gebrannt.«

Sagte ich schon, dass Charlottes weitere Vornamen »Spielverderberin« und »Klugscheißerin« waren?

Doch ich ließ nicht locker. Es war vielleicht gemein, aber ich wollte das blöde Lächeln wenigstens für ein paar Sekunden von ihrem Gesicht radiert sehen. »Wahrscheinlich brennen diese Schuluniformen wie Zunder«, bemerkte ich angelegentlich.

»Ich wüsste, was ich zu tun hätte«, sagte Charlotte knapp und ohne das Lächeln einzustellen.

Ich konnte nicht anders, als sie für ihre Coolness zu bewundern. Für mich war die Vorstellung, plötzlich in der Vergangenheit zu landen, einfach nur Angst einflößend.

Egal zu welcher Zeit, früher war es doch immer fürchterlich gewesen. Ständig gab es Krieg, Pocken und Pest, und sagte man ein falsches Wort, wurde man als Hexe verbrannt. Außerdem gab es nur Plumpsklos und alle Leute hatten Flöhe und morgens kippten sie den Inhalt ihrer Nachttöpfe aus dem Fenster, ganz gleich, ob da unten gerade jemand langging.

Charlotte war ihr ganzes Leben lang darauf vorbereitet worden, sich in der Vergangenheit zurechtzufinden. Sie hatte nie Zeit zum Spielen gehabt, für Freundinnen, Shopping, Kino oder Jungs. Stattdessen hatte sie Unterricht erhalten im Tanzen, Fechten und Reiten, in Sprachen und Geschichte. Seit letztem Jahr fuhr sie überdies jeden Mittwochnachmittag mit Lady Arista und Tante Glenda fort und kam erst spätabends zurück. Sie nannten es »Mysterienunterricht«. Über die Art der Mysterien wollte uns allerdings niemand Auskunft geben, am wenigsten Charlotte selber.

»Das ist ein Geheimnis«, war wahrscheinlich der erste Satz gewesen, den sie fließend hatte sprechen können. Und gleich danach: »Das geht euch gar nichts an.«

Leslie sagte immer, unsere Familie habe vermutlich mehr Geheimnisse als Secret Service und MI 6 zusammen. Gut möglich, dass sie recht hatte.

Normalerweise nahmen wir den Bus von der Schule nach Hause, die Linie 8 hielt am Berkeley Square und von dort war es nicht mehr weit bis zu unserem Haus. Heute liefen wir die vier Stationen zu Fuß, wie Tante Glenda es angeordnet hatte. Ich hielt den ganzen Weg lang die Kreide gezückt, aber Charlotte blieb an meiner Seite.

Als wir die Stufen zur Haustür erklommen, war ich beinahe enttäuscht. Hier endete nämlich mein Part an der Geschichte schon wieder. Ab jetzt würde meine Großmutter die Sache übernehmen.

Ich zupfte Charlotte am Ärmel. »Sieh mal! Der schwarze Mann ist wieder da.«

»Na und?« Charlotte sah sich nicht mal um. Der Mann stand gegenüber im Hauseingang von Nummer 18. Er trug wie immer einen schwarzen Trenchcoat und einen tief ins Gesicht gezogenen Hut. Ich hatte ihn für einen Geist gehalten, bis ich bemerkt hatte, dass meine Geschwister und Leslie ihn auch sehen konnten.

Er beobachtete seit Monaten beinahe rund um die Uhr unser Haus. Möglicherweise waren es auch mehrere Männer, die sich abwechselten und genau gleich aussahen. Wir stritten uns darüber, ob es sich um spionierende Einbrecher, Privatdetektive oder einen bösen Zauberer handelte. Letzteres war die feste Überzeugung meiner Schwester Caroline. Sie war neun und liebte Geschichten mit bösen Zauberern und guten Feen. Mein Bruder Nick war zwölf und fand Geschichten mit Zauberern und Feen blöd, deshalb tippte er auf die spionierenden Einbrecher. Leslie und ich waren für die Privatdetektive.

Wenn wir aber auf die andere Straßenseite gingen, um uns den Mann näher anzuschauen, verschwand er entweder im Haus oder er stieg in einen schwarzen Bentley, der am Bordstein parkte, und fuhr davon.

»Das ist ein Zauberauto«, behauptete Caroline. »Wenn niemand hinschaut, verwandelt es sich in einen Raben. Und der Zauberer wird zu einem winzig kleinen Männlein und reitet auf seinem Rücken durch die Luft.«

Nick hatte sich das Nummernschild des Bentleys notiert, für alle Fälle. »Obwohl sie das Auto nach dem Einbruch sicher umlackieren und ein neues Nummernschild montieren werden«, sagte er.

Die Erwachsenen taten so, als ob sie nichts Verdächtiges daran finden konnten, Tag und Nacht von einem schwarz gekleideten Mann mit Hut beobachtet zu werden.

Charlotte ebenfalls. »Was ihr nur immer mit dem armen Mann habt! Er raucht dort eine Zigarette, das ist alles.«

»Na klar!« Da glaubte ich ja noch eher die Version mit dem verzauberten Raben.

Es hatte angefangen zu regnen, keine Minute zu früh.

»Ist dir wenigstens wieder schwindelig?«, fragte ich, während wir darauf warteten, dass uns die Tür geöffnet wurde. Einen Hausschlüssel besaßen wir nicht.

»Nerv nicht so rum«, sagte Charlotte. »Es passiert, wenn es passieren soll.«

Mr Bernhard öffnete uns die Tür. Leslie meinte, Mr Bernhard sei unser Butler und der endgültige Beweis dafür, dass wir beinahe so reich waren wie die Queen oder Madonna. Ich wusste nicht genau, wer oder was Mr Bernhard wirklich war. Für meine Mum war er »Großmutters Faktotum« und unsere Großmutter selber nannte ihn »einen alten Freund der Familie«. Für meine Geschwister und mich war er einfach »Lady Aristas unheimlicher Diener«.

Bei unserem Anblick zog er die Augenbrauen in die Höhe.

»Hallo, Mr Bernhard«, sagte ich. »Scheußliches Wetter, nicht wahr?«

»Absolut scheußlich.« Mit seiner Hakennase und den braunen Augen hinter seiner runden goldfarbenen Brille erinnerte mich Mr Bernhard immer an eine Eule, genauer gesagt an einen Uhu. »Man sollte unbedingt einen Mantel anziehen, wenn man das Haus verlässt.«

»Ähm, ja, das sollte man wohl«, sagte ich.

»Wo ist Lady Arista?«, fragte Charlotte. Sie war nie besonders höflich zu Mr Bernhard. Vielleicht, weil sie im Gegensatz zu uns anderen schon als Kind keinen Respekt vor ihm gehabt hatte. Dabei hatte er die wirklich Respekt einflößende Fähigkeit, überall im Haus scheinbar aus dem Nichts hinter einem aufzutauchen und sich dabei so leise zu bewegen wie eine Katze. Nichts schien ihm zu entgehen und egal um welche Uhrzeit: Mr Bernhard war immer präsent.

Mr Bernhard war schon im Haus gewesen, bevor ich geboren wurde, und meine Mum sagte, ihn hätte es auch schon gegeben, als sie noch ein kleines Mädchen gewesen war. Deshalb war Mr Bernhard vermutlich fast genauso alt wie Lady Arista, auch wenn er nicht so aussah. Er bewohnte ein Appartement im zweiten Stock, das über einen separaten Korridor und eine Treppe vom ersten Stock aus zu erreichen war. Es war uns verboten, den Korridor auch nur zu betreten.

Mein Bruder behauptete, dass Mr Bernhard dort Falltüren und Ähnliches eingebaut hatte, um unliebsame Besucher abzuhalten. Aber beweisen konnte er es nicht. Niemand von uns hatte sich jemals in diesen Korridor gewagt.

»Mr Bernhard braucht seine Privatsphäre«, sagte Lady Arista oft.

»Jaja«, sagte dann meine Mum. »Die bräuchten wir hier wohl alle.« Aber sie sagte es so leise, dass Lady Arista es nicht hörte.

»Ihre Großmutter ist im Musikzimmer«, informierte Mr Bernhard Charlotte.

»Danke.« Charlotte ließ uns im Eingang stehen und lief die Treppe hinauf. Das Musikzimmer lag im ersten Stock, und warum es so hieß, wusste kein Mensch. Es stand nicht mal ein Klavier darin.

Das Zimmer war der Lieblingsraum von Lady Arista und Großtante Maddy. Die Luft darin roch nach Veilchenparfüm und dem Qualm von Lady Aristas Zigarillos. Gelüftet wurde viel zu selten. Es wurde einem ganz schummrig, wenn man sich länger dort aufhielt.

Mr Bernhard schloss die Haustür. Ich warf noch einen schnellen Blick an ihm vorbei auf die andere Straßenseite. Der Mann mit dem Hut war immer noch da. Täuschte ich mich oder hob er gerade die Hand, beinahe so, als ob er jemandem zuwinkte? Mr Bernhard vielleicht oder am Ende sogar mir?

Die Tür fiel zu und ich konnte den Gedanken nicht zu Ende verfolgen, weil urplötzlich das Achterbahngefühl von vorhin in meinen Magen zurückkehrte. Alles vor meinen Augen verschwamm. Meine Knie gaben nach und ich musste mich an der Wand abstützen, um nicht zu fallen.

Im nächsten Moment war es auch schon wieder vorbei.

Mein Herz klopfte wie verrückt. Irgendwas stimmte nicht mit mir. Ohne Achterbahn wurde einem nicht zweimal innerhalb von zwei Stunden schwindelig.

Es sei denn . . . ach Unsinn! Wahrscheinlich wuchs ich zu schnell. Oder ich hatte . . . ähm . . . einen Gehirntumor? Oder vielleicht einfach nur Hunger.

Ja, das musste es sein. Ich hatte seit dem Frühstück nichts mehr gegessen. Das Mittagessen war ja auf meiner Bluse gelandet. Erleichtert atmete ich auf.

Jetzt erst bemerkte ich, dass Mr Bernhards Eulenaugen mich aufmerksam musterten.

»Hoppla«, sagte er, reichlich spät.

Ich spürte, wie ich rot wurde. »Ich geh dann mal . . . Hausaufgaben machen«, murmelte ich.

Mr Bernhard nickte mit gleichgültiger Miene. Aber während ich die Treppe hinaufging, spürte ich seine Blicke in meinem Rücken.

Aus den Annalen der Wächter

10. Oktober 1994

Zurück aus Durham, wo ich Lord Montroses jüngste
Tochter Grace Shepherd besucht habe, die
überraschenderweise vorgestern schon von ihrer Tochter
entbunden wurde. Wir freuen uns alle über die Geburt von

Gwendolyn Sophie Elizabeth Shepherd
2460 g, 52 cm.

Mutter und Kind sind wohlauf.
Unserem Großmeister zum fünften Enkelkind unsere
herzlichsten Glückwünsche.

Bericht: Thomas George, Innerer Kreis

2.

Leslie nannte unser Haus »einen vornehmen Palast« wegen der vielen Zimmer, Gemälde, Holzvertäfelungen und Antiquitäten. Sie vermutete hinter jeder Wand einen Geheimgang und in jedem Schrank mindestens ein Geheimfach. Als wir noch jünger waren, gingen wir bei jedem ihrer Besuche auf Entdeckungsreise durch das Haus. Dass uns das Herumschnüffeln streng verboten worden war, machte es erst recht spannend. Wir entwickelten immer ausgebufftere Strategien, um uns nicht erwischen zu lassen. Im Laufe der Zeit hatten wir wirklich einige Geheimfächer und sogar eine Geheimtür gefunden. Sie lag im Treppenhaus hinter einem Ölgemälde, auf dem ein dicker Mann mit Bart und gezücktem Degen auf einem Pferd saß und grimmig guckte.

Bei dem grimmigen Mann handelte es sich laut Auskunft von Großtante Maddy um meinen Urururururgroßonkel Hugh und seine Fuchsstute mit Namen Fat Annie. Die Tür hinter dem Bild führte zwar nur ein paar Stufen hinab in ein Badezimmer, aber geheim war sie deshalb irgendwie trotzdem.

»Du bist ja so ein Glückspilz, dass du hier wohnen darfst!«, sagte Leslie immer.

Ich fand eher, dass Leslie ein Glückspilz war. Sie wohnte mit ihrer Mutter, ihrem Vater und einem zotteligen Hund namens Bertie in einem gemütlichen Reihenhaus in North Kensington. Da gab es keine Geheimnisse, keine unheimlichen Diener und keine nervenden Verwandten.

Früher hatten wir auch mal in so einem Haus gewohnt, meine Mum, mein Dad, meine Geschwister und ich, in einem kleinen Haus in Durham, in Nordengland. Aber dann war mein Dad gestorben. Meine Schwester war gerade ein halbes Jahr alt gewesen und Mum war mit uns nach London gezogen, wahrscheinlich weil sie sich einsam gefühlt hatte. Vielleicht war sie auch mit dem Geld nicht hingekommen.

Mum war in diesem Haus hier groß geworden, zusammen mit ihren Geschwistern Glenda und Harry. Onkel Harry lebte als Einziger nicht in London, er wohnte mit seiner Frau in Gloucestershire.

Zuerst war mir das Haus auch wie ein Palast vorgekommen, genau wie Leslie. Aber wenn man einen Palast mit einer großen Familie teilen muss, kommt er einem nach einer gewissen Zeit gar nicht mehr so groß vor. Zumal es jede Menge überflüssige Räume gab, wie den Ballsaal im Erdgeschoss, der sich über die gesamte Hausbreite erstreckte.

Hier hätte man toll skaten können, aber das war verboten. Der Raum war wunderschön mit seinen hohen Fenstern, den Stuckdecken und den Kronleuchtern, aber zu meinen Lebzeiten hatte es hier nicht einen einzigen Ball gegeben, kein großes Fest, keine Party.

Das Einzige, das im Ballsaal stattfand, waren Charlottes Tanzstunden und ihr Fechtunterricht. Die Orchesterempore, die man von der Vorhalle über die Treppe erreichen konnte, war überflüssig wie ein Kropf. Außer vielleicht für Caroline und ihre Freundinnen, die die dunklen Winkel unter den Treppen, die von hier hinauf in den ersten Stock führten, beim Versteckspielen in Beschlag nahmen.

Im ersten Stock gab es das bereits erwähnte Musikzimmer, außerdem Lady Aristas und Großtante Maddys Räume, ein Etagenbad (das mit der Geheimtür) sowie das Esszimmer, in dem sich die Familie jeden Abend um halb acht zum Essen zu versammeln hatte. Zwischen dem Esszimmer und der Küche, die genau darunterlag, gab es einen altmodischen Speisenaufzug, mit dem sich Nick und Caroline manchmal zum Spaß gegenseitig auf- und abkurbelten, obwohl es natürlich streng verboten war. Leslie und ich hatten das früher auch immer gemacht, jetzt passten wir leider nicht mehr hinein.

Im zweiten Stock lagen Mr Bernhards Wohnung, das Arbeitszimmer meines verstorbenen Großvaters – Lord Montrose – und eine riesige Bibliothek. In diesem Stockwerk hatte auch Charlotte ihr Zimmer, es ging über Eck und hatte einen Erker, mit dem Charlotte gerne angab. Ihre Mutter bewohnte einen Salon und ein Schlafzimmer mit Fenstern zur Straße hin.

Von Charlottes Vater war Tante Glenda geschieden, er lebte mit einer neuen Frau irgendwo in Kent. Deshalb gab es außer Mr Bernhard keinen Mann im Haus, es sei denn, man zählte meinen Bruder mit. Haustiere gab es auch nicht, egal wie sehr wir auch darum bettelten. Lady Arista mochte keine Tiere und Tante Glenda war allergisch gegen alles, was Fell hatte.

Meine Mum, meine Geschwister und ich wohnten im dritten Stock, direkt unter dem Dach, wo es viele schräge Wände, aber auch zwei kleine Balkone gab. Wir hatten jeder ein eigenes Zimmer und auf unser großes Bad war Charlotte neidisch, weil das Bad im zweiten Stock keine Fenster hatte, unseres aber gleich zwei. Aber ich mochte es auch deswegen in unserem Stockwerk, weil hier Mum, Nick, Caroline und ich für uns waren, was in diesem Irrenhaus manchmal ein Segen sein konnte.

Nachteil war nur, dass wir verdammt weit weg von der Küche waren, was mir wieder mal unangenehm auffiel, als ich jetzt oben ankam. Ich hätte mir wenigstens einen Apfel mitnehmen sollen. So musste ich mich mit den Butterkeksen aus dem Vorrat zufriedengeben, den meine Mum im Schrank angelegt hatte.

Aus lauter Angst, das Schwindelgefühl könnte zurückkehren, aß ich elf Butterkekse hintereinander. Ich zog meine Schuhe und die Jacke aus, ließ mich auf das Sofa im Nähzimmer plumpsen und streckte mich lang aus.

Heute war irgendwie alles seltsam. Ich meine, noch seltsamer als sonst.

Es war erst zwei Uhr. Bis ich Leslie anrufen und meine Probleme mit ihr erörtern konnte, dauerte es noch mindestens zweieinhalb Stunden. Auch meine Geschwister würden nicht vor vier Uhr aus der Schule kommen und meine Mum machte immer erst gegen fünf bei der Arbeit Schluss. Normalerweise liebte ich es, allein in der Wohnung zu sein. Ich konnte in Ruhe ein Bad nehmen, ohne dass jemand an die Tür klopfte, weil er dringend auf die Toilette musste. Ich konnte die Musik aufdrehen und laut mitsingen, ohne dass jemand lachte. Und ich konnte im Fernsehen anschauen, was ich wollte, ohne dass jemand »aber jetzt kommt gleich Sponge Bob« quengelte.

Aber heute hatte ich zu alldem keine Lust. Nicht mal nach einem Schläfchen war mir zumute. Im Gegenteil, das Sofa – sonst ein Platz unübertroffener Geborgenheit – kam mir vor wie ein wackliges Floß in einem reißenden Fluss. Ich hatte Angst, es könne mit mir davonschwimmen, sobald ich die Augen schließen würde.

Um auf andere Gedanken zu kommen, stand ich auf und fing an, das Nähzimmer ein bisschen aufzuräumen. Es war so etwas wie unser inoffizielles Wohnzimmer, denn glücklicherweise nähten weder die Tanten noch meine Großmutter, weshalb sie höchst selten in den dritten Stock hinaufkamen. Es gab auch keine Nähmaschine hier, dafür eine enge Stiege, die hinauf aufs Dach führte. Die Stiege war nur für den Schornsteinfeger bestimmt, aber Leslie und ich hatten das Dach zu einem unserer Lieblingsplätze erkoren. Man hatte einen wunderbaren Ausblick von da oben und es gab keinen besseren Ort für Mädchengespräche. (Zum Beispiel über Jungs und dass wir keine kannten, in die es sich zu verlieben lohnte.)

Natürlich war es ein bisschen gefährlich, weil es kein Geländer gab, nur eine kniehohe Firstverzierung aus galvanisiertem Eisen. Aber man musste ja da auch nicht gerade Weitsprung üben oder bis an den Abgrund tanzen. Der Schlüssel, der zu der Tür auf dem Dach gehörte, lag in einer Zuckerdose mit Rosenmuster im Schrank. In meiner Familie wusste niemand, dass ich das Versteck kannte, sonst wäre sicher die Hölle los gewesen. Deshalb passte ich immer sehr auf, dass niemand mitbekam, wenn ich mich aufs Dach schlich. Man konnte sich dort auch sonnen, picknicken oder sich einfach nur verstecken, wenn man mal seine Ruhe haben wollte. Was ich wie gesagt oft wollte, nur gerade jetzt nicht.

Ich faltete unsere Wolldecken zusammen, fegte Kekskrümel vom Sofa, klopfte Kissen in Form und räumte herumfliegende Schachfiguren zurück in ihre Schachtel. Ich goss sogar die Azalee, die in einem Topf auf dem Sekretär in der Ecke stand, und wischte mit einem feuchten Tuch über den Couchtisch. Dann sah ich mich unschlüssig in dem nun tadellos aufgeräumten Zimmer um. Es waren gerade mal zehn Minuten vergangen und ich sehnte mich noch mehr nach Gesellschaft als vorher.

Ob Charlotte unten im Musikzimmer wieder schwindelig war? Was passierte eigentlich, wenn man vom ersten Stock eines Hauses im Mayfair des 21. Jahrhunderts ins Mayfair des, sagen wir mal, 15. Jahrhunderts sprang, als es an diesem Ort noch gar keine oder nur wenige Häuser gegeben hatte? Landete man dann in der Luft und plumpste sieben Meter tief auf die Erde? In einen Ameisenhaufen vielleicht? Arme Charlotte. Aber vielleicht lehrte man sie ja in ihrem mysteriösen Mysterienunterricht das Fliegen.

Apropos Mysterien: Mit einem Mal fiel mir etwas ein, womit ich mich ablenken konnte. Ich ging in Mums Zimmer und schaute hinunter auf die Straße. Im Hauseingang von Nummer 18 stand immer noch der schwarze Mann. Ich konnte seine Beine und einen Teil seines Trenchcoats sehen. So tief wie heute waren mir die drei Stockwerke noch nie vorgekommen. Spaßeshalber rechnete ich aus, wie weit es von hier oben bis zum Erdboden war.

Konnte man einen Sturz aus vierzehn Metern Höhe überhaupt überleben? Na, vielleicht, wenn man Glück hatte und in sumpfigem Marschland landete. Angeblich war ganz London mal sumpfiges Marschland gewesen, sagte jedenfalls Mrs Counter, unsere Erdkundelehrerin. Sumpf war gut, da landete man wenigstens weich. Allerdings nur, um dann elend im Schlamm zu ertrinken.

Ich schluckte. Meine eigenen Gedanken waren mir unheimlich.

Um nicht länger allein sein zu müssen, beschloss ich, meiner

Verwandtschaft im Musikzimmer einen Besuch abzustatten, auch auf die Gefahr hin, wegen streng geheimer Gespräche wieder hinausgeschickt zu werden.

Als ich eintrat, saß Großtante Maddy auf ihrem Lieblingssessel am Fenster und Charlotte stand am anderen Fenster, ihren Hintern gegen den Louis-quatorze-Schreibtisch gelehnt, dessen bunt lackierte und vergoldete Oberfläche zu berühren, uns streng verboten war, egal mit welchem Körperteil. (Nicht zu fassen, dass etwas so Grottenhässliches wie dieser Schreibtisch so wertvoll sein konnte, wie Lady Arista immer behauptete. Er hatte nicht mal Geheimfächer, das hatten Leslie und ich vor Jahren schon herausgefunden.) Charlotte hatte sich umgezogen und trug anstelle der Schuluniform ein dunkelblaues Kleid, das wie eine Mischung aus Nachthemd, Bademantel und Nonnenkluft aussah.

»Ich bin noch da, wie du siehst«, sagte sie.

»Das ist . . . schön«, sagte ich, während ich mich bemühte, das Kleid nicht allzu entsetzt anzustarren.

»Es ist unerträglich«, sagte Tante Glenda, die zwischen den beiden Fenstern auf und ab ging. Wie Charlotte war sie groß und schlank und hatte leuchtend rote Locken. Meine Mum hatte die gleichen Locken und auch meine Großmutter war mal rothaarig gewesen. Caroline und Nick hatten die Haarfarbe ebenfalls geerbt. Nur ich war dunkel- und glatthaarig wie mein Vater.

Früher hatte ich auch unbedingt rote Haare haben wollen, aber Leslie hatte mich davon überzeugt, dass meine schwarzen Haare einen reizvollen Kontrast zu meinen blauen Augen und der hellen Haut bildeten. Leslie redete mir auch erfolgreich ein, dass mein halbmondförmiges Muttermal an der Schläfe – das Tante

Glenda immer »komische Banane« nannte – geheimnisvoll und apart aussähe. Mittlerweile fand ich mich selber ganz hübsch, nicht zuletzt dank der Zahnspange, die meine vorstehenden Vorderzähne gebändigt und mir das Häschenähnliche genommen hatte. Auch wenn ich natürlich längst nicht so »liebreizend und voll bezaubernder Anmut« war wie Charlotte, um mit James zu sprechen. Ha, ich wünschte, er könnte sie in diesem Sackkleid sehen.

»Gwendolyn, Engelchen, möchtest du ein Zitronenbonbon?« Großtante Maddy klopfte auf den Schemel neben sich. »Setz dich doch zu mir und lenk mich ein bisschen ab. Glenda macht mich schrecklich nervös mit ihrem Hin- und Hergerenne.«

»Du hast ja keine Ahnung von den Gefühlen einer Mutter, Tante Maddy«, sagte Tante Glenda.

»Nein, das habe ich wohl nicht«, seufzte Großtante Maddy. Sie war die Schwester meines Großvaters und sie war nie verheiratet gewesen. Sie war eine rundliche, kleine Person mit fröhlichen blauen Kinderaugen und goldblond gefärbten Haaren, in denen nicht selten ein vergessener Lockenwickler steckte.

»Wo ist denn Lady Arista?«, fragte ich, während ich mir ein Zitronenbonbon nahm.

»Sie telefoniert nebenan«, sagte Großtante Maddy. »Aber so leise, dass man leider kein Wort verstehen kann. Das war übrigens die letzte Dose Bonbons. Du hättest nicht zufällig Zeit, zu Selfridges zu laufen und neue zu besorgen?«

»Klar«, sagte ich.

Charlotte verlagerte ihr Gewicht von einem Bein auf das andere und sofort fuhr Tante Glenda herum.

»Charlotte?«

»Nichts«, sagte Charlotte.

Tante Glenda kniff ihre Lippen zusammen.

»Solltest du nicht besser im Erdgeschoss warten?«, fragte ich Charlotte. »Du würdest dann nicht so tief fallen.«

»Solltest du nicht besser die Klappe halten, wenn du von Dingen überhaupt keine Ahnung hast?«, fragte Charlotte zurück.

»Wirklich, das Letzte, was Charlotte im Augenblick gebrauchen kann, sind blöde Bemerkungen«, sagte Tante Glenda.

Ich fing an zu bereuen, heruntergekommen zu sein.

»Beim ersten Mal springt der Gen-Träger nie weiter zurück als hundertfünfzig Jahre«, erklärte Großtante Maddy liebenswürdig. »Dieses Haus ist 1781 fertiggestellt worden, hier im Musikzimmer ist Charlotte also absolut sicher. Sie könnte höchstens ein paar musizierende Ladys erschrecken.«

»In dem Kleid bestimmt«, sagte ich so leise, dass nur meine Großtante mich hören konnte. Sie kicherte.

Die Tür flog auf und Lady Arista kam herein. Sie sah wie immer aus, als habe sie einen Stock verschluckt. Oder auch mehrere. Einen für ihre Arme, einen für ihre Beine und einen, der in der Mitte alles zusammenhielt. Die weißen Haare waren straff aus dem Gesicht gekämmt und im Nacken zu einem Knoten gesteckt, wie bei einer Ballettlehrerin, mit der nicht gut Kirschen essen war. »Ein Fahrer ist unterwegs. Die de Villiers erwarten uns in Temple. Dann kann Charlotte bei ihrer Rückkehr gleich in den Chronografen eingelesen werden.«

Ich verstand nur Bahnhof.

»Und wenn es heute noch gar nicht passiert?«, fragte Charlotte.

»Charlotte, Liebes, dir war schon dreimal schwindelig«, sagte Tante Glenda.

»Früher oder später *wird* es passieren«, sagte Lady Arista. »Kommt jetzt, der Fahrer wird jeden Augenblick hier sein.«

Tante Glenda nahm Charlottes Arm und zusammen mit Lady Arista verließen sie den Raum. Als die Tür hinter ihnen ins Schloss fiel, sahen Großtante Maddy und ich uns an.

»Manchmal könnte man denken, man sei unsichtbar, nicht wahr?«, sagte Großtante Maddy. »Wenigstens ein *Auf Wiedersehen* oder ein *Hallo* ab und an wäre doch nett. Oder auch ein kluges *Liebe Maddy, hattest du vielleicht eine Vision, die uns weiterhelfen könnte?*«

»Hattest du eine?«

»Nein«, sagte Großtante Maddy. »Gott sei Dank nicht. Ich kriege nach den Visionen immer so schrecklichen Hunger und ich bin ohnehin zu fett.«

»Wer sind die de Villiers?«, fragte ich.

»Ein Haufen arroganter Schnösel, wenn du mich fragst«, sagte Großtante Maddy. »Alles Anwälte und Bankiers. Sie besitzen die Privatbank de Villiers in der City. Wir haben unsere Konten dort.«

Das klang herzlich wenig mystisch.

»Und was haben die Leute mit Charlotte zu tun?«

»Sagen wir mal, sie haben ähnliche Probleme wie wir.«

»Welche Probleme?« Mussten sie auch mit einer tyrannischen Großmutter, einer biestigen Tante und einer eingebildeten Cousine unter einem Dach wohnen?

»Das Zeitreise-Gen«, sagte Großtante Maddy. »Bei den de Villiers vererbt es sich an die männlichen Nachkommen.«

»Sie haben also auch eine Charlotte zu Hause?«

»Das männliche Gegenstück dazu. Er heißt Gideon, soviel ich weiß.«

»Und der wartet auch darauf, dass ihm schwindelig wird?«

»Er hat es schon hinter sich. Er ist zwei Jahre älter als Charlotte.«

»Das heißt, er springt seit zwei Jahren munter in der Zeit herum?«

»Das ist anzunehmen.«

Ich versuchte, die neuen Informationen mit dem wenigen, was ich bereits wusste, zusammenzubringen. Weil Großtante Maddy heute so ungeheuer auskunftsfreudig war, gönnte ich mir aber nur ein paar Sekunden dafür. »Und was ist ein Chroni-, Chrono. . .?«

»Chronograf!« Großtante Maddy verdrehte die blauen Kulleraugen. »Das ist eine Art Apparat, mit dem man die Gen-Träger – und nur die! – in eine bestimmte Zeit schicken kann. Hat irgendwas mit Blut zu tun.«

»Eine *Zeitmaschine?*« Betankt mit Blut? Lieber Himmel!

Großtante Maddy zuckte mit den Schultern. »Keine Ahnung, wie das Ding funktioniert. Du vergisst, dass ich auch nur weiß, was ich zufällig mitbekomme, während ich hier sitze und so tue, als könnte ich kein Wässerchen trüben. Das ist alles sehr geheim.«

»Ja. Und sehr kompliziert«, sagte ich. »Woher weiß man denn überhaupt, dass Charlotte dieses Gen hat? Und warum hat sie es und nicht zum Beispiel . . . ähm . . . *du?*«

»Ich kann es nicht haben, gottlob«, antwortete sie. »Wir Montroses waren zwar schon immer komische Vögel, aber das Gen kam erst durch deine Großmutter in unsere Familie. Weil mein Bruder sie ja unbedingt heiraten musste.« Tante Maddy grinste. Sie war die Schwester meines verstorbenen Großvaters Lucas.

Weil sie selbst keinen Mann hatte, war sie schon in jungen Jahren zu ihm gezogen und hatte ihm den Haushalt geführt. »Nach der Hochzeit von Lucas und Lady Arista hörte ich das erste Mal von diesem Gen. Die letzte Gen-Trägerin in Charlottes Erblinie war eine Dame namens Margret Tilney und die wiederum war die Großmutter deiner Großmutter Arista.«

»Und Charlotte erbte das Gen von dieser Margret?«

»Oh nein, dazwischen erbte es Lucy. Das arme Mädchen.«

»Was für eine Lucy?«

»Deine Cousine Lucy, Harrys älteste Tochter.«

»Oh! *Die* Lucy.« Mein Onkel Harry, der aus Gloucestershire, war deutlich älter als Glenda und meine Mum. Seine drei Kinder waren schon längst erwachsen. David, der Jüngste, war achtundzwanzig und Pilot bei British Airways. Was leider nicht bedeutete, dass wir billiger an Flugtickets kamen. Und Janet, die Mittlere, hatte selber schon Kinder, zwei kleine Nervensägen namens Poppy und Daisy. Lucy, die Älteste, hatte ich nie kennengelernt. Viel wusste ich auch nicht über sie. Die Familie pflegte Lucy totzuschweigen. Sie war nämlich so etwas wie das schwarze Schaf der Montroses. Mit siebzehn war sie von zu Hause abgehauen und hatte seitdem nie wieder etwas von sich hören lassen.

»Lucy ist also eine Gen-Trägerin?«

»Oh ja«, sagte Großtante Maddy. »Hier war die Hölle los, als sie verschwand. Deine Großmutter hatte beinahe einen Herzinfarkt. Es war ein fürchterlicher Skandal.« Sie schüttelte so heftig den Kopf, dass ihre goldenen Löckchen völlig durcheinandergerieten.

»Das kann ich mir denken.« Ich stellte mir vor, was wohl passieren würde, wenn Charlotte einfach ihre Koffer packen und abhauen würde.

»Nein, nein, das kannst du nicht. Du weißt ja nicht, unter welch dramatischen Umständen sie verschwand und wie das alles mit diesem Jungen zusammenhing ... Gwendolyn! Nimm den Finger aus dem Mund! Das ist eine grässliche Angewohnheit!«

»Entschuldigung.« Ich hatte gar nicht gemerkt, dass ich angefangen hatte, an meinem Fingernagel zu knabbern. »Das ist nur die Aufregung. Es gibt da so viel, das ich nicht verstehe ...«

»Das geht mir genauso«, versicherte Großtante Maddy. »Und ich hör mir den Kram schon an, seit ich fünfzehn bin. Dafür besitze ich so etwas wie eine natürliche Begabung für Mysterien. Alle Montroses lieben Geheimnisse. Das war schon immer so. Nur deshalb hat mein unglückseliger Bruder deine Großmutter überhaupt geheiratet, wenn du mich fragst. Ihr liebreizender Charme kann es auf keinen Fall gewesen sein, denn sie hatte keinen.« Sie tauchte ihre Hand in die Bonbondose und seufzte, als sie ins Leere griff. »Ach herrje, ich fürchte, ich bin süchtig nach diesen Dingern.«

»Ich laufe schnell zu Selfridges und hole dir neue«, sagte ich.

»Du bist und bleibst mein liebstes Engelchen. Gib mir einen Kuss und zieh dir einen Mantel an, es regnet. Und kau niemals mehr an deinen Fingernägeln, hörst du?«

Da mein Mantel noch im Spind in der Schule hing, zog ich Mums geblümten Regenmantel an und zog die Kapuze über den Kopf, als ich vor die Haustür trat. Der Mann im Hauseingang von Nummer 18 zündete sich gerade eine Zigarette an. Einer plötzlichen Eingebung folgend winkte ich ihm zu, während ich die Treppen hinuntersprang.

Er winkte nicht zurück. Natürlich nicht.

»Blödmann.« Ich lief los, Richtung Oxford Street. Es regnete fürchterlich. Ich hätte besser nicht nur den Regenmantel, sondern auch Gummistiefel angezogen. Mein Lieblings-Magnolienbaum an der Ecke ließ traurig seine Blüten hängen. Bevor ich ihn erreicht hatte, war ich schon dreimal in eine Pfütze getreten. Als ich gerade eine vierte umgehen wollte, riss es mich vollkommen ohne Vorwarnung von den Beinen. Mein Magen fuhr Achterbahn und die Straße verschwamm vor meinen Augen zu einem grauen Fluss.

Ex hoc momento pendet aeternitas.
(An diesem Augenblick hängt die Ewigkeit.)

Inschrift einer Sonnenuhr, Middle Temple, London

3.

Als ich wieder klar sehen konnte, bog ein Oldtimer um die Ecke und ich kniete auf dem Bürgersteig und zitterte vor Schreck.

Irgendetwas stimmte nicht mit dieser Straße. Sie sah anders aus als sonst. Alles war in der letzten Sekunde anders geworden.

Der Regen hatte aufgehört, dafür wehte ein eisiger Wind und es war viel dunkler als vorhin, fast Nacht. Der Magnolienbaum trug weder Blüten noch Blätter. Ich war nicht mal sicher, ob es überhaupt noch ein Magnolienbaum war.

Die Spitzen des Zauns, der ihn umgab, waren golden bemalt. Ich hätte schwören können, dass sie gestern noch schwarz gewesen waren.

Wieder bog ein Oldtimer um die Ecke. Ein seltsames Gefährt mit hohen Rädern und hellen Speichen. Ich blickte den Bürgersteig entlang – die Pfützen waren verschwunden. Und die Verkehrsschilder. Dafür war das Pflaster krumm und buckelig und die Straßenlaternen sahen anders aus, ihr gelbliches Licht drang kaum weiter als bis zum nächsten Hauseingang.

Tief in meinem Inneren schwante mir Übles, aber ich war noch nicht so weit, diesen Gedanken zuzulassen.

Also zwang ich mich erst einmal durchzuatmen. Dann schaute ich mich noch einmal um, diesmal gründlicher.

Okay, genau genommen war gar nicht so viel anders. Die meisten Häuser sahen eigentlich aus wie immer. Trotzdem – dort hinten war der Teeladen verschwunden, in dem Mum die leckeren Prince-of-Wales-Kekse einkaufte, und das Eckhaus da drüben mit den mächtigen Säulen davor hatte ich noch nie zuvor gesehen.

Ein Mann mit Hut und schwarzem Mantel musterte mich im Vorbeigehen leicht pikiert, machte aber keine Anstalten, mich anzusprechen oder mir gar aufzuhelfen. Ich stand auf und klopfte mir den Dreck von den Knien.

Das Üble, das mir geschwant hatte, wurde langsam, aber sicher zur schrecklichen Gewissheit.

Wem wollte ich hier etwas vormachen?

Ich war weder in eine Oldtimer-Rallye geraten, noch hatte der Magnolienbaum urplötzlich die Blätter abgeworfen. Und obwohl ich alles dafür gegeben hätte, wenn Nicole Kidman plötzlich um die Ecke gebogen wäre, war dies leider auch nicht die Kulisse eines Henry-James-Films.

Ich wusste genau, was passiert war. Ich wusste es einfach. Und ich wusste auch, dass hier ein Irrtum vorliegen musste.

Ich war in einer anderen Zeit gelandet.

Nicht Charlotte. *Ich.* Irgendjemand hatte einen großen Fehler gemacht.

Unvermittelt begannen meine Zähne zu klappern. Nicht nur vor Aufregung, sondern auch vor Kälte. Es war bitterkalt.

»Ich wüsste, was ich zu tun hätte« – Charlottes Worte klangen mir wieder im Ohr.

Klar, Charlotte wüsste, was sie tun müsste. Aber mir hatte es niemand verraten.

Also stand ich zitternd und zähneklappernd an meiner Straßenecke und ließ mich von den Leuten begaffen. Viele waren es nicht, die hier entlangliefen. Eine junge Frau im knöchellangen Mantel kam mit einem Korb am Arm an mir vorbei, hinter ihr ging ein Mann mit Hut und hochgeschlagenem Kragen.

»Entschuldigung«, sagte ich. »Sie können mir nicht zufällig sagen, welches Jahr wir haben?«

Die Frau tat, als habe sie mich nicht gehört, und beschleunigte ihre Schritte.

Der Mann schüttelte den Kopf. »Unverschämtheit«, knurrte er.

Ich seufzte. Wirklich viel genutzt hätte mir die Information sowieso nicht. Es spielte im Grunde keine Rolle, ob wir uns im Jahr 1899 befanden oder im Jahr 1923.

Wenigstens wusste ich, *wo* ich war. Ich wohnte ja keine hundert Meter von hier. Was lag da näher, als einfach nach Hause zu gehen?

Irgendetwas musste ich ja tun.

Die Straße wirkte friedlich und ruhig in der Dämmerung, während ich langsam zurückging, mich nach allen Seiten umschauend. Was war anders, was war gleich? Die Häuser glichen auch bei näherem Hinsehen sehr denen aus meiner Zeit. Bei vielen Details hatte ich zwar das Gefühl, ich sähe sie zum ersten Mal, aber vielleicht hatte ich bisher nur nicht darauf geachtet. Automatisch warf ich einen Blick hinüber zu Nummer 18, aber der Hauseingang war leer, kein schwarzer Mann weit und breit.

Ich blieb stehen.

Unser Haus sah genauso aus wie in meiner eigenen Zeit. Die Fenster im Erdgeschoss und im ersten Stock waren hell erleuchtet, auch in Mums Zimmer unterm Dach brannte Licht. Ich bekam richtig Heimweh, als ich hinaufsah. Von den Dachgauben hingen Eiszapfen herab.

»Ich wüsste, was ich zu tun hätte.«

Ja, was würde Charlotte tun? Es wurde gleich dunkel und es war bitterkalt. Wo würde Charlotte hingehen, um nicht zu erfrieren? Nach Hause?

Ich starrte zu den Fenstern hoch. Vielleicht lebte ja mein Großvater schon. Vielleicht würde er mich sogar erkennen. Er hatte mich schließlich auf seinen Knien reiten lassen, als ich klein war . . . ach, Blödsinn.

Selbst wenn er schon geboren war, konnte er sich ja wohl schlecht daran erinnern, dass er mich mal auf den Knien schaukeln würde, wenn er ein alter Mann war.

Die Kälte kroch unter den Regenmantel. Also gut, ich würde jetzt einfach klingeln und um ein Quartier für die Nacht bitten.

Die Frage war nur, wie ich das anstellen sollte.

»Hallo, mein Name ist Gwendolyn und ich bin die Enkeltochter von Lord Lucas Montrose, der möglicherweise noch gar nicht geboren ist.«

Ich konnte wohl nicht annehmen, dass man mir das glauben würde. Wahrscheinlich wäre ich schneller in einer Nervenheilanstalt, als mir lieb war. Und sicher waren das in dieser Zeit trostlose Orte, einmal drin, kam man niemals wieder raus.

Auf der anderen Seite hatte ich wenig Alternativen. Es würde nicht mehr lange dauern, bis es stockdunkel war, und irgendwo musste ich die Nacht ja verbringen, ohne zu erfrieren. Und ohne von Jack the Ripper entdeckt zu werden. Himmelherrgott! Wann hatte der eigentlich sein Unwesen getrieben? Und wo? Doch hoffentlich nicht hier im gediegenen Mayfair!

Wenn es mir gelang, mit einem meiner Vorfahren zu sprechen, würde ich ihn vielleicht überzeugen können, dass ich mehr von der Familie und dem Haus wusste, als irgendein normaler Fremder wissen konnte. Wer außer mir könnte zum Beispiel auf Anhieb herunterrasseln, dass das Pferd von Ururuurgroßonkel Hugh *Fat Annie* geheißen hatte? Das war ja wohl das pure Insiderwissen.

Ein Windstoß ließ mich zusammenfahren. Es war so kalt. Es hätte mich nicht gewundert, wenn es angefangen hätte zu schneien.

»Hallo, ich bin Gwendolyn und ich komme aus der Zukunft. Als Beweis zeige ich Ihnen diesen Reißverschluss. Ich wette, der ist noch gar nicht erfunden, stimmt's? Ebenso wenig wie Jumbojets und Fernseher und Kühlschränke . . .«

Ich konnte es ja wenigstens versuchen. Tief durchatmend ging ich auf die Haustür zu.

Die Stufen fühlten sich seltsam vertraut und fremd zugleich an. Automatisch tastete ich nach dem Klingelknopf. Aber es gab keinen. Elektrische Klingeln waren offenbar auch noch nicht erfunden. Leider gab mir das aber auch keinen Hinweis auf die genaue Jahreszahl. Ich wusste noch nicht einmal, wann sie das mit dem elektrischen Strom überhaupt erfunden hatten. Vor oder nach den Dampfschiffen? Hatten wir das in der Schule gelernt? Wenn ja, konnte ich mich leider nicht daran erinnern.

Ich fand einen Knauf, der an einer Kette hing, ähnlich der altmodischen Klospülung bei Leslie zu Hause. Ich zog kräftig daran und hörte hinter der Tür eine Glocke schellen.

Oh mein Gott.

Wahrscheinlich würde jemand vom Hauspersonal öffnen. Was konnte ich sagen, damit er mich zu einem Familienmitglied vorließ? Vielleicht lebte Ururuururgroßonkel Hugh noch? Oder schon. Oder überhaupt. Ich würde einfach nach ihm fragen. Oder nach Fat Annie.

Schritte näherten sich und ich nahm meinen ganzen Mut zusammen. Aber ich sah nicht mehr, wer mir die Tür öffnete, denn abermals riss es mich von den Füßen, schleuderte mich einmal durch Zeit und Raum und spuckte mich wieder aus.

Ich fand mich auf der Fußmatte vor unserer Haustür wieder, sprang auf und sah mich um. Alles sah aus wie vorhin, als ich losgegangen war, Tante Maddys Zitronenbonbons zu kaufen. Die Häuser, die parkenden Autos, sogar der Regen.

Der schwarze Mann im Hauseingang von Nummer 18 starrte zu mir hinüber.

»Ja, da staunst nicht nur du«, murmelte ich.

Wie lang war ich fort gewesen? Hatte der schwarze Mann gesehen, wie ich an der Straßenecke verschwunden und auf der Fußmatte wieder aufgetaucht war? Sicher konnte er seinen Augen nicht trauen. Das geschah ihm ganz recht. Jetzt konnte er mal sehen, wie das war, wenn andere einem ein Rätsel aufgaben.

Ich klingelte Sturm. Mr Bernhard öffnete die Tür.

»Haben wir es eilig?«, fragte er.

»Sie wahrscheinlich nicht, aber ich!«

Mr Bernhard hob seine Augenbrauen.

»Entschuldigung, ich habe etwas Wichtiges vergessen.« Ich schob mich an ihm vorbei und rannte die Treppe hinauf, immer zwei Stufen auf einmal nehmend.

Großtante Maddy sah überrascht auf, als ich zur Tür hineinstürzte. »Ich dachte, du wärst schon weg, Engelchen.«

Außer Atem schaute ich auf die Wanduhr. Es war gerade mal zwanzig Minuten her, dass ich aus dem Zimmer gegangen war.

»Aber gut, dass du noch mal wiederkommst. Ich habe vergessen, dir zu sagen, dass sie bei Selfridges die gleichen Bonbons auch ohne Zucker haben, und die Verpackung sieht genau gleich aus! Die darfst du aber auf keinen Fall kaufen, denn von denen ohne Zucker bekommt man . . . – nun ja – Durchfall!«

»Tante Maddy, warum sind alle so sicher, dass Charlotte das Gen hat?«

»Weil . . . kannst du mich nicht etwas Einfacheres fragen?« Großtante Maddy sah ein bisschen verwirrt aus.

»Hat man ihr Blut untersucht? Könnte nicht auch jemand anders das Gen haben?« Allmählich beruhigte sich mein Atem.

»Charlotte ist mit Sicherheit eine Gen-Trägerin.«

»Weil man es in ihrer DNS nachgewiesen hat?«

»Engelchen, du fragst wirklich die falsche Person. In Biologie war ich immer eine komplette Niete, ich weiß ja nicht mal, was DNS ist. Ich glaube, das hat alles weniger mit Biologie zu tun als mit höherer Mathematik. Leider war ich auch in Mathematik immer sehr schlecht. Wenn es um Zahlen und Formeln geht, schalte ich meine Ohren grundsätzlich auf Durchzug. Ich kann dir nur sagen, dass Charlotte genau am für sie bestimmten und seit Jahrhunderten berechneten Tag zur Welt gekommen ist.«

»Das Geburtsdatum bestimmt also, ob man das Gen hat oder nicht?« Ich kaute an meiner Unterlippe. Charlotte war am siebten Oktober geboren, ich am achten. Es trennte uns nur ein einziger Tag.

»Wohl eher umgekehrt«, sagte Großtante Maddy. »Das Gen bestimmt die Geburtsstunde. Sie haben das alles genau berechnet.«

»Und wenn sie sich verrechnet haben?«

Um einen Tag! So einfach war das. Es war eine Verwechslung.

Nicht Charlotte hatte dieses verdammte Gen, sondern ich. Oder wir hatten es alle beide. Oder . . . Ich ließ mich auf den Schemel sinken.

Großtante Maddy schüttelte den Kopf. »Sie haben sich nicht verrechnet, Engelchen. Ich glaube, wenn diese Leute etwas wirklich gut können, dann ist es rechnen.«

Wer waren »diese Leute« denn überhaupt?

»Jeder kann sich doch mal verrechnen«, sagte ich.

Großtante Maddy lachte. »Nicht Isaac Newton, fürchte ich.«

»*Newton* hat Charlottes Geburtsdatum ausgerechnet?«

»Mein liebes Kind, ich verstehe ja deine Neugier. Als ich so jung war wie du, war ich genauso. Aber erstens ist es manchmal besser, unwissend zu sein, und zweitens hätte ich wirklich, wirklich gern meine Zitronenbonbons.«

»Das ist alles so unlogisch«, sagte ich.

»Nur scheinbar.« Großtante Maddy streichelte über meine Hand. »Auch wenn du jetzt genauso klug bist wie vorher: Dieses Gespräch bleibt unter uns. Wenn deine Großmutter erfährt, was ich dir alles erzählt habe, wird sie böse werden. Und wenn sie böse ist, ist sie noch fürchterlicher als sonst.«

»Ich verpetze dich schon nicht, Tante Maddy. Und ich hole dir sofort die Bonbons.«

»Du bist ein gutes Kind.«

»Ich habe nur noch eine Frage: Wie lange dauert es nach dem ersten Zeitsprung, bis es wieder passiert?«

Großtante Maddy seufzte.

»Bitte!«, sagte ich.

»Ich glaube nicht, dass es da Regeln gibt«, sagte Großtante Maddy. »Jeder Gen-Träger ist wohl anders. Aber keiner kann die

Zeitreisen selber steuern. Es passiert ihm täglich, vollkommen unkontrolliert, sogar mehrmals am Tag. Deshalb ist dieser Chronograf ja so wichtig. Wie ich das verstanden habe, muss Charlotte sich dank seiner Hilfe nicht hilflos in der Zeit herumschleudern lassen. Sie kann ganz gezielt in ungefährliche Zeiten geschickt werden, wo ihr nichts passieren kann. Also mach dir keine Sorgen um sie.«

Ehrlich gesagt machte ich mir viel mehr Sorgen um mich selber.

»Wie lange ist man denn in der Gegenwart verschwunden, während man sich in der Vergangenheit aufhält?«, fragte ich atemlos. »Und kann man beim zweiten Mal vielleicht doch bis zu den Dinosauriern zurückspringen, als hier noch alles Sumpf war?«

Meine Großtante schnitt mir mit einer Handbewegung das Wort ab. »Genug jetzt, Gwendolyn. Ich weiß das alles doch auch nicht!«

Ich rappelte mich auf. »Trotzdem danke für deine Antworten«, sagte ich. »Du hast mir sehr geholfen.«

»Das glaube ich wohl weniger. Ich habe ein fürchterlich schlechtes Gewissen. Eigentlich sollte ich dich nicht auch noch in deinem Interesse unterstützen, zumal ich das alles ja selbst nicht wissen dürfte. Wenn ich meinen Bruder – deinen lieben Großvater – früher über all diese Geheimnisse ausgefragt habe, hat er mir immer die gleiche Antwort gegeben. Er hat gesagt, je weniger man darüber weiß, desto besser für die Gesundheit. Gehst du denn jetzt endlich meine Bonbons holen? Und bitte vergiss nicht: *mit* Zucker!«

Großtante Maddy winkte mir hinterher.

Wie konnten Geheimnisse schlecht für die Gesundheit sein? Und wie viel hatte mein Großvater über all das gewusst?

»Isaac Newton?«, wiederholte Leslie verblüfft. »War das nicht der mit der Schwerkraft?«

»Ja, klar. Aber offenbar hat er auch Charlottes Geburtsdatum ausgerechnet.« Ich stand in der Lebensmittelabteilung bei Selfridges vor den Joghurts und hielt mir mit der rechten Hand das Handy ans eine Ohr, während ich mir das andere mit der linken Hand zuhielt. »Nur dummerweise glaubt keiner, dass er sich verrechnet hat. Klar – wer würde das auch glauben, bei Newton! Aber er *muss* sich vertan haben, Leslie. Ich bin einen Tag nach Charlotte geboren und *ich* bin in der Zeit gesprungen, nicht sie.«

»Das ist wirklich mehr als mysteriös. Ach, das Scheißding braucht wieder mal Stunden, um hochzufahren. Mach schon, du Mistvieh!« Leslie beschimpfte ihren Computer.

»Oh, Leslie, das war so – seltsam! Beinahe hätte ich mit einem meiner Vorfahren gesprochen! Weißt du, vielleicht mit diesem dicken Kerl von dem Gemälde vor der Geheimtür, Ururururururgroßonkel Hugh. Das heißt, falls es seine Zeit war und nicht eine andere. Sie hätten mich allerdings auch in ein Irrenhaus einweisen lassen können.«

»Dir hätte weiß der Himmel was passieren können«, sagte Leslie. »Ich fasse es immer noch nicht! Da machen die all die Jahre so ein Theater wegen Charlotte und dann passiert so was! Du musst das sofort deiner Mum erzählen. Du musst überhaupt sofort nach Hause! Es kann doch jeden Augenblick wieder passieren!«

»Gruselig, oder?«

»Absolut. Okay, jetzt bin ich online. Ich google mal als Erstes

Newton. Und du gehst nach Hause, los! Hast du eine Ahnung, wie lange es Selfridges schon gibt? Möglicherweise war da ja früher mal eine Grube und du fällst gleich zwölf Meter tief!«

»Großmutter wird total ausrasten, wenn sie das erfährt«, sagte ich.

»Ja, und die arme Charlotte erst . . . denk mal, all die Jahre musste sie auf alles verzichten und jetzt hat sie nicht mal was davon. Also, ich hab's. Newton. Geboren 1643 in Woolsthorpe – wo ist denn das? –, gestorben 1727 in London. Blablabla. Hier steht nichts von Zeitreisen, nur was von Infinitesimalrechnung, nie gehört, du? Transzendenz aller Spiralen . . . Quadratix, Optik, Himmelsmechanik, blabla, ah, da ist auch das Gravitationsgesetz . . . na ja, das mit der Transzendenz der Spiralen klingt irgendwie am ehesten nach Zeitreisen, findest du nicht?«

»Ehrlich gesagt – nö«, sagte ich.

Neben mir diskutierte ein Pärchen lautstark über die Joghurtsorte, die es kaufen wollte.

»Bist du etwa immer noch bei Selfridges?«, rief Leslie. »Mach, dass du nach Hause kommst!«

»Bin schon unterwegs«, sagte ich und schwenkte die gelbe Papiertüte mit Großtante Maddys Bonbons darin Richtung Ausgang. »Aber Leslie, ich *kann* das zu Hause nicht erzählen. Die halten mich doch für irre.«

Leslie prustete ins Telefon. »Gwen! Jede andere Familie würde dich vielleicht in die Klapse einweisen lassen, aber nicht deine! Die reden doch von nichts anderem als von Zeitreisegenen und Chronometern und Mysterienunterricht.«

»Chronograf«, verbesserte ich. »Das Ding funktioniert mit Blut! Ist das ekelig oder ist das ekelig?«

»Chro – no – graf! Okay, ich hab's gegoogelt.«

Ich schob mich durch das Menschengewühl in der Oxford Street bis zur nächsten Ampel. »Tante Glenda wird sagen, dass ich das alles nur erfinde, um mich wichtig zu machen und Charlotte die Show zu stehlen.«

»Na und? Spätestens, wenn du das nächste Mal springst, wird sie ja merken, dass sie falschliegt.«

»Und wenn ich gar nicht mehr springe? Wenn das nur eine einmalige Sache war? Wie ein Schnupfen.«

»Das glaubst du doch wohl selbst nicht. Okay, ein Chronograf scheint eine stinknormale Armbanduhr zu sein. Kriegst du massenhaft bei eBay, ab zehn Pfund. Mist . . . warte, ich google mal Isaac Newton *und* Chronograf *und* Zeitreisen *und* Blut.«

»Na?«

»Null Treffer.« Leslie seufzte. »Jetzt tut es mir leid, dass wir das nicht alles früher erforscht haben. Ich besorg uns mal als Erstes Literatur. Alles, was ich über Zeitreisen finden kann. Wozu habe ich diesen doofen Bibliotheksausweis denn? Wo bist du gerade?«

»Ich überquere die Oxford Street und biege dann in die Duke Street ein.« Plötzlich musste ich kichern. »Fragst du, weil du herkommen und ein Kreidekreuz machen willst, falls die Verbindung plötzlich abbricht? Ich frage mich ja mittlerweile, wofür das blöde Kreidekreuz bei Charlotte überhaupt gut sein sollte.«

»Na, vielleicht hätten sie ihr diesen anderen Zeitreisetyp hinterhergeschickt. Wie heißt er noch gleich?«

»Gideon de Villiers.«

»Heißer Name. Den google ich auch mal. Gideon de Villiers. Wie wird das geschrieben?«

»Woher soll ich das wissen? Noch mal zum Kreidekreuz: Wohin hätten sie diesen Gideon denn schicken sollen? Ich meine, in welche Zeit? Charlotte hätte ja überall sein können. In jeder Minute, in jeder Stunde, in jedem Jahr, in jedem Jahrhundert. Nee, das Kreidekreuz macht keinen Sinn.«

Leslie kreischte so laut in mein Ohr, dass ich das Handy beinahe fallen gelassen hätte. »*Gideon de Villiers.* Ich hab einen.«

»Echt?«

»Yep. Hier steht's: *Die Polomannschaft des Greenwicher Vincent-Internats hat auch in diesem Jahr wieder den All-England-School-Polowettbewerb gewonnen. Über den Pokal freuen sich, von links nach rechts, Direktor William Henderson, Trainer John Carpenter, Mannschaftskapitän Gideon de Villiers . . .* und so weiter und so fort. Wow, Kapitän ist er auch noch. Leider ist das Bild winzig, man kann nicht unterscheiden, was Pferde und was Jungs sind. Wo bist du gerade, Gwen?«

»Immer noch Duke Street. Das passt doch: Internat in Greenwich, Polo – das ist er bestimmt. Steht da vielleicht auch, dass er ab und an einfach verschwindet? Vielleicht direkt vom Pferd?«

»Ach, ich sehe gerade, der Artikel ist schon drei Jahre alt. Mittlerweile ist er vielleicht schon mit der Schule fertig. Ist dir wieder schwindelig.«

»Bis jetzt nicht.«

»Wo bist du gerade?«

»Leslie! Immer noch Duke Street. Ich gehe schon, so schnell ich kann.«

»Okay, wir telefonieren, bis du vor der Haustür bist, und sofort, wenn du heimkommst, redest du mit deiner Mum.«

Ich sah auf meine Armbanduhr. »Die ist noch gar nicht von der Arbeit zurück.«

»Dann wartest du eben so lange, aber du redest mit ihr, ist das klar? Sie weiß, was zu tun ist, damit dir nichts passieren kann. Gwen? Bist du noch dran? Hast du mich verstanden?«

»Ja. Habe ich. Leslie?«

»Hm?«

»Ich bin froh, dass ich dich habe. Du bist die beste Freundin der Welt.«

»Du bist als Freundin auch nicht übel«, sagte Leslie. »Ich meine, du kannst mir demnächst coole Sachen aus der Vergangenheit mitbringen. Welche Freundin kann das schon? Und wenn wir das nächste Mal für einen blöden Geschichtstest lernen müssen, recherchierst du das Ganze einfach vor Ort.«

»Wenn ich dich nicht hätte, wüsste ich gar nicht, was ich tun sollte.« Ich wusste selbst, dass ich mich irgendwie jammerig anhörte. Aber Herrgott – ich fühlte mich auch jammerig.

»Kann man eigentlich Gegenstände aus der Vergangenheit mitbringen?«, fragte Leslie.

»Keine Ahnung. Wirklich absolut keinen Schimmer. Ich probiere es beim nächsten Mal einfach aus. Bin übrigens jetzt am Grosvenor Square.«

»Dann hast du es bald geschafft«, sagte Leslie erleichtert. »Außer dieser Polosache hat Google nichts mehr über einen Gideon de Villiers gefunden. Dafür jede Menge über eine Privatbank de Villiers und eine Anwaltskanzlei de Villiers in Temple.«

»Ja, das müssen sie sein.«

»Irgendwelche Schwindelgefühle?«

»Nein, aber danke der Nachfrage.«

Leslie räusperte sich. »Ich weiß, du hast Angst, aber irgendwie ist das alles ziemlich cool. Ich meine, es ist ein echtes Abenteuer, Gwen. Und du steckst mittendrin!«

Ja. Ich steckte mittendrin.

So eine Scheiße.

Leslie hatte recht: Es gab keinen Grund anzunehmen, dass meine Mum mir nicht glauben würde. Meine »Geistergeschichten« hatte sie sich auch von jeher mit gebührendem Ernst angehört. Ich hatte immer zu ihr kommen können, wenn mich etwas geängstigt hatte.

Als wir noch in Durham gewohnt hatten, war ich monatelang vom Geist eines Dämons verfolgt worden, der eigentlich als steinerner Wasserspeier auf den Dächern der Kathedrale seinen Dienst hätte verrichten müssen. Sein Name war Asrael und er sah aus wie eine Mischung aus Mensch, Katze und Adler. Als er bemerkt hatte, dass ich ihn sehen konnte, war er so entzückt gewesen, endlich mit jemandem reden zu können, dass er auf Schritt und Tritt hinter mir herrannte oder -flog, mich vollquatschte und nachts sogar in meinem Bett schlafen wollte. Nachdem ich meine anfängliche Angst überwunden hatte – Asrael war wie alle Wasserspeier mit einer ziemlich gruseligen Fratze ausgestattet –, waren wir allmählich Freunde geworden. Leider hatte Asrael nicht von Durham mit nach London ziehen können und er fehlte mir immer noch. Die wenigen Wasserspeier-Dämonen, die ich hier in London gesehen hatte, waren eher unsympathische Wesen, bis jetzt hatte ich jedenfalls noch keinen getroffen, der Asrael das Wasser hätte reichen können.

Wenn Mum mir Asrael geglaubt hatte, würde sie die Zeitreise wohl auch glauben. Ich wartete auf einen günstigen Augenblick, um mit ihr zu sprechen. Aber irgendwie wollte der günstige Augenblick nicht so recht kommen. Kaum war sie von der Arbeit nach Hause gekommen, musste sie mit meiner Schwester Caroline diskutieren, weil Caroline sich dafür eingetragen hatte, während der Sommerferien das Klassenterrarium in Obhut zu nehmen, inklusive des Klassenmaskottchens, eines Chamäleons namens Mr Bean. Obwohl es bis zu den Sommerferien noch mehrere Monate hin war, ließ sich die Diskussion offenbar nicht aufschieben.

»Du kannst Mr Bean nicht in Pflege nehmen, Caroline! Du weißt genau, dass deine Großmutter Tiere im Haus verboten hat«, sagte Mum. »Und Tante Glenda ist allergisch.«

»Aber Mr Bean hat gar kein Fell«, sagte Caroline. »Und er bleibt die ganze Zeit in seinem Terrarium. Er stört keinen.«

»Er stört deine Großmutter!«

»Dann ist meine Großmutter blöd!«

»Caroline – es geht nicht! Hier hat auch niemand Ahnung von einem Chamäleon. Stell dir nur vor, wir würden was falsch machen und Mr Bean würde krank werden und sterben!«

»Das würde er nicht. Ich weiß, wie man sich um ihn kümmert. Bitte, Mummy! Lass mich ihn nehmen! Wenn ich ihn nicht nehme, nimmt ihn wieder Tess und die gibt immer so an, dass sie Mr Beans Lieblingskind wäre.«

»Caroline, nein!«

Eine Viertelstunde später diskutierten sie immer noch, auch als Mum ins Badezimmer ging und die Tür hinter sich abschloss. Caroline stellte sich davor auf und rief: »Lady Arista müsste ja nichts davon merken. Wir könnten das Terrarium ins Haus schmuggeln, wenn sie nicht da ist. Sie kommt doch so gut wie nie in mein Zimmer.«

»Kann man hier nicht wenigstens auf dem Klo mal seine Ruhe haben?«, rief Mum.

»Nein«, sagte Caroline. Sie konnte eine fürchterliche Nervensäge sein. Sie hörte erst auf zu quengeln, als Mum versprach, sich höchstpersönlich bei Lady Arista für den Ferienaufenthalt von Mr Bean in unserem Haus zu verwenden.

Die Zeit, die Caroline und Mum mit ihrer Diskussion verplemperten, nutzte ich, um meinem Bruder Nick Kaugummi aus den Haaren zu entfernen.

Wir saßen im Nähzimmer. Er hatte ungefähr ein halbes Pfund von dem Zeug auf dem Kopf kleben, konnte sich aber nicht erinnern, wie es da hingekommen war.

»Das muss man aber doch merken!«, sagte ich. »Ich muss dir leider ein paar Strähnen abschneiden.«

»Macht nichts«, sagte Nick. »Du kannst die anderen gleich mit abschneiden. Lady Arista hat gesagt, ich sähe aus wie ein Mädchen.«

»Für Lady Arista sehen alle wie ein Mädchen aus, deren Haare länger als ein Streichholz sind. Bei deinen schönen Locken wäre es eine Schande, sie so kurz zu scheren.«

»Die wachsen ja wieder. Schneid sie alle ab, ja?«

»Das geht nicht mit einer Nagelschere. Dafür musst du zum Friseur.«

»Du kannst das schon«, sagte Nick vertrauensvoll. Er hatte offenbar vollkommen vergessen, dass ich ihm schon einmal mit einer Nagelschere die Haare geschnitten hatte und dass er damals ausgesehen hatte wie ein frisch geschlüpftes Geierküken. Ich war sieben, er vier Jahre alt gewesen. Ich hatte seine Locken gebraucht, weil ich mir eine Perücke daraus hatte basteln wollen. Das hatte allerdings nicht geklappt, dafür hatte ich aber einen Tag Hausarrest aufgebrummt bekommen.

»Untersteh dich«, sagte Mum. Sie war ins Zimmer gekommen und nahm mir sicherheitshalber die Schere aus der Hand. »Wenn überhaupt, dann macht das ein Friseur. Morgen. Jetzt müssen wir zum Abendessen nach unten.«

Nick stöhnte.

»Keine Sorge, Lady Arista ist heute nicht da!« Ich grinste ihn an. »Niemand wird wegen des Kaugummis meckern. Oder wegen des Flecks auf deinem Sweatshirt.«

»Was für ein Fleck?« Nick sah an sich herab. »Oh, Mist, das muss Granatapfelsaft sein. Hab ich gar nicht bemerkt.« Der arme Kleine, er kam ganz auf mich.

»Wie gesagt, niemand wird schimpfen.«

»Aber heute ist doch gar nicht Mittwoch!«, sagte Nick.

»Sie sind trotzdem weggefahren.«

»Cool.«

Wenn Lady Arista, Charlotte und Tante Glenda dabei waren, war das Dinner immer eher eine anstrengende Angelegenheit. Lady Arista kritisierte vor allem Carolines und Nicks Tischmanieren (manchmal auch die von Großtante Maddy), Tante Glenda erkundigte sich ständig nach meinen Schulnoten, um sie dann mit Charlottes zu vergleichen, und Charlotte lächelte wie Mona Lisa und sagte: »Das geht euch nichts an«, wenn man sie etwas fragte.

Alles in allem hätten wir auf diese abendlichen Versammlungen also gut verzichten können, aber unsere Großmutter bestand darauf, dass jeder teilnahm.

Nur wer eine ansteckende Krankheit hatte, war entschuldigt. Zubereitet wurde das Essen von Mrs Brompton, die montags bis freitags ins Haus kam und sich neben dem Essen auch um die Wäsche kümmerte. (An den Wochenenden kochten entweder

Tante Glenda oder Mum. Essen vom Pizzadienst oder vom Chinesen gab es zu Nicks und meinem Kummer nie.)

An den Mittwochabenden, wenn Lady Arista, Tante Glenda und Charlotte ihren Mysterien nachgingen, war das Dinner deutlich entspannter. Und wir fanden alle herrlich, dass heute, obwohl erst Montag, schon Mittwochsverhältnisse herrschten. Nicht dass wir dann laut schlürften, schmatzten und rülpsten, aber wir trauten uns durcheinanderzureden, die Ellenbogen auf den Tisch zu legen und Themen zu erörtern, die Lady Arista unpassend fand.

Chamäleons zum Beispiel.

»Magst du Chamäleons, Tante Maddy? Würdest du nicht gerne mal eins haben wollen? Ein ganz zahmes?«

»Also, ähm, eigentlich, doch ja, wo du es jetzt so sagst, da merke ich, dass ich wirklich schon immer mal ein Chamäleon haben wollte«, sagte Großtante Maddy und häufte sich Rosmarinkartoffeln auf den Teller. »Unbedingt.«

Caroline strahlte. »Vielleicht geht dein Wunsch ja bald in Erfüllung.«

»Haben Lady Arista und Glenda etwas von sich hören lassen?«, erkundigte sich Mum.

»Deine Mutter hat am Nachmittag angerufen, um zu sagen, dass sie beim Abendessen nicht dabei sein werden«, sagte Großtante Maddy. »Ich habe in unser aller Namen unser großes Bedauern darüber ausgesprochen, ich hoffe, das war euch recht.«

»Oh ja.« Nick kicherte.

»Und Charlotte? Ist sie . . .?«, fragte Mum.

»Bis jetzt wohl nicht.« Großtante Maddy hob die Schultern. »Sie rechnen aber jeden Augenblick damit. Dem armen Mädchen ist unentwegt schwindelig und jetzt hat sie auch noch Migräne bekommen.«

»Sie ist wirklich zu bedauern«, sagte Mum. Sie legte ihre Gabel beiseite und starrte geistesabwesend auf die dunkle Täfelung unseres Esszimmers, die in etwa so aussah, als hätte jemand die Wände aus Versehen mit dem Boden verwechselt und dort Parkett verlegt.

»Was passiert denn, wenn Charlotte *gar nicht* in der Zeit springt?«, fragte ich.

»Früher oder später wird es passieren!«, imitierte Nick die salbungsvolle Stimme unserer Großmutter.

Alle außer Mum und mir lachten.

»Aber wenn es nicht passiert? Wenn sie sich vertan haben und Charlotte dieses Gen überhaupt gar nicht besitzt?«, fragte ich.

Diesmal äffte Nick Tante Glenda nach: »Gleich als Baby konnte man Charlotte ansehen, dass sie zu Höherem geboren wurde. Man kann sie mit euch gewöhnlichen Kindern gar nicht vergleichen.«

Wieder lachten alle. Außer Mum. »Wie kommst du denn darauf, Gwendolyn?«

»Nur so . . .« Ich zögerte.

»Ich habe dir doch erklärt, dass da gar kein Irrtum möglich ist«, sagte Großtante Maddy.

»Ja, weil Isaac Newton ein Genie ist, das sich nicht verrechnet, ich weiß«, sagte ich. »Warum hat Newton denn Charlottes Geburtsdatum überhaupt ausgerechnet?«

»Tante Maddy!« Mum sah Großtante Maddy vorwurfsvoll an.

Die schnalzte mit der Zunge. »Sie hat mir Löcher in den Bauch gefragt, was sollte ich denn tun? Sie ist genau wie du, als du klein warst, Grace. Abgesehen davon hat sie versprochen, absolutes Stillschweigen über unser Gespräch zu bewahren.«

»Nur Großmutter gegenüber«, sagte ich. »Hat Isaac Newton vielleicht auch diesen Chronografen erfunden?«

»Petze«, sagte Großtante Maddy. »Dir sag ich gar nichts mehr.«

»Was für einen Chronografen?«, fragte Nick.

»Das ist eine Zeitmaschine, mit der Charlotte in die Vergangenheit geschickt wird«, erklärte ich ihm. »Und Charlottes Blut ist sozusagen der Treibstoff für diese Maschine.«

»Krass«, sagte Nick und Caroline kreischte: »Iiih, Blut!«

»Kann man mit dem Chronografen auch in die Zukunft reisen?«, fragte Nick.

Mum stöhnte. »Sieh nur, was du angerichtet hast, Tante Maddy.«

»Es sind deine Kinder, Grace«, sagte Großtante Maddy lächelnd. »Es ist normal, dass sie Bescheid wissen wollen.«

»Ja, wahrscheinlich.« Mum sah uns der Reihe nach an. »Aber ihr dürft solche Fragen niemals eurer Großmutter stellen, hört ihr?«

»Dabei wüsste sie wahrscheinlich als Einzige die Antworten«, sagte ich.

»Aber sie würde sie euch nicht geben.«

»Und wie viel weißt du von alldem, Mum?«

»Mehr, als mir lieb ist.« Mum lächelte zwar dabei, aber ich fand, es war ein trauriges Lächeln. »Man kann übrigens *nicht* in die Zukunft reisen, Nick, und zwar deshalb nicht, weil die Zukunft noch gar nicht stattgefunden hat.«

»Hä?«, machte Nick. »Was ist denn das für eine Logik?«

Es klopfte und Mr Bernhard trat ein, mit dem Telefon. Leslie wäre vermutlich völlig ausgeflippt, wenn sie gesehen hätte, dass das Telefon auf einem silbernen Tablett lag. Manchmal übertrieb Mr Bernhard es wirklich ein bisschen.

»Ein Telefongespräch für Miss Grace«, sagte er.

Mum nahm das Telefon vom Tablett und Mr Bernhard machte kehrt und verließ das Esszimmer wieder. Er aß nur mit uns zu Abend, wenn Lady Arista ihn ausdrücklich darum bat, was aber nur ein paar Mal im Jahr vorkam. Nick und ich argwöhnten, dass er sich heimlich was vom Italiener oder Chinesen kommen ließ und es sich damit gemütlich machte.

»Ja? Ach, Mutter, du bist es.«

Großtante Maddy zwinkerte uns zu. »Eure Großmutter kann Gedanken lesen!«, flüsterte sie. »Sie ahnt, dass wir hier verbotene Gespräche führen. Wer von euch räumt das Geschirr ab? Wir brauchen Platz für Mrs Bromptons Apfelkuchen.«

»Und die Vanillecreme!« Obwohl ich einen Riesenberg Rosmarinkartoffeln mit karamellisierten Möhren und Schweinemedaillons gegessen hatte, war ich immer noch nicht satt. Die ganze Aufregung hatte mich nur zusätzlich hungrig gemacht. Ich stand auf und begann, das schmutzige Geschirr in den Speiseaufzug zu räumen.

»Wenn Charlotte zu den Dinosauriern reist, kann sie mir dann ein Dinosaurier-Baby mitbringen?«, fragte Caroline.

Großtante Maddy schüttelte den Kopf. »Tiere und Menschen ohne das Zeitreise-Gen können nicht durch die Zeit transportiert werden. Und so weit zurück kann man auch nicht reisen.«

»Schade«, sagte Caroline.

»Na, ich finde das aber ganz gut so«, sagte ich. »Stell dir mal vor, was hier los wäre, wenn die Zeitreisenden ständig Dinosau-

rier und Säbelzahntiger mitbrächten – oder Attila den Hunnen-
könig oder Adolf Hitler.«

Mums Telefonat war beendet. »Sie bleiben über Nacht dort«,
sagte sie. »Sicherheitshalber.«

»Wo denn?«, fragte Nick.

Mum antwortete nicht. »Tante Maddy? Ist alles in Ordnung?«

Zwölf Säulen tragen das Schloss der Zeit.
Zwölf Tiere regieren das Reich.
Der Adler ist zum Aufstieg bereit.
Die Fünf ist Schlüssel und Basis zugleich.
So ist im Kreis der Zwölf die Zwölf die Zwei.
Der Falke schlüpft als Siebenter und ist doch Nummer drei.

Aus den Geheimschriften des Grafen von Saint Germain

4.

Tante Maddy saß seltsam steif auf ihrem Stuhl, ihre Augen starrten ins Leere und ihre Hände krampften sich um die Stuhllehnen. Jegliche Farbe war aus ihrem Gesicht gewichen.

»Tante Maddy? Oh, Mum, hat sie einen Schlaganfall? Tante Maddy! Kannst du mich hören? Tante Maddy!« Ich wollte ihre Hand nehmen, aber Mum hielt mich zurück.

»Nicht anfassen! Fass sie nicht an.«

Caroline fing an zu weinen.

»Was hat sie denn?«, rief Nick. »Hat sie was verschluckt?«

»Wir müssen den Notarzt rufen«, sagte ich. »Mum, jetzt tu doch was!«

»Sie hat keinen Schlaganfall. Und sie hat auch nichts verschluckt. Sie hat eine Vision«, sagte Mum. »Es ist gleich vorbei.«

»Sicher?« Großtante Maddys starrer Blick machte mir Angst. Die Pupillen waren riesig, ihre Lider vollkommen unbeweglich.

»Hier ist es plötzlich so kalt«, flüsterte Nick. »Spürt ihr das auch?«

Caroline wimmerte vor sich hin. »Macht doch, dass es aufhört.«

»Lucy!«, rief jemand. Wir fuhren erschrocken zusammen, dann begriffen wir, dass es Großtante Maddy gewesen war. Und es war wirklich kühler geworden. Ich sah mich um, aber es war kein Geist im Zimmer zu sehen. »Lucy, das liebe Kind. Sie führt mich zu einem Baum. Einem Baum mit roten Beeren. Oh, wo ist sie denn nun? Ich kann sie nicht mehr sehen. Da liegt etwas zwischen den Wurzeln. Ein riesiger Edelstein, ein geschliffener Saphir. Ein Ei. Ein Ei aus Saphir. Wie schön es ist. Wie kostbar. Aber jetzt bekommt es Risse, oh, es geht kaputt, da ist etwas drin . . . ein kleiner Vogel schlüpft. Ein Rabe. Er hüpft auf den Baum.« Großtante Maddy lachte. Aber ihr Blick war so starr wie vorher. Die Hände krampften sich weiter um die Lehne.

»Der Wind kommt.« Großtante Maddys Lachen erstarb. »Ein Sturm. Alles dreht sich. Ich fliege. Ich fliege mit dem Raben zu den Sternen. Ein Turm. Hoch oben am Turm eine riesige Uhr. Dort sitzt jemand, oben auf der Uhr, und baumelt mit den Beinen. Komm sofort herunter, du leichtsinniges Mädchen!« Plötzlich war Angst in ihrer Stimme. Sie fing an zu schreien. »Der Sturm wird sie hinunterwerfen. Das ist viel zu hoch. Was tut sie denn da? Ein Schatten! Ein großer Vogel kreist am Himmel! Da! Er stößt auf sie nieder. Gwendolyn! Gwendolyn!«

Das war ja nicht zum Aushalten. Ich schob meine Mum zur Seite, packte Großtante Maddy an der Schulter und schüttelte sie leicht. »Ich bin doch hier, Tante Maddy! Bitte! Sieh doch!«

Großtante Maddy drehte den Kopf und sah mich an. Allmählich kehrte die Farbe in ihr Gesicht zurück. »Mein Engelchen«, sagte sie. »Das war wirklich der pure Leichtsinn, so hoch hinaufzuklettern!«

»Bist du wieder okay?« Ich schaute zu meiner Mum. »Bist du sicher, dass es nichts Schlimmes war?«

»Es war eine Vision«, sagte Mum. »Es geht ihr gut.«

»Nein, geht es mir nicht. Es war eine schlimme Vision«, sagte Großtante Maddy. »Das heißt, der Anfang war ganz nett.«

Caroline hatte aufgehört zu weinen. Sie und Nick starrten Großtante Maddy befremdet an.

»Das war gruselig«, sagte Nick. »Habt ihr gemerkt, wie kalt es wurde?«

»Das hast du dir eingebildet«, sagte ich.

»Habe ich nicht!«

»Ich habe es auch gemerkt«, sagte Caroline. »Ich habe eine Gänsehaut bekommen.«

Großtante Maddy griff nach Mums Hand. »Ich habe deine Nichte Lucy getroffen, Grace. Sie sah noch genauso aus wie damals. Dieses süße Lächeln . . .«

Mum sah aus, als finge sie gleich an zu weinen.

»Den Rest habe ich wieder mal nicht verstanden«, fuhr Großtante Maddy fort. »Ein Ei aus Saphir, ein Rabe, Gwendolyn auf der Turmuhr und dann dieser böse Vogel. Verstehst *du* das?«

Mum seufzte. »Natürlich nicht, Tante Maddy. Es sind *deine* Visionen.« Sie ließ sich neben ihr auf einen der Esszimmerstühle sinken.

»Ja, aber deshalb verstehe ich sie trotzdem nicht«, sagte Großtante Maddy. »Hast du alles mitgeschrieben, damit wir es später deiner Mutter erzählen können?«

»Nein, Tantchen, das habe ich nicht.«

Maddy beugte sich vor. »Dann sollten wir es sofort aufschreiben. Also, zuerst war da Lucy, dann der Baum. Rote Beeren . . . Könnte das eine Eberesche gewesen sein? Da lag dieser Edelstein, der wie ein Ei geschliffen war . . . meine Güte, habe ich einen Hunger! Ich hoffe, ihr habt den Nachtisch nicht ohne mich gegessen. Heute habe ich mir mindestens zwei Stücke verdient. Oder drei.«

»Das war wirklich obergruselig vorhin«, sagte ich. Caroline und Nick waren schon ins Bett gegangen und ich saß bei Mum auf der Bettkante und versuchte, eine geschickte Überleitung zu meinem Problem zu finden. *Mum, heute Nachmittag ist etwas passiert und ich habe Angst, dass es wieder passieren könnte.*

Mum widmete sich ihrer abendlichen Schönheitspflege. Mit dem Gesicht war sie bereits fertig. Die gute Pflege lohnte sich offenbar. Dass meine Mutter über vierzig war, konnte man ihr wirklich nicht ansehen.

»Das war das erste Mal, dass ich bei einer von Großtante Maddys Visionen dabei war«, sagte ich.

»Das war auch das erste Mal, dass sie eine während des Abendessens hatte«, erwiderte Mum, während sie Creme auf ihre Hände auftrug und einmassierte. Sie behauptete immer, dass man das Alter am ehesten an den Händen und dem Hals erkennen könne.

»Und – kann man ihre Visionen ernst nehmen?«

Mum zuckte mit den Schultern. »Tja. Du hast ja gehört, was für ein verworrenes Zeug sie erzählt hat. Man kann es irgendwie immer passend interpretieren. Drei Tage, bevor dein Großvater starb, hatte sie auch eine Vision. Von einem schwarzen Panther, der ihm auf die Brust sprang.«

»Großvater ist an einem Herzinfarkt gestorben. Das passt doch.«

»Sage ich ja – es passt irgendwie immer. Möchtest du auch Handcreme?«

»Glaubst du denn daran? Ich meine, nicht an Handcreme, sondern an Tante Maddys Visionen?«

»Ich glaube, dass Tante Maddy wirklich sieht, was sie sagt. Aber das heißt noch lange nicht, dass das, was sie sieht, die Zukunft voraussagt. Oder sonst irgendwas zu bedeuten hat.«

»Das verstehe ich nicht!« Ich hielt Mum meine Hände hin und sie begann, sie mit Creme zu bestreichen.

»Das ist ein bisschen wie mit deinen Geistern, Liebling. Ich bin überzeugt, dass du sie sehen kannst, genau wie ich Tante Maddy glaube, dass sie Visionen hat.«

»Soll das heißen, du glaubst zwar, dass ich Geister sehe, aber du glaubst nicht, dass es sie gibt?«, rief ich aus und zog ihr empört meine Hände weg.

»Ich *weiß* nicht, ob es sie wirklich gibt«, sagte Mum. »Was ich glaube, spielt doch keine Rolle.«

»Aber wenn es sie nicht gäbe, würde das ja bedeuten, dass ich sie mir nur einbilden würde. Und das wiederum würde bedeuten, dass ich verrückt wäre.«

»Nein«, sagte meine Mum. »Es würde nur bedeuten, dass . . . – ach Liebling! Ich weiß auch nicht. Manchmal habe ich das Gefühl, in dieser Familie haben alle einfach ein bisschen zu viel Fantasie. Und wir würden viel friedlicher und glücklicher leben, wenn wir uns auf das beschränkten, was *normale* Leute auch glauben.«

»Verstehe«, sagte ich. Vielleicht war es doch keine so gute Idee, mit meinen Neuigkeiten rauszurücken. *Hey Mum, heute Nachmittag sind wir in die Vergangenheit gereist, ich und meine unnormale Fantasie.*

»Jetzt sei bitte nicht beleidigt«, sagte Mum. »Ich weiß, dass es Dinge zwischen Himmel und Erde gibt, die wir uns nicht erklären können. Aber möglicherweise messen wir diesen Dingen viel zu viel Bedeutung bei, je mehr wir uns mit ihnen beschäftigen. Ich halte dich nicht für verrückt. Und Tante Maddy auch nicht. Aber mal ehrlich: Glaubst du, Tante Maddys Vision hätte irgendwas mit deiner Zukunft zu tun?«

»Vielleicht.«

»Ach ja? Hast du vor, in nächster Zeit auf einen Turm zu klettern und dich dort auf die Uhr zu setzen, um mit den Beinen zu baumeln?«

»Natürlich nicht. Aber vielleicht ist es ein Symbol.«

»Ja, vielleicht«, sagte Mum. »Vielleicht aber auch nicht. Geh jetzt schlafen, Liebling. Das war ein langer Tag.« Sie schaute auf die Uhr auf ihrem Nachttisch. »Hoffen wir, dass Charlotte es mittlerweile hinter sich hat. Oh Gott, ich wünsche mir so sehr, dass sie es endlich geschafft hat.«

»Vielleicht hat Charlotte aber auch nur zu viel Fantasie«, sagte ich, stand auf und gab Mum einen Kuss.

Ich würde es morgen noch einmal versuchen.

Vielleicht.

»Gute Nacht.«

»Gute Nacht, meine Große. Ich hab dich lieb.«

»Ich dich auch, Mum.«

Als ich meine Zimmertür hinter mir zumachte und in mein Bett kletterte, fühlte ich mich ziemlich mies. Ich wusste, ich hätte meiner Mutter alles erzählen sollen. Aber das, was sie gesagt hatte, hatte mich nachdenklich gestimmt. Sicher verfügte ich über viel Fantasie, aber Fantasie zu haben war eine Sache. Sich dagegen einzubilden, in der Zeit zu reisen, eine ganz andere.

Leute, die sich so etwas einbildeten, wurden ärztlich behandelt. Zu Recht, wie ich fand. Vielleicht war ich ja wie all diese Typen, die behaupteten, von Außerirdischen entführt worden zu sein. Einfach nur bekloppt.

Ich knipste die Nachttischlampe aus und kuschelte mich unter die Decke. Was war denn schlimmer? Verrückt zu sein oder wirklich in der Zeit zu springen?

Vermutlich Letzteres, dachte ich. Gegen das andere konnte man vielleicht Tabletten schlucken.

Im Dunkeln kam auch die Angst zurück. Ich dachte wieder daran, wie tief ich fallen würde, von hier oben bis auf den Erdboden. Also knipste ich die Nachttischlampe wieder an und drehte mich mit dem Gesicht zur Wand. Um einschlafen zu können, versuchte ich, an etwas Unverfängliches, Neutrales zu denken, aber es wollte mir einfach nicht gelingen. Schließlich zählte ich von tausend an rückwärts.

Irgendwann musste ich doch eingeschlafen sein, denn ich hatte von einem großen Vogel geträumt, als ich aufwachte und mich mit laut klopfendem Herzen aufsetzte.

Da war es wieder, dieses widerliche Schwindelgefühl im Magen. Panisch sprang ich aus dem Bett und lief, so schnell es mir mit den weichen Knien möglich war, zu meiner Mum hinüber. Es war mir egal, ob sie mich für verrückt halten würde, ich wollte nur, dass es aufhörte. Und ich wollte nicht drei Stockwerke tief in einen Sumpf fallen!

Ich kam nur bis in den Flur, dann riss es mich von den Füßen. Überzeugt, mein letztes Stündchen sei gekommen, kniff ich fest die Augen zusammen. Aber ich fiel nur unsanft auf meine Knie und der Boden fühlte sich genauso an wie das vertraute Parkett. Ich öffnete vorsichtig die Augen. Es war heller geworden, als sei in der letzten Sekunde ganz plötzlich der Morgen heraufgedämmert. Für einen Moment hatte ich die Hoffnung, es sei gar nichts passiert, aber dann sah ich, dass ich zwar in unserem Flur gelandet war, aber dass er anders aussah als bei uns. Die Wände waren in einem dunklen Olivgrün gestrichen und es gab keine Lampen an der Decke.

Aus Nicks Zimmer hörte ich Stimmen. Weibliche Stimmen.

Ich stand schnell auf. Wenn mich jemand sehen würde ... – wie sollte ich erklären, wo ich plötzlich herkam? In einem *Hello-Kitty*-Pyjama.

»Ich habe das frühe Aufstehen so satt«, sagte die eine Stimme. »Walter darf bis neun Uhr schlafen! Aber wir? Da hätte ich auch auf dem Bauernhof bleiben und weiter Kühe melken können.«

»Walter hatte die halbe Nacht Dienst, Clarisse. Dein Häubchen sitzt schief«, sagte die zweite Stimme. »Steck die Haare ordentlicher darunter, sonst schimpft Mrs Mason.«

»Die schimpft doch sowieso nur«, murrte die erste Stimme.

»Es gibt weitaus strengere Hausdamen, meine liebe Clarisse. Komm jetzt, wir sind spät dran. Mary ist schon vor einer Viertelstunde nach unten gegangen.«

»Ja, und sie hat sogar ihr Bett gemacht. Immer fleißig, immer sauber, genau wie Mrs Mason es will. Aber das tut sie mit Absicht. Hast du mal über ihre Decke gefühlt? Die ist ganz weich. Das ist ungerecht!«

Ich musste schleunigst hier weg. Aber wohin? Gut, dass ich mich hier auskannte.

»Meine Decke kratzt ganz fürchterlich«, beschwerte sich die Clarisse-Stimme.

»Im Winter wirst du froh sein, dass du sie hast. Komm jetzt.«

Die Klinke wurde heruntergedrückt. Ich hechtete zum Einbauschrank, riss die Tür auf und schloss sie wieder, genau in dem Moment, in dem Nicks Zimmertür aufging.

»Ich sehe nur nicht ein, warum meine Decke kratzt, wo Mary doch so eine weiche hat«, sagte die Clarisse-Stimme. »Das ist hier alles so ungerecht. Betty darf mit Lady Montrose aufs Land fahren. Aber wir müssen den ganzen Sommer in der stickigen Stadt ausharren.«

»Du solltest wirklich versuchen, ein bisschen weniger zu jammern, Clarisse.«

Ich konnte der anderen Frau nur beistimmen. Diese Clarisse war wirklich ein kolossaler Jammerlappen.

Ich hörte die beiden die Treppe hinuntergehen und atmete auf. Das war ganz schön knapp gewesen. Wie gut, dass ich mich hier auskannte. Aber was jetzt? Sollte ich einfach im Schrank warten, bis ich wieder zurücksprang? Das war vermutlich das Sicherste. Mit einem Seufzer verschränkte ich die Arme vor der Brust.

Hinter mir in der Dunkelheit stöhnte jemand.

Ich erstarrte vor Schreck. Was um Himmels willen war das?

»Clarisse, bist du das?«, fragte es aus dem Wäscheregal. Es war eine männliche Stimme. »Habe ich verschlafen?«

Himmel! Da *schlief* tatsächlich jemand im Schrank. Was waren denn das für Sitten?

»Clarisse? Mary? Wer ist denn da?«, fragte die Stimme, diesmal deutlich wacher. Es rumorte im Dunkeln. Eine Hand tastete nach mir und fasste mir an den Rücken. Ich wartete nicht, bis sie mich packen konnte, sondern öffnete die Schranktür und floh.

»Halt! Stehen geblieben!«

Ich sah kurz über die Schulter. Ein jüngerer Mann mit einem langen weißen Hemd kam mir aus dem Schrank hinterhergesprungen.

Ich rannte die Treppe hinunter. Wo um Himmels willen sollte ich mich denn jetzt verstecken? Die Schritte des Schrankschläfers donnerten hinter mir her und er brüllte dabei: »Haltet den Dieb!«

Dieb? Ich hörte wohl nicht recht! Was sollte ich ihm denn gestohlen haben? Seine Schlafmütze vielleicht?

Wie gut, dass ich diese Treppen auch im Schlaf hätte hinunterrennen können. Jede einzelne Stufe war mir bestens vertraut. Ich raste zwei Stockwerke in Lichtgeschwindigkeit hinab, vorbei an Urururgroßonkel Hughs Gemälde, das ich mit einigem Bedauern links liegen ließ, weil die Geheimtür ein prima Ausweg aus dieser verflixten Situation gewesen wäre. Aber der Mechanismus klemmte immer ein bisschen und in der Zeit, die ich benötigte, um die Tür zu öffnen, würde mich der Mann im Nachthemd schon eingeholt haben. Nein, ich brauchte ein besseres Versteck.

Im ersten Stock rannte ich beinahe ein Mädchen mit einem Häubchen um, das einen großen Krug schleppte. Sie quiekte laut auf, als ich vorbeiraste, und ließ – wie in einer Filmszene – den Krug fallen. Flüssigkeit platschte zusammen mit Scherben auf den Boden.

Ich hoffte, mein Verfolger würde – auch wie im Film – darüber ausrutschen. Auf jeden Fall kam er nicht so schnell daran vorbei. Meinen Vorsprung nutzte ich, um die Treppe hinab auf die Orchesterempore zu rennen. Ich riss die Tür zu dem kleinen Verschlag unter der Treppe auf und kauerte mich dort zusammen. Wie in meiner Zeit war es hier staubig und unordentlich und voller Spinnweben. Durch die Ritzen zwischen den Treppenstufen drang etwas Licht in den Verschlag, jedenfalls genug, um zu erkennen, dass in diesem Schrank niemand schlief. Genau wie bei uns war er bis in den letzten Winkel mit Gerümpel vollgestopft.

Über mir hörte ich laute Stimmen. Der Nachthemd-Mann diskutierte mit dem armen Mädchen, das den Krug fallen gelassen hatte.

»Wahrscheinlich eine Diebin! Ich habe sie noch nie hier im Haus gesehen.«

Andere Stimmen kamen dazu.

»Sie ist nach unten gerannt. Vielleicht sind noch andere von dem Pack im Haus.«

»Ich kann nichts dafür, Mrs Mason. Diese Diebin hat mich einfach umgerannt. Wahrscheinlich haben sie es auf Myladys Juwelen abgesehen.«

»Auf der Treppe ist mir niemand entgegengekommen. Sie muss also noch irgendwo sein. Sperrt die Haustür ab und durchsucht das Haus«, befahl eine sehr energische Frauenstimme. »Und Sie, Walter, gehen auf der Stelle nach oben und ziehen sich etwas an. Ihre haarigen Waden sind kein erfreulicher Anblick am frühen Morgen.«

Oh mein Gott! Ich hatte mich als Kind etwa eine Million Mal hier versteckt, aber noch niemals hatte ich so eine Angst gehabt, dass man mich finden könnte. Vorsichtig, um keine verräterischen Geräusche zu machen, schob ich mich tiefer in das Gerümpel hinein. Dabei lief mir eine Spinne über den Arm und ich hätte beinahe laut aufgekreischt, so groß war sie.

»Lester, Mr Jenkins und Tott, ihr durchsucht das Erdgeschoss und die Kellerräume. Mary und ich übernehmen den ersten Stock. Clarisse bewacht die Hintertür, Helen den Eingang.«

»Und wenn sie durch die Küche entkommen will?«

»Dazu müsste sie erst an Mrs Craine und ihren eisernen Pfannen vorbei. Schaut in den Verschlägen unter der Treppe nach und hinter allen Vorhängen.«

Ich war verloren.

Ach, verflucht. Das war doch alles total – surreal!

Da hockte ich im Schlafanzug zwischen dicken Spinnen, staubigen Möbeln und – iiiih, war das etwa ein ausgestopftes Krokodil? – in einem Verschlag und wartete darauf, dass man mich wegen versuchten Diebstahls verhaftete. Und das alles nur, weil irgendwas falschlief und Isaac Newton sich verrechnet hatte.

Vor lauter Wut und Hilflosigkeit fing ich an zu weinen. Vielleicht würden diese Menschen ja Mitleid mit mir haben, wenn sie mich so fanden. Im Dämmerlicht funkelten mich die Glasaugen des Krokodils spöttisch an. Überall waren jetzt Schritte zu hören. Staub rieselte mir von den Treppenstufen in die Augen.

Doch dann spürte ich wieder dieses Ziehen im Magen. Noch nie war es mir so willkommen gewesen wie jetzt. Das Krokodil verschwamm vor meinen Augen, dann wirbelte alles um mich herum und es war wieder still. Und stockdunkel.

Ich atmete tief durch. Kein Grund zur Panik. Vermutlich war ich wieder zurückgesprungen. Und vermutlich klemmte ich nun mitten im Gerümpel unter der Treppe in unserer Zeit fest. Wo es durchaus auch dicke Spinnen gab.

Etwas streifte ganz zart mein Gesicht. Okay, doch Panik! Ich ruderte hektisch mit den Armen in der Luft herum und zerrte meine Beine unter einer Kommode heraus. Es rumpelte, Bretter knirschten, eine alte Lampe purzelte zu Boden. Das heißt, ich schätzte, dass es die Lampe war, sehen konnte ich nichts. Aber ich konnte mich befreien. Erleichtert tastete ich mich zur Tür und kroch aus meinem Versteck. Außerhalb des Verschlags war es auch noch dunkel, aber ich konnte die Umrisse des Geländers erkennen, die hohen Fenster, die schimmernden Kronleuchter.

Und eine Gestalt, die auf mich zukam. Der Strahl einer Taschenlampe blendete mich.

Ich öffnete den Mund, um zu schreien, brachte aber keinen Ton heraus.

»Suchten Sie etwas Bestimmtes in der Kammer, Miss Gwendolyn?«, fragte die Gestalt. Es war Mr Bernhard. »Ich bin Ihnen gern bei der Suche behilflich.«

»Äh, also . . . ich . . .« Ich bekam kaum Luft, so sehr saß mir der Schreck noch auf der Lunge. »Was machen *Sie* denn hier unten?«

»Ich hörte Lärm«, sagte Mr Bernhard würdevoll. »Sie sehen ein wenig – staubig aus.«

»Ja.« Staubig, zerkratzt und verweint. Ich wischte mir verstohlen die Tränen von den Wangen.

Mr Bernhard betrachtete mich im Licht der Taschenlampe durch seine Eulenaugen. Ich sah trotzig zurück. Es war ja wohl nicht verboten, nachts in einen Schrank zu klettern, oder? Und die Gründe dafür gingen Mr Bernhard gar nichts an.

Ob er wohl mit seiner Brille schlief?

»Bis zum Weckerklingeln sind es noch zwei Stunden«, sagte er schließlich. »Ich schlage vor, die verbringen Sie in Ihrem Bett. Ich werde auch noch ein wenig ruhen. Gute Nacht.«

»Gute Nacht, Mr Bernhard«, sagte ich.

Aus den Annalen der Wächter

12. Juli 1851

*Trotz gründlicher Hausdurchsuchung konnte die Diebin,
die am frühen Morgen im Haus von Lord Horatio Montrose
(Innerer Kreis) am Bourdon Place gesehen wurde,
nicht gestellt werden. Wahrscheinlich entkam sie durch
eines der Fenster in den Garten. Die Haushälterin,
Mrs Mason, stellte eine Liste mit Dingen auf, die
entwendet wurden. Tafelsilber und wertvoller Schmuck
von Lady Montrose, darunter ein Collier, das der Herzog
von Wellington Lord Montroses Mutter verehrte.
Lady Montrose weilt zurzeit auf dem Land.*

Bericht: David Loyde, Adept 2. Grades

5.

Du siehst echt fertig aus«, sagte Leslie in der Pause auf dem Schulhof.

»Ich fühle mich auch mies.«

Leslie tätschelte meinen Arm. »Aber diese Ringe unter den Augen stehen dir gut«, versuchte sie mich aufzumuntern. »Deine Augen wirken dadurch noch viel blauer.«

Ich musste grinsen. Leslie war so süß. Wir saßen auf der Baumbank unter der Kastanie und wir konnten nur flüstern, denn hinter uns saß Cynthia Dale mit einer Freundin und gleich daneben diskutierte Gordon Quietscheentchen-Brummbär-Gelderman mit zwei anderen Jungen aus unserer Klasse über Fußball. Ich wollte nicht, dass sie etwas von unserem Gespräch mitbekamen. Sie fanden mich sowieso schon seltsam genug.

»Ach, Gwen! Du hättest mit deiner Mutter reden sollen.«

»Das hast du jetzt mindestens schon fünfzig Mal gesagt.«

»Ja, weil es stimmt. Ich verstehe wirklich nicht, warum du es nicht getan hast!«

»Weil ich . . . Ach, ehrlich gesagt verstehe ich es selber nicht. Irgendwie habe ich wohl immer noch gehofft, es würde nicht noch einmal passieren.«

»Allein dieses Abenteuer in der Nacht – was da alles hätte passieren können! Nimm nur die Prophezeiung deiner Großtante: Das hat doch nichts anderes zu bedeuten, als dass du in großer

Gefahr bist – die Uhr steht für die Zeitreisen, der hohe Turm für die Gefahr und der Vogel . . . ach, du hättest sie nicht aufwecken dürfen! Wahrscheinlich wäre es danach erst richtig spannend geworden. Ich werde das heute Nachmittag mal alles gründlich recherchieren – Rabe, Saphir, Turm, Eberesche – ich habe da so eine Seite für übersinnliche Phänomene entdeckt, die ist sehr informativ. Und dann habe ich uns jede Menge Bücher über Zeitreisen besorgt. Und Filme. *Zurück in die Zukunft* Teil eins bis drei. Vielleicht können wir ja was daraus lernen . . .«

Ich dachte sehnsüchtig daran, wie lustig es immer war, bei Leslie auf dem Sofa herumzulümmeln und DVDs anzuschauen. Manchmal drehten wir den Ton ab und synchronisierten den Film selber – mit eigenen Texten.

»Ist dir schwindelig?«

Ich schüttelte den Kopf. Jetzt wusste ich, wie die arme Charlotte sich die letzten Wochen gefühlt hatte. Diese Fragerei konnte einem wirklich auf den Nerv gehen. Zumal ich die ganze Zeit selber in mich hineinhorchte und auf das Schwindelgefühl wartete.

»Wenn man nur wüsste, wann es wieder passiert«, sagte Leslie. »Ich finde das wirklich sehr ungerecht: Charlotte hat man die ganze Zeit darauf vorbereitet, aber du musst ins kalte Wasser springen.«

»Keine Ahnung, was Charlotte gemacht hätte, wenn sie an meiner Stelle gestern Nacht von diesem Mann verfolgt worden wäre, der in unserem Einbauschrank geschlafen hat«, sagte ich. »Ich glaube nicht, dass ihre Tanz- und Fechtstunden ihr in dieser Situation geholfen hätten. Und da war auch weit und breit kein Pferd, auf dem sie hätte davonpreschen können.«

Ich kicherte, weil ich mir Charlotte vorstellte, wie sie an meiner

Stelle vor dem wilden Walter aus dem Schrank durch das Haus geflohen wäre. Vielleicht hätte sie sich einen Degen von der Wand im Salon gegriffen und damit ein Gemetzel unter den armen Dienstleuten angerichtet.

»Nein, du Dummerchen. Aber ihr wäre das ja gar nicht erst passiert, weil sie rechtzeitig mit diesem Chronodingens woandershin gereist wäre. Irgendwohin, wo es friedlich und nett ist. Wo ihr nichts passieren kann! Aber du riskierst ja lieber dein Leben, als deiner Familie zu erzählen, dass sie die falsche Person unterrichtet haben.«

»Vielleicht ist Charlotte ja in der Zwischenzeit auch in der Zeit gesprungen. Dann haben sie doch, was sie wollen.«

Leslie seufzte und begann den Blätterstapel auf ihrem Schoß zu wälzen. Sie hatte eine Art Akte für mich angelegt mit lauter nützlichen Informationen. Oder auch weniger nützlichen. So hatte sie zum Beispiel Fotos von Oldtimern ausgedruckt und das Baujahr danebengeschrieben. Demnach war der Oldtimer, den ich bei meiner ersten Zeitreise gesehen hatte, aus dem Jahr 1906.

»Jack The Ripper hat im East End sein Unwesen getrieben. Das war 1888. Dummerweise hat man nie herausgefunden, wer es war. Man hatte alle möglichen Typen im Verdacht, aber man konnte es keinem nachweisen. Also, falls du dich mal ins East End verirren solltest: 1888 ist jeder Mann potenziell gefährlich. Der große Brand von London war 1666, Pest gab es quasi die ganze Zeit, 1348, 1528 und 1664 war es aber besonders schlimm. Dann: die Bombardements im Zweiten Weltkrieg. 1940 fing's an, ganz London lag in Trümmern. Du musst herausfinden, ob euer Haus unbeschädigt geblieben ist, wenn ja, bist du dort ja sicher. Ansonsten wäre St. Paul's Cathedral ein guter Ort, weil die zwar mal getroffen wurde, aber wie durch ein Wunder stehen blieb. Vielleicht könnte man sich dort einfach unterstellen.«

»Klingt alles furchtbar gefährlich«, sagte ich.

»Ja, ich hab's mir auch immer irgendwie romantischer vorgestellt. Weißt du, ich dachte, Charlotte erlebt da sozusagen ihre eigenen Historienfilme. Tanzt mit Mr Darcy auf einem Ball. Verliebt sich in einen sexy Highländer. Sagt Anne Boleyn, dass sie Heinrich VIII. auf keinen Fall heiraten soll. So was halt.«

»War Anne Boleyn die, die sie geköpft haben?«

Leslie nickte. »Es gibt da einen tollen Film mit Natalie Portman. Ich könnte uns die DVD ausleihen . . . Gwen, bitte versprich mir, dass du heute mit deiner Mutter redest.«

»Ich verspreche es. Gleich heute Abend.«

»Wo ist eigentlich Charlotte?« Cynthia Dale steckte ihren Kopf hinter dem Baumstamm hervor. »Ich wollte den Shakespeare-Aufsatz von ihr abschreiben. Ähm, ich meine, ich wollte mir ein paar Anregungen holen.«

»Charlotte ist krank«, sagte ich.

»Was hat sie denn?«

»Äh . . .«

»Durchfall«, sagte Leslie. »Ganz fiesen Durchfall. Sitzt die ganze Zeit auf dem Klo.«

»Igitt, keine Einzelheiten bitte«, sagte Cynthia. »Kann ich dann mal eure Aufsätze sehen?«

»Wir haben die auch noch nicht fertig«, sagte Leslie. »Wir wollen uns noch *Shakespeare in Love* auf DVD anschauen.«

»Du kannst meinen Aufsatz lesen«, mischte sich Gordon Gelderman in tiefstem Bass ein. Sein Kopf erschien auf der anderen Seite des Baumstammes. »Alles bei *Wikipedia* abgepinselt.«

»Da kann ich ja auch gleich zu *Wikipedia* gehen«, sagte Cynthia.

Die Pausenglocke ertönte.

»Doppelstunde Englisch«, stöhnte Gordon. »Eine Strafe für jeden Mann. Aber Cynthia sabbert jetzt schon, wenn sie an Prince Charming denkt.«

»Halt den Mund, Gordon.«

Aber Gordon hielt bekanntlich niemals seinen Mund. »Ich weiß gar nicht, warum ihr Mr Whitman alle so toll findet. Der ist doch stockschwul.«

»Unsinn!«, sagte Cynthia und stand empört auf.

»Und ob der schwul ist.« Gordon folgte ihr zum Eingang. Er würde bis in den zweiten Stock auf Cynthia einreden, das konnte er, ohne auch nur einmal Luft holen zu müssen.

Leslie verdrehte die Augen. »Komm!«, sagte sie und reichte mir ihre Hand, um mich von der Bank hochzuziehen. »Auf zu Prince Charming Eichhörnchen.«

Auf der Treppe im zweiten Stock holten wir Cynthia und Gordon wieder ein. Sie sprachen immer noch über Mr Whitman.

»Das sieht man doch schon an dem bekloppten Siegelring«, sagte Gordon. »So was tragen nur Schwule.«

»Mein Großvater trug auch immer einen Siegelring«, sagte ich, obwohl ich mich eigentlich gar nicht einmischen wollte.

»Dann ist dein Großvater eben auch schwul«, sagte Gordon.

»Du bist ja nur neidisch«, sagte Cynthia.

»Neidisch? Ich? Auf dieses Weichei?«

»Jawohl. Neidisch. Weil Mr Whitman einfach der bestaussehende, männlichste, klügste heterosexuelle Mann ist, den es überhaupt gibt. Und weil du neben ihm einfach nur wie ein mickriger, dummer, kleiner Junge wirkst.«

»Herzlichen Dank für das Kompliment«, sagte Mr Whitman. Er war unbemerkt hinter uns aufgetaucht, einen Stapel Blätter unter seinen Arm geklemmt und wie immer atemberaubend gut aussehend. (Wenn auch ein *bisschen* wie ein Eichhörnchen.)

Cynthia wurde wenn möglich noch röter als knallrot. Sie tat mir ehrlich leid.

Gordon grinste schadenfroh.

»Und du, mein lieber Gordon, solltest vielleicht mal etwas über Siegelringe und ihre Träger recherchieren«, sagte Mr Whitman. »Bis nächste Woche hätte ich gern einen kleinen Aufsatz von dir zu diesem Thema.«

Jetzt wurde Gordon auch rot. Aber im Gegensatz zu Cynthia konnte er immer noch sprechen. »Für Englisch oder für Geschichte?«, quietschte er.

»Ich würde es begrüßen, wenn du die historischen Aspekte in den Vordergrund stellen würdest, aber ich lasse dir da völlig freie Hand. Sagen wir, fünf Seiten bis nächsten Montag?« Mr Whitman öffnete die Tür zu unserem Klassenzimmer und lächelte uns strahlend an. »Darf ich bitten?«

»Ich hasse ihn«, murmelte Gordon, während er auf seinen Platz ging.

Leslie klopfte ihm tröstend auf die Schulter. »Ich glaube, das beruht auf Gegenseitigkeit.«

»Bitte sag, dass ich gerade nur geträumt habe«, sagte Cynthia.

»Du hast nur geträumt«, sagte ich wunschgemäß. »In Wirklichkeit hat Mr Whitman kein Wort davon gehört, dass du ihn für den sexiest man alive hältst.«

Cynthia ließ sich stöhnend auf ihren Stuhl sinken. »Erdboden, tu dich auf und verschlinge mich!«

Ich setzte mich auf meinen Platz neben Leslie. »Die Arme sieht immer noch aus wie eine Tomate.«

»Ja, ich schätze, eine Tomate wird sie auch bis ans Ende ihrer Schulzeit bleiben. Mann, war das peinlich.«

»Vielleicht gibt Mr Whitman ihr jetzt aber bessere Noten.«

Mr Whitman sah auf Charlottes Platz und machte dabei ein nachdenkliches Gesicht.

»Mr Whitman? Charlotte ist krank«, sagte ich. »Ich weiß nicht, ob meine Tante im Sekretariat angerufen hat . . .«

»Sie hat Durchfall«, blökte Cynthia. Offensichtlich war es ihr ein dringendes Bedürfnis, nicht die Einzige zu sein, der etwas peinlich sein musste.

»Charlotte ist entschuldigt«, sagte Mr Whitman. »Sie wird wahrscheinlich einige Tage fehlen. Bis sich alles . . . normalisiert hat.« Er drehte sich um und schrieb mit Kreide *Das Sonett* an die Tafel.

»Weiß jemand, wie viele Sonette Shakespeare geschrieben hat?«

»Was hat er mit *normalisieren* gemeint?«, flüsterte ich Leslie zu.

»Ich hatte jedenfalls nicht den Eindruck, dass er über Charlottes Durchfall gesprochen hat«, flüsterte Leslie zurück.

Ich auch nicht.

»Hast du dir seinen Siegelring mal genauer angeschaut?«, flüsterte Leslie.

»Nein, du denn?«

»Da ist ein Stern drauf. Ein Stern mit zwölf Zacken!«

»Na und?«

»Zwölf Zacken – wie bei einer Uhr.«

»Eine Uhr hat doch keine Zacken.«

Leslie verdrehte die Augen. »Klingelt da gar nichts bei dir? Zwölf! Uhr! Zeit! *Zeit-Reisen!* Ich wette mit dir . . . – Gwen?«

»Ach Scheiße!«, sagte ich. Mein Magen fuhr mal wieder Achterbahn.

Leslie starrte mich entsetzt an. »Oh nein!«

Ich war genauso entsetzt. Das Letzte, was ich wollte, war, mich vor den Augen meiner Klassenkameraden in Luft aufzulösen. Also stand ich auf und wankte zur Tür, die Hand auf den Magen gepresst.

»Ich glaube, ich muss mich übergeben«, sagte ich zu Mr Whitman, wartete aber seine Antwort nicht ab, sondern riss die Tür auf und taumelte in den Korridor hinaus.

»Vielleicht sollte jemand hinterhergehen«, hörte ich Mr Whitman sagen. »Leslie, würdest du bitte?«

Leslie kam mir nachgestürzt und schloss die Klassentür mit Nachdruck. »Okay, schnell! In die Toilette, da sieht uns niemand. Gwen? Gwenny?«

Leslies Gesicht verschwamm vor meinen Augen, ihre Stimme hörte sich an, als käme sie aus weiter Ferne. Und dann war sie ganz verschwunden. Ich stand allein in einem Korridor, der mit prächtigen goldbemalten Tapeten versehen war. Unter meinen Füßen erstreckte sich anstelle der strapazierfähigen Travertinplatten wunderschönes Parkett, glänzend poliert, mit kunstvollen Intarsien versehen. Es war offensichtlich Nacht oder wenigstens Abend, aber an den Wänden leuchteten Kerzenhalter mit brennenden Kerzen und von den bemalten Decken herab hingen Kronleuchter, ebenfalls mit brennenden Kerzen bestückt. Alles war in weiches goldenes Licht getaucht.

Mein erster Gedanke war: *Super, ich bin nicht hingefallen.* Mein zweiter: *Wo kann ich mich hier verstecken, bevor mich jemand sieht?*

Denn ich war nicht allein in diesem Haus. Von unten ertönte Musik, Geigenmusik. Und Stimmen.

Ziemlich viele Stimmen.

Von meinem vertrauten Schulflur im zweiten Stockwerk der Saint Lennox High School war nicht mehr viel wiederzuerkennen. Ich versuchte, mir die Raumaufteilung in Erinnerung zu rufen. Hinter mir, das war die Tür zu meinem Klassenzimmer, gegenüber gab Mrs Counter gerade Erdkundeunterricht in der sechsten Klasse. Daneben war ein Materialraum. Wenn ich mich dort versteckte, würde mich bei meiner Rückkehr wenigstens niemand sehen.

Andererseits war der Materialraum meistens abgeschlossen und es war vielleicht doch keine gute Idee, mich dort zu verstecken. Wenn ich in einen verschlossenen Raum zurücksprang, musste ich mir eine wirklich plausible Erklärung dafür einfallen lassen, wie zur Hölle ich da hatte hinkommen können.

Wenn ich aber in einen der anderen Räume ging, würde ich mich beim Zeitsprung zurück vor jeder Menge Schülern und einem Lehrer aus dem Nichts materialisieren. Dafür eine Erklärung zu finden, dürfte sich wohl noch schwieriger gestalten.

Vielleicht sollte ich einfach in diesem Flur bleiben und hoffen, dass es nicht so lange dauern würde. Bei meinen beiden ersten Zeitsprüngen war ich ja auch immer nur ein paar Minuten weg gewesen.

Ich lehnte mich gegen die Brokattapete und wartete sehnsüchtig auf das Schwindelgefühl. Von unten drangen Stimmengewirr und Gelächter nach oben, ich hörte Gläser klirren, dann spielten wieder die Geigen. Es klang, als hätte da unten jede Menge Leute jede Menge Spaß. Vielleicht war James ja auch dabei. Schließlich hatte er mal hier gewohnt. Ich stellte mir vor, dass er – höchst lebendig – irgendwo da unten war und zu der Geigenmusik tanzte.

Schade, dass ich ihn nicht treffen konnte. Aber er wäre wohl kaum erfreut gewesen, wenn ich ihm gesagt hätte, woher wir uns kannten. Ich meine, irgendwann mal kennen würden, lange nachdem er gestorben war, ähm, gestorben sein würde.

Wenn ich wüsste, woran er gestorben wäre, könnte ich ihn vielleicht warnen. *Hey James, am 15. Juli wird dir in der Park Lane ein Ziegelstein auf den Kopf fallen, also bleib an dem Tag besser zu Hause.* Dummerweise wusste James aber nicht, woran er gestorben war. Er wusste ja noch nicht mal, dass er überhaupt gestorben war. Ähm, sterben würde. Gestorben sein würde.

Je länger man über dieses Zeitreisezeugs nachdachte, desto komplizierter erschien es einem.

Auf der Treppe hörte ich Schritte. Jemand kam hinaufgelaufen. Nein, das waren zwei Jemande. Mist! Konnte man denn nicht mal ein paar Minuten ganz friedlich irgendwo herumstehen? Wohin jetzt? Ich entschied mich für den Raum gegenüber, in meiner Zeit der Klassenraum der Sechsten. Der Griff der Tür klemmte, es dauerte ein paar Sekunden, bis ich begriff, dass man die Klinke nach oben drücken musste, nicht nach unten.

Als ich endlich in den Raum schlüpfen konnte, waren die Schritte schon ganz nah. Auch hier drinnen brannten Kerzen in Leuchtern an der Wand. Wie leichtsinnig, sie unbeaufsichtigt brennen zu lassen! Ich bekam zu Hause schon Ärger, wenn ich abends mal vergaß, ein Teelicht im Nähzimmer auszupusten.

Ich sah mich nach einem Versteck um, aber der Raum war nur kläglich möbliert. Es gab eine Art Sofa auf krummen vergoldeten Beinen, einen Schreibtisch, gepolsterte Stühle, nichts, wohinter man sich verstecken konnte, wenn man größer war als eine Maus. Es blieb mir nichts anderes übrig, als mich hinter einen der bodenlangen goldfarbenen Vorhänge zu stellen – kein besonders originelles Versteck. Aber noch suchte ja auch niemand nach mir.

Draußen im Korridor hörte ich jetzt Stimmen.

»Wo willst du hin?«, sagte eine Männerstimme. Sie klang ziemlich wütend.

»Egal! Nur weg von dir«, antwortete eine andere Stimme. Es war die Stimme eines Mädchens, eines heulenden Mädchens, um genau zu sein. Zu meinem Schrecken kam sie genau in dieses Zimmer gelaufen. Und der Mann hinterher. Ich konnte ihre flackernden Schatten durch den Vorhang sehen.

Ach, das war ja klar gewesen! Von all den Räumen hier oben mussten sie sich ausgerechnet meinen aussuchen.

»Lass mich in Ruhe«, sagte die Mädchenstimme.

»Ich *kann* dich nicht in Ruhe lassen«, sagte der Mann. »Immer wenn ich dich allein lasse, machst du irgendwas Unüberlegtes.«

»Geh weg!«, wiederholte das Mädchen.

»Nein, das werde ich nicht tun. Hör zu, es tut mir leid, dass das passiert ist. Ich hätte es nicht zulassen dürfen.«

»Hast du aber! Weil du nur Augen für *sie* hattest.«

Der Mann lachte leise. »Du bist ja eifersüchtig.«

»Das hättest du wohl gerne!«

Na toll! Ein streitendes Liebespärchen! Das konnte dauern. Ich würde hinter diesem Vorhang versauern, bis ich zurückspränge und unverhofft in Mrs Counters Unterricht vor der Fensterbank stünde. Vielleicht könnte ich Mrs Counter erzählen, ich hätte bei einem physikalischen Experiment mitgemacht. Oder ich wäre die ganze Zeit da gewesen und sie hätte mich nur nicht bemerkt.

»Der Graf wird sich fragen, wo wir abgeblieben sind«, sagte die Männerstimme.

»Soll er doch seinen transsilvanischen Seelenbruder auf die Suche schicken, dein Graf. In Wahrheit ist er noch nicht einmal ein Graf. Sein Titel ist genauso falsch wie die rosigen Wangen dieser . . . wie hieß sie noch gleich?« Das Mädchen schnaubte beim Sprechen zornig durch die Nase.

Irgendwoher kam mir das bekannt vor. Sehr bekannt. Ganz vorsichtig spähte ich hinter dem Vorhang hervor. Die beiden standen direkt vor der Tür und zeigten mir ihr Profil. Das Mädchen war wirklich ein Mädchen und es trug ein fantastisches Kleid aus nachtblauer Seide und besticktem Brokat, mit einem Rock, so weit, dass man damit wohl nur schwer durch eine normale Tür gehen konnte. Sie hatte schneeweiße Haare, die zu einem seltsamen Berg auf ihrem Kopf getürmt waren und von dort in Locken wieder zurück auf die Schultern fielen. Das konnte nur eine Perücke sein. Auch der Mann hatte weiße Haare, die im Nacken mit einem Band zusammengehalten wurden. Trotz der Senioren-Haarfarbe sahen beide sehr jung aus, außerdem sehr hübsch, vor allem der Mann. Eigentlich war er mehr ein Junge, vielleicht achtzehn oder neunzehn Jahre alt. Und er sah atemberaubend gut aus. Perfektes männliches Profil, würde ich sagen. Ich konnte mich kaum satt daran sehen. Ich lehnte mich viel weiter aus meinem Versteck, als ich eigentlich wollte.

»Ich habe ihren Namen schon wieder vergessen«, sagte der Junge immer noch lachend.

»Lügner!«

»Der Graf kann nichts für Rakoczys Verhalten«, sagte der Junge, nun wieder ganz ernst. »Er wird ihn mit Sicherheit dafür bestrafen. Du musst den Grafen nicht mögen, du musst ihn nur respektieren.«

Wieder schnaubte das Mädchen verächtlich durch die Nase und wieder hatte ich das Gefühl seltsamer Vertrautheit. »Ich *muss* gar nichts«, sagte sie und drehte sich abrupt zum Fenster. Das heißt, sie drehte sich zu mir. Ich wollte hinter den Vorhang abtauchen, aber ich erstarrte mitten in der Bewegung.

Das war nicht möglich!

Das Mädchen hatte *mein* Gesicht. Ich schaute in meine eigenen erschrockenen Augen!

Das Mädchen schien genauso verblüfft wie ich, aber sie erholte sich schneller von ihrem Schreck. Sie machte eine eindeutige Handbewegung.

Versteck dich! Verschwinde!

Ich schob meinen Kopf schwer atmend wieder hinter den Vorhang. Wer war das? So viel Ähnlichkeit konnte es doch gar nicht geben. Ich *musste* einfach noch einmal hinschauen.

»Was war das?«, hörte ich die Stimme des Jungen.

»Nichts!«, sagte das Mädchen. War das etwa auch *meine* Stimme?

»Am Fenster.«

»Da ist nichts!«

»Es könnte jemand hinter dem Vorhang stehen und uns belau. . .« Der Satz endete in einem überraschten Laut. Plötzlich herrschte Schweigen. Was war denn jetzt wieder passiert?

Ohne nachzudenken, schob ich den Vorhang zur Seite. Das Mädchen, das aussah wie ich, hatte ihre Lippen auf den Mund des Jungen gepresst. Zuerst ließ er sich das ganz passiv gefallen, dann legte er seine Arme um ihre Taille und zog sie enger an sich heran. Das Mädchen schloss die Augen.

In meinem Magen tanzten auf einmal Schmetterlinge. Es war seltsam, sich selber beim Küssen zuzuschauen. Ich fand, dass ich das ziemlich gut machte. Mir war klar, dass das Mädchen den Jungen nur küsste, um ihn von mir abzulenken. Das war nett von ihr, aber warum tat sie das? Und wie sollte ich unbemerkt an ihnen vorbeikommen?

Die Schmetterlinge in meinem Magen wurden zu flatternden Vögeln und das Bild des sich küssenden Paares vor meinen Augen verschwamm. Und dann stand ich auf einmal im Klassenzimmer der Sechsten und war mit den Nerven völlig am Ende.

Alles blieb still.

Ich hatte wegen meines plötzlichen Auftauchens mit einem Aufschrei aus vielerlei Schülerkehlen gerechnet und damit, dass möglicherweise jemand – Mrs Counter? – vor Schreck in Ohnmacht fallen würde.

Aber das Klassenzimmer war leer. Ich stöhnte vor Erleichterung. Wenigstens hatte ich dieses eine Mal Glück gehabt. Ich ließ mich auf einen Stuhl sinken und legte meinen Kopf auf das Pult. Was geschehen war, überschritt für den Moment mein Fassungsvermögen. Das Mädchen, der hübsche junge Mann, der Kuss . . .

Das Mädchen hatte nicht nur so ausgesehen wie ich.

Das Mädchen *war* ich.

Es war kein Irrtum möglich. Ich hatte mich selber unzweifelhaft an dem halbmondförmigen Muttermal an der Schläfe erkannt, das Tante Glenda immer meine »komische Banane« nannte.

So viel Ähnlichkeit konnte es gar nicht geben.

Opal und Bernstein das erste Paar,
Achat singt in B, der Wolf-Avatar,
Duett – Solutio! – mit Aquamarin.
Es folgen machtvoll Smaragd und Citrin,
die Zwillings-Karneole im Skorpion,
und Jade, Nummer acht, Digestion.
In E-Dur: schwarzer Turmalin,
Saphir in F, wie hell er schien.
Und fast zugleich der Diamant,
als elf und sieben, der Löwe erkannt.
Projectio! Die Zeit ist im Fluss,
Rubin bildet den Anfang und auch den Schluss.

Aus den Geheimschriften
des Grafen von Saint Germain

6.

Nein. Das konnte ich nicht gewesen sein.

Ich hatte noch nie einen Jungen geküsst.

Na ja, oder so gut wie nie. Auf jeden Fall nicht *so*. Da war dieser Mortimer aus der Klasse über uns, mit dem ich im letzten Sommer exakt zwei Wochen und einen halben Tag gegangen war. Weniger, weil ich in ihn verliebt gewesen war, sondern mehr, weil er der beste Freund von Leslies damaligem Freund Max war und es irgendwie so gut gepasst hatte. Aber mit Küssen hatte Mortimer es nicht so gehabt, er war vielmehr ganz scharf darauf gewesen, mir Knutschflecken auf dem Hals zu machen, während er quasi als Ablenkungsmanöver versuchte, die Hand unter mein T-Shirt zu schieben. Ich hatte bei dreißig Grad im Schatten mit Halstüchern herumlaufen müssen und war eigentlich immer nur damit beschäftigt gewesen, Mortimers Hände (vor allem im dunklen Kino wuchsen ihm immer noch mindestens drei zusätzliche) wegzuschieben. Nach zwei Wochen hatten wir unsere »Beziehung« dann im gegenseitigen Einvernehmen aufgelöst. Ich war Mortimer »zu unreif« und Mortimer war mir zu . . . ähm . . . anhänglich.

Außer ihm hatte ich nur noch Gordon geküsst, auf der Klassenfahrt zur Isle of Wight. Aber das zählte nicht, weil es a) ein Teil von einem Spiel namens *Wahrheit oder Kuss* gewesen war (ich hatte die Wahrheit gesagt, aber Gordon hatte darauf bestanden, dass es eine Lüge gewesen sei) und b) gar kein richtiger Kuss war. Gordon hatte noch nicht mal seinen Kaugummi aus dem Mund genommen.

Bis auf die »Knutschflecken-Affäre« (wie Leslie das nannte) und Gordons Pfefferminz-Kuss war ich also vollkommen ungeküsst. Möglicherweise auch »unreif«, wie Mortimer behauptete. Ich war spät dran, mit sechzehneinhalb, das wusste ich, aber Leslie, die immerhin ein Jahr lang mit Max zusammengeblieben war, meinte, dass Küssen im Allgemeinen überschätzt würde. Sie sagte, möglicherweise habe sie ja nur Pech gehabt, aber die Jungs, die sie bisher geküsst hätte, hätten den Dreh definitiv nicht rausgehabt. Es müsse, sagte Leslie, eigentlich ein Schulfach namens »Küssen« geben, am besten anstelle von Religion, das bräuchte eh kein Mensch.

Wir redeten ziemlich oft darüber, wie der absolute Kuss zu sein hatte, und es gab eine Menge Filme, die wir uns nur deshalb immer wieder anschauten, weil es darin so schöne Kussszenen gab.

»Ah, Miss Gwendolyn. Belieben Sie heute mit mir zu sprechen oder wollen Sie mich wieder einmal ignorieren?« James sah mich aus dem Klassenzimmer der Sechsten treten und kam näher.

»Wie spät ist es?« Ich sah mich suchend nach Leslie um.

»Bin ich vielleicht eine Standuhr?« James guckte empört. »So gut müssten Sie mich doch kennen, um zu wissen, dass Zeit für mich keine Rolle spielt.«

»Wie wahr.« Ich ging um die Ecke, um einen Blick auf die große Uhr am Ende des Gangs zu werfen. James folgte mir.

»Ich war nur zwanzig Minuten weg«, sagte ich.

»Wo denn?«

»Ach, James! Ich glaube, ich war bei dir zu Hause. Wirklich sehr hübsch alles. Viel Gold. Und das Kerzenlicht – sehr gemütlich.«

»Ja. Nicht so trist und geschmacklos wie das hier«, sagte James und machte eine Handbewegung, die den überwiegend grauen Korridor umfasste. Er tat mir plötzlich sehr leid. Er war doch gar nicht so viel älter als ich – und schon tot.

»James, hast du eigentlich schon mal ein Mädchen geküsst?«

»Wie bitte?«

»Ob du schon mal geküsst hast?«

»Es gehört sich nicht, so zu reden, Miss Gwendolyn.«

»Also hast du noch nie geküsst?«

»Ich bin ein Mann«, sagte James.

»Was ist denn das für eine Antwort?« Ich musste lachen, weil James so eine empörte Miene aufgesetzt hatte. »Weißt du eigentlich, wann du geboren bist?«

»Willst du mich beleidigen? Selbstverständlich kenne ich meinen eigenen Geburtstag. Es ist der einunddreißigste März.«

»Welches Jahr?«

»1762.« James streckte herausfordernd sein Kinn vor. »Vor drei Wochen wurde ich einundzwanzig. Ich feierte ausgiebig mit meinen Freunden im White-Club und mein Vater bezahlte zur Feier des Tages all meine Spielschulden und schenkte mir eine wunderschöne Fuchsstute. Und dann musste ich dieses dumme Fieber bekommen und mich niederlegen. Nur um beim Aufwachen alles verändert vorzufinden und eine freche Göre, die sagt, ich sei ein Geist.«

»Tut mir leid«, sagte ich. »Wahrscheinlich bist du an dem Fieber gestorben.«

»Unsinn! Es war nur ein leichtes Unwohlsein«, sagte James, aber sein Blick flackerte verunsichert. »Doktor Barrow hat gemeint, es sei wenig wahrscheinlich, dass ich mich bei Lord Stanhope mit den Blattern angesteckt hätte.«

»Hm«, machte ich. Ich würde die Blattern mal googeln.

»*Hm*. Was soll das heißen, *hm?*« James guckte böse.

»Oh, da bist du ja!« Leslie kam aus der Mädchentoilette gerannt und fiel mir um den Hals. »Ich bin tausend Tode gestorben.«

»Mir ist nichts passiert. Ich bin zwar bei der Rückkehr in Mrs Counters Klasse gelandet, aber da war niemand.«

»Die Sechste besucht heute die Sternwarte von Greenwich«, sagte Leslie. »Oh Gott, bin ich froh, dich zu sehen! Ich habe Mr Whitman gesagt, du bist in der Mädchentoilette und kotzt dir die Seele aus dem Leib. Er hat mich zu dir zurückgeschickt, damit ich dir die Haare aus dem Gesicht halte.«

»Widerlich«, sagte James, sich mit seinem Taschentuch die Nase zuhaltend. »Sag der Sommersprossigen, über solche Dinge redet eine Dame nicht.«

Ich beachtete ihn nicht weiter. »Leslie, etwas Komisches ist da passiert . . . Etwas, das ich nicht erklären kann.«

»Das glaube ich dir sofort.« Leslie hielt mir mein Handy unter die Nase. »Hier. Ich hab's aus deinem Spind geholt. Du rufst jetzt auf der Stelle deine Mutter an.«

»Leslie, sie ist auf der Arbeit. Da kann ich nicht . . .«

»Ruf sie an! Du bist jetzt dreimal in der Zeit gesprungen und ich habe es beim letzten Mal mit eigenen Augen gesehen. Auf einmal warst du einfach weg! Das war so was von *krass!* Du musst das deiner Mum sofort erzählen, damit dir nichts passieren kann. Bitte.« Hatte Leslie da etwa Tränen in den Augen?

»Die Sommersprossige hat heute wohl ihren dramatischen Tag«, sagte James.

Ich nahm das Handy und holte tief Luft.

»Bitte«, sagte Leslie.

Meine Mutter arbeitete als Verwaltungsangestellte im Bartholemew's Hospital. Ich tippte ihre Durchwahl ein und sah Leslie dabei an.

Sie nickte und versuchte ein Lächeln.

»Gwendolyn?« Mum hatte offensichtlich meine Handynummer auf ihrem Display erkannt. Ihre Stimme klang besorgt. Es war noch nie vorgekommen, dass ich sie von der Schule aus angerufen hatte. »Stimmt etwas nicht?«

»Mum . . . mir geht es nicht gut.«

»Bist du krank?«

»Ich weiß nicht.«

»Vielleicht bekommst du diese Grippe, die im Moment alle haben. Ich sag dir was, du wirst nach Hause gehen und dich ins Bett legen, und ich sehe zu, dass ich heute früher gehen kann. Dann presse ich dir Orangensaft und mache dir warme Wickel für den Hals.«

»Mum, es ist nicht die Grippe. Es ist schlimmer. Ich . . .«

»Vielleicht sind es die Blattern«, schlug James vor.

Leslie sah mich aufmunternd an. »Los!«, zischte sie. »Sag's ihr.«

»Liebling?«

Ich holte tief Luft. »Mum, ich glaube, ich bin wie Charlotte. Ich war gerade . . . keine Ahnung, wann. Und heute Nacht auch . . . eigentlich hat es gestern schon angefangen. Ich wollte es dir sagen, aber dann hatte ich Angst, dass du mir nicht glaubst.«

Meine Mutter schwieg.

»Mum?«

Ich sah Leslie an. »Sie glaubt mir nicht.«

»Du stotterst ja auch nur wirres Zeug«, flüsterte Leslie. »Los, versuch's noch mal.«

Aber das war gar nicht nötig.

»Bleib, wo du bist«, sagte meine Mutter mit ganz veränderter Stimme. »Warte am Schultor auf mich. Ich nehme ein Taxi und bin, so schnell ich kann, bei dir.«

»Aber ...«

Mum hatte bereits aufgelegt.

»Du wirst Ärger mit Mr Whitman kriegen«, sagte ich.

»Mir egal«, sagte Leslie. »Ich warte, bis deine Mum da ist. Mach dir keine Gedanken um das Eichhörnchen. Das wickele ich um den kleinen Finger.«

»Was habe ich nur getan?«

»Das einzig Richtige«, versicherte mir Leslie. Ich hatte ihr so viel wie möglich von meinem kurzen Trip in die Vergangenheit berichtet. Leslie meinte, das Mädchen, das ausgesehen hatte wie ich, könnte eine meiner Vorfahrinnen gewesen sein.

Ich glaubte das nicht. Zwei Menschen konnten einander nicht so ähnlich sehen. Es sei denn, sie waren eineiige Zwillinge. Diese Theorie fand Leslie auch annehmbar.

»Ja! Wie in *Das Doppelte Lottchen*«, sagte sie. »Ich leihe uns bei Gelegenheit die DVD aus.«

Mir war zum Heulen zumute. Wann würden Leslie und ich uns noch mal gemütlich eine DVD anschauen können?

Das Taxi kam schneller, als ich gedacht hatte. Es hielt vor dem Schultor und meine Mum öffnete die Wagentür.

»Steig ein«, sagte sie.

Leslie drückte meine Hand. »Viel Glück. Ruf mich an, wenn du kannst.«

Ich hätte beinahe angefangen zu weinen. »Leslie . . . *danke!*«

»Schon gut«, sagte Leslie, die ebenfalls mit den Tränen kämpfte. Auch bei Filmen weinten wir immer an denselben Stellen.

Ich kletterte zu Mum ins Taxi. Ich wäre ihr gern in die Arme gefallen, aber sie machte ein so seltsames Gesicht, dass ich davon Abstand nahm.

»Temple«, sagte sie zum Fahrer. Dann fuhr die Glasscheibe zwischen Fahrerkabine und Rückbank nach oben und das Taxi brauste los.

»Bist du böse auf mich?«, fragte ich.

»Nein. Natürlich nicht, Liebling. Du kannst doch nichts dafür.«

»Das stimmt! Dieser blöde Newton ist schuld . . .« Ich versuchte es mit einem kleinen Scherz. Aber Mum war nicht zum Scherzen aufgelegt.

»Nein, der kann nichts dafür. Wenn überhaupt, dann ist es meine Schuld. Ich hatte gehofft, der Kelch würde an uns vorübergehen.«

Ich sah sie mit aufgerissenen Augen an. »Wie meinst du das?«

»Ich . . . dachte . . . hoffte . . . ich wollte dich nicht . . .« Das Rumgestottere sah ihr überhaupt nicht ähnlich. Sie wirkte angespannt und so ernst, wie ich sie nur erlebt hatte, als mein Dad gestorben war. »Ich wollte es nur nicht wahrhaben. Ich habe die ganze Zeit gehofft, dass Charlotte diejenige ist.«

»Das mussten doch alle glauben! Niemand käme auf die Idee, dass Newton sich verrechnet hat. Großmutter wird sicher ausrasten.«

Das Taxi fädelte sich in Piccadilly in den dichten Verkehr ein.

»Deine Großmutter ist nicht wichtig«, sagte Mum. »Wann ist es das erste Mal passiert?«

»Gestern! Auf dem Weg zu Selfridges.«

»Um wie viel Uhr?«

»So um kurz nach drei. Ich wusste nicht, was ich tun sollte, also bin ich zurück zu unserem Haus und habe dort geklingelt. Aber bevor jemand aufmachen konnte, bin ich schon wieder zurückgesprungen. Das zweite Mal war heute Nacht. Ich habe mich im Schrank versteckt, aber da schlief jemand, ein Dienstbote. Ein ziemlich rabiater Dienstbote. Er hat mich durch das ganze Haus verfolgt und alle haben mich gesucht, weil sie mich für eine Diebin hielten. Gott sei Dank bin ich zurückgesprungen, bevor sie mich finden konnten. Und das dritte Mal war vorhin. In der Schule. Diesmal muss ich noch weiter zurückgesprungen sein, denn die Leute trugen Perücken . . . – Mum! Wenn mir das jetzt alle paar Stunden passiert, werde ich doch niemals mehr ein normales Leben führen können! Und das nur, weil dieser Scheiß-Newton . . .« Ich merkte selber, dass sich der Scherz allmählich abnutzte.

»Du hättest es mir sofort sagen sollen!« Mum streichelte mir über den Kopf. »Dir hätte so viel passieren können!«

»Ich wollte es dir sagen, aber da hast du gesagt, dass wir alle nur zu viel Fantasie hätten.«

»Aber ich meinte doch nicht . . . Du warst kein bisschen darauf vorbereitet. Es tut mir so leid.«

»Das ist doch nicht deine Schuld, Mum! Das konnte doch keiner wissen.«

»Ich wusste es«, sagte Mum. Nach einer kleinen, unbehaglichen

Pause setzte sie hinzu: »Du wurdest am gleichen Tag geboren wie Charlotte.«

»Nein, wurde ich nicht! Ich habe am achten Oktober Geburtstag, sie am siebten.«

»Du wurdest auch am siebten Oktober geboren, Gwendolyn.«

Ich konnte nicht glauben, dass sie das sagte. Ich konnte sie nur anstarren.

»Ich habe gelogen, was dein Geburtsdatum angeht«, fuhr Mum fort. »Es war nicht schwer. Du warst eine Hausgeburt und die Hebamme, die den Geburtsschein ausgestellt hat, hatte Verständnis für unseren Wunsch.«

»Aber *warum?*«

»Es ging nur darum, dich zu beschützen, Liebling.«

Ich verstand sie nicht. »Beschützen? Wovor denn? Jetzt ist es ja doch passiert.«

»Wir . . . ich wollte, dass du eine normale Kindheit hast. Eine unbeschwerte Kindheit.« Mum sah mich eindringlich an. »Und es hätte ja sein können, dass du das Gen gar nicht geerbt hast.«

»Obwohl ich an dem von Newton ausgerechneten Termin geboren wurde?«

»Die Hoffnung stirbt bekanntlich zuletzt«, sagte Mum. »Und hör endlich mit Isaac Newton auf. Er ist nur einer von vielen, die sich damit beschäftigt haben. Diese Sache ist viel größer, als du es dir vorstellen kannst. Viel größer und viel älter und viel mächtiger. Und viel gefährlicher. Ich wollte dich da raushalten.«

»*Woraus denn?*«

Mum seufzte. »Es war dumm von mir. Ich hätte es besser wissen müssen. Bitte verzeih mir.«

»Mum!« Meine Stimme überschlug sich fast. »Ich habe nicht die geringste Ahnung, wovon du überhaupt sprichst.« Mit jedem ihrer Sätze waren meine Verwirrung und meine Verzweiflung ein Stückchen gewachsen. »Ich weiß nur, dass mit mir etwas passiert, das gar nicht passieren sollte. Und dass es *nervt!* Alle paar Stunden wird mir schwindelig und dann springe ich in eine andere Zeit. Ich habe keine Ahnung, was ich dagegen tun soll!«

»Deshalb fahren wir jetzt zu *ihnen*«, sagte Mum. Ich sah, dass ihr meine Verzweiflung wehtat, noch nie hatte ich sie so besorgt gesehen.

»Und *sie* sind . . .?«

»Die Wächter«, erwiderte meine Mutter. »Ein uralter Geheimbund, auch *die Loge des Grafen von Saint Germain* genannt.« Sie sah aus dem Fenster. »Wir sind gleich da.«

»*Geheimbund!* Du willst mich zu so einer dubiosen Sekte bringen? Mum!«

»Es ist keine Sekte. Aber dubios sind sie allemal.« Mum atmete tief durch und schloss kurz die Augen. »Dein Großvater war Mitglied dieser Loge«, fuhr sie dann fort. »Und vor ihm sein Vater wie davor sein Großvater. Isaac Newton war ebenso Mitglied wie Wellington, Klaproth, von Arneth, Hahnemann, Karl von Hessen-Kassel, natürlich alle de Villiers und viele, viele mehr . . . Deine Großmutter behauptet, auch Churchill und Einstein wären Mitglieder der Loge gewesen.«

Mir sagten die meisten Namen überhaupt nichts. »Aber was *tun* sie?«

»Das ist . . . tja«, sagte Mum. »Sie beschäftigen sich mit uralten Mythen. Und mit der Zeit. Und mit Menschen wie dir.«

»Gibt es denn so viele von meiner Sorte?«

Mum schüttelte den Kopf. »Nur zwölf. Und die meisten davon sind schon lange tot.«

Das Taxi hielt und die Trennscheibe fuhr hinunter. Mum reichte dem Fahrer ein paar Pfundnoten. »Stimmt so«, sagte sie.

»Was wollen wir ausgerechnet hier?«, fragte ich, als wir auf dem Bürgersteig standen und das Taxi sich wieder in Bewegung gesetzt hatte. Wir waren den *Strand* entlanggefahren, bis kurz vor den Übergang zur Fleet Street. Um uns herum brauste der städtische Verkehr, Menschenmassen schoben sich die Bürgersteige entlang. Die Cafés und Restaurants gegenüber waren zum Bersten voll, am Straßenrand standen zwei rote Doppeldecker-Sightseeing-Busse und die Touristen im offenen Oberdeck fotografierten den monumentalen Gebäudekomplex des Royal Court of Justice.

»Da schräg gegenüber zwischen den Häusern geht es hinein in den Temple-Bezirk.« Mum strich mir die Haare aus dem Gesicht.

Ich sah auf den schmalen Fußgängerdurchgang, auf den sie zeigte. Ich konnte mich nicht entsinnen, dort einmal entlanggegangen zu sein.

Mum musste mein verwirrtes Gesicht bemerkt haben. »Warst du nie mit der Schule in Temple?«, fragte sie. »Die Kirche und die Gärten sind sehr sehenswert. Und Fountain's Court. Für mich der hübscheste Brunnen in der ganzen Stadt.«

Ich starrte sie wütend an. War sie jetzt plötzlich zur Stadtführerin mutiert?

»Komm, wir müssen auf die andere Straßenseite«, sagte sie und griff nach meiner Hand. Wir folgten einer Touristengruppe, lauter Japaner, die allesamt riesige Stadtpläne aufgefaltet vor sich hertrugen.

Hinter der Häuserreihe tauchte man in eine ganz andere Welt. Vergessen war die hektische Betriebsamkeit von Strand und Fleet

Street. Hier, zwischen den majestätischen, lückenlos aneinandergereihten, zeitlos schönen Gebäuden, herrschte plötzlich Ruhe und Frieden.

Ich zeigte auf die Touristen. »Was suchen die hier? Den hübschesten Brunnen der ganzen Stadt?«

»Sie werden sich die Temple-Church anschauen«, sagte meine Mutter, ohne auf meinen gereizten Tonfall zu reagieren. »Sehr alt, viele Legenden, viele Mythen. Die Japaner lieben das. Und in Middle Temple Hall wurde Shakespeares *Was ihr wollt* uraufgeführt.«

Wir folgten den Japanern eine Weile, dann bogen wir nach links ab und gingen auf einem gepflasterten Weg zwischen den Häusern um mehrere Ecken. Die Atmosphäre war beinahe ländlich, Vögel sangen, Bienen summten in den üppigen Blumenbeeten und selbst die Luft schmeckte frisch und unverbraucht.

An den Eingängen der Häuser waren Messingtafeln angebracht, in die lange Reihen von Namen eingraviert waren.

»Das sind alles Anwälte. Dozenten vom rechtswissenschaftlichen Institut«, sagte Mum. »Ich möchte nicht wissen, was so ein Büro hier an Miete kostet.«

»Ich auch nicht«, sagte ich beleidigt. Als gäbe es nichts Wichtigeres, worüber wir reden sollten!

Beim nächsten Eingang blieb sie stehen. »Hier wären wir«, sagte sie.

Es war ein schlichtes Haus, das trotz seiner tadellosen Fassade und der frisch gestrichenen Fensterrahmen sehr alt aussah. Meine Augen suchten die Namen auf dem Messingschild ab, aber Mum schob mich durch die offene Tür und dirigierte mich eine Treppe hinauf in den ersten Stock. Zwei junge Frauen, die uns entgegenkamen, grüßten freundlich.

»Wo sind wir denn hier?«

Mum antwortete nicht. Sie drückte eine Klingel, zog ihren Blazer zurecht und strich sich die Haare aus dem Gesicht.

»Keine Angst, Liebling«, sagte sie und ich wusste nicht, ob sie zu mir sprach oder mit sich selbst.

Die Tür öffnete sich mit einem Summen und wir traten in ein helles Zimmer, das wie ein ganz gewöhnliches Büro aussah. Aktenschränke, Schreibtisch, Telefon, Faxgerät, Computer . . . – nicht mal die blonde, mittelalte Frau hinter dem Schreibtisch sah ungewöhnlich aus. Nur ihre Brille war ein bisschen furchterregend, pechschwarz und so breitrandig, dass das halbe Gesicht dahinter verschwand.

»Was kann ich für Sie tun?«, fragte sie. »Oh, Sie sind das – Miss . . . Mrs Montrose?«

»Shepherd«, verbesserte Mum. »Ich habe meinen Mädchennamen nicht mehr. Ich habe geheiratet.«

»Oh, ja, natürlich.« Die Frau lächelte. »Aber Sie haben sich überhaupt nicht verändert. An Ihren Haaren würde ich Sie alle immer und überall wiedererkennen.« Ihr Blick streifte mich flüchtig. »Ist das etwa Ihre Tochter? Na, aber die kommt nach dem Vater, nicht wahr? Wie geht es . . .?«

Mum schnitt ihr das Wort ab. »Mrs Jenkins, ich muss dringend mit meiner Mutter und Mr de Villiers sprechen.«

»Oh, Ihre Mutter und Mr de Villiers sind in einer Besprechung, fürchte ich.« Mrs Jenkins lächelte bedauernd. »Haben Sie viel . . .«

Wieder fiel Mum ihr ins Wort. »Ich möchte bei dieser Besprechung dabei sein.«

»Also . . . das . . . Sie wissen doch, dass das nicht möglich sein wird.«

»Dann machen Sie es möglich. Sagen Sie, ich bringe ihnen *Rubin*.«

»Wie bitte? Aber . . .« Mrs Jenkins glotzte von Mum zu mir und wieder zurück.

»Machen Sie einfach, was ich Ihnen sage.« Noch nie hatte meine Mutter so bestimmt geklungen.

Mrs Jenkins stand auf und kam hinter dem Schreibtisch hervor. Sie musterte mich von oben bis unten und ich fühlte mich in der hässlichen Schuluniform reichlich unwohl. Meine Haare waren nicht gewaschen, sondern einfach nur mit einem Gummi zum Pferdeschwanz gebunden. Und geschminkt war ich auch nicht. (War ich eigentlich selten.) »Sind Sie da sicher?«

»Natürlich bin ich sicher. Meinen Sie, ich erlaube mir damit einen dummen Scherz? Beeilen Sie sich bitte, die Zeit könnte knapp werden.«

»Bitte – warten Sie hier.« Mrs Jenkins drehte sich um und verschwand zwischen zwei Aktenregalen durch eine weitere Tür.

»*Rubin?*«, wiederholte ich.

»Ja«, sagte Mum. »Jeder der zwölf Zeitreisenden ist einem Edelstein zugeordnet. Und du bist der Rubin.«

»Woher weißt du das?«

»*Opal und Bernstein das erste Paar, Achat singt in B, der Wolf-Avatar, Duett – Solutio! – mit Aquamarin. Es folgen machtvoll Smaragd und Citrin, die Zwillings-Karneole im Skorpion, und Jade, Nummer acht, Digestion. In E-Dur: schwarzer Turmalin, Saphir in F, wie hell er schien. Und fast zugleich der Diamant, als elf und sieben, der Löwe erkannt. Projectio! Die Zeit ist im Fluss, Rubin bildet den Anfang und auch den Schluss.*« Mum sah mich mit einem eher traurigen Lächeln an. »Ich kann's immer noch auswendig.«

Ich hatte während ihres Vortrags aus irgendeinem Grund eine Gänsehaut bekommen. Es war mir weniger wie ein Gedicht vorgekommen, vielmehr wie eine Beschwörungsformel, etwas, das böse Hexen in Filmen murmeln, wenn sie in einem Topf voller grünlicher Dämpfe herumrühren.

»Was soll das denn bedeuten?«

»Ist nichts weiter als ein Schüttelreim, gedichtet von geheimnistuerischen alten Männern, um Kompliziertes noch komplizierter zu machen«, sagte Mum. »Zwölf Ziffern, zwölf Zeitreisende, zwölf Edelsteine, zwölf Tonarten, zwölf Aszendenten, zwölf Schritte zur Herstellung des Steins der Weisen . . .«

»Stein der Weisen? Was soll . . .?« Ich brach ab und seufzte tief. Ich hatte es satt, immer nur Fragen zu stellen, die ich noch nicht einmal ganz zu Ende brachte, und mich dann mit jeder Antwort noch ein Stück unwissender und verwirrter zu fühlen.

Mum schien sowieso keine Lust zu haben, meine Fragen zu beantworten. Sie sah aus dem Fenster. »Hier hat sich überhaupt nichts verändert. Es ist, als würde die Zeit stillstehen.«

»Warst du schon oft hier?«

»Mein Vater hat mich manchmal mitgenommen«, sagte Mum. »Er war da ein bisschen großzügiger als meine Mutter. Auch was die Geheimnisse angeht. Als Kind war ich sehr gern hier. Und später dann, als Lucy . . .« Sie seufzte.

Ich kämpfte eine Weile mit mir, ob ich weiterfragen sollte oder nicht, dann siegte meine Neugier. »Großtante Maddy hat mir gesagt, dass Lucy auch eine Zeitreisende ist. Ist sie deshalb abgehauen?«

»Ja«, sagte Mum.

»Und wohin ist sie abgehauen?«

»Das weiß niemand.« Mum strich sich wieder durch das Haar.

Sie war offensichtlich aufgeregt, ich kannte sie gar nicht so nervös. Wenn ich selber nicht so aufgebracht gewesen wäre, hätte sie mir leidgetan.

Eine Weile schwiegen wir. Mum sah wieder aus dem Fenster.

»Ich bin also ein Rubin«, sagte ich dann. »Das sind die roten, oder?«

Mum nickte.

»Und was ist dann Charlotte für ein Stein?«

»Gar keiner«, sagte meine Mum.

»Mum, habe ich vielleicht eine Zwillingsschwester, von der du vergessen hast, mir zu erzählen?«

Mum drehte sich zu mir um und lächelte. »Nein, hast du nicht, Liebling.«

»Bist du sicher?«

»Ja, da bin ich ganz sicher. Ich war bei deiner Geburt dabei, vergessen?«

Von irgendwoher waren Schritte zu hören, die schnell näherkamen. Mums Körperhaltung straffte sich und sie atmete tief ein. Zusammen mit der bebrillten Empfangsdame trat Tante Glenda durch die Tür und hinter ihr kam ein kleiner, älterer Mann mit Glatze in den Raum.

Tante Glenda sah zornig aus. »Grace! Mrs Jenkins behauptet, du hättest gesagt . . .«

»Es stimmt«, sagte Mum. »Und ich habe keine Lust, Gwendolyns Zeit damit zu vergeuden, ausgerechnet *dich* von der Wahrheit zu überzeugen. Ich will sofort zu Mr de Villiers. Gwendolyn muss in den Chronografen eingelesen werden.«

»Aber das ist doch vollkommen – lächerlich!« Tante Glenda schrie beinahe. »Charlotte ist . . .«

».. . noch nicht gesprungen, oder?« Meine Mum wendete sich dem kleinen Dicken mit der Glatze zu. »Es tut mir leid, ich weiß, ich kenne Sie, aber ich kann mich nicht mehr an Ihren Namen erinnern.«

»George«, sagte er. »Thomas George. Und Sie sind Lady Aristas jüngste Tochter, Grace. Ich erinnere mich gut an Sie.«

»Mr George«, sagte Mum. »Natürlich. Sie haben uns nach Gwendolyns Geburt in Durham besucht, ich erinnere mich auch an Sie. Das hier ist Gwendolyn. Sie ist der Rubin, der Ihnen noch fehlt.«

»Das ist unmöglich!«, sagte Tante Glenda schrill. »Das ist ganz und gar unmöglich! Gwendolyn hat das falsche Geburtsdatum. Sie ist ohnehin zwei Monate zu früh auf die Welt gekommen. Ein unterentwickeltes Frühchen. Schauen Sie sie sich doch an.«

Das tat Mr George bereits. Er musterte mich mit freundlichen blassblauen Augen. Ich versuchte so gelassen wie möglich zurückzuschauen und mein Unbehagen zu verbergen. Unterentwickeltes Frühchen! Tante Glenda hatte ja wohl nicht alle Tassen im Schrank! Ich war fast einen Meter siebzig groß und hatte Körbchengröße B mit einer lästigen Tendenz zu C.

»Sie ist gestern das erste Mal gesprungen«, sagte Mum. »Ich möchte nur, dass ihr nichts passiert. Mit jedem unkontrollierten Zeitsprung vergrößert sich das Risiko.«

Tante Glenda lachte höhnisch auf. »Das kann niemand ernst nehmen. Das ist nur wieder so ein armseliger Versuch, sich in den Mittelpunkt zu spielen.«

»Ach, halt den Mund, Glenda! Ich würde nichts lieber tun, als dem Ganzen hier fernbleiben und deiner Charlotte die undankbare Rolle des Forschungsobjekts esoterikbesessener Pseudowissenschaftler und fanatischer Geheimniskrämer zu überlassen! Aber es ist nun mal nicht Charlotte, die dieses verfluchte Gen geerbt hat, sondern Gwendolyn!« Mums Blick war voller Wut und Verachtung. Auch das war für mich eine vollkommen neue Seite an ihr.

Mr George lachte leise. »Sie haben ja nicht gerade die beste Meinung von uns, Mrs Shepherd.«

Mum zuckte mit den Achseln.

»Nein, nein, nein!« Tante Glenda ließ sich auf einen Bürostuhl fallen. »Ich bin nicht bereit, mir diesen Unsinn länger anzuhören. Sie ist ja noch nicht mal am richtigen Tag geboren. Sie war außerdem eine Frühgeburt!« Das mit der Frühgeburt war ihr offenbar besonders wichtig.

Mrs Jenkins flüsterte: »Soll ich Ihnen eine Tasse Tee bringen, Mrs Montrose?«

»Ach, bleiben Sie mir mit Ihrem Tee vom Leib«, fauchte Tante Glenda.

»Möchte sonst jemand Tee?«

»Nein danke«, sagte ich.

Mr George fixierte mich unterdessen wieder mit seinen blassblauen Augen. »Gwendolyn. Du bist also bereits in der Zeit gesprungen?«

Ich nickte.

»Und wohin, wenn ich fragen darf?«

»Dahin, wo ich gerade stand«, sagte ich.

Mr George lächelte. »Ich meinte, in welche Zeit du gesprungen bist.«

»Ich habe nicht die geringste Ahnung«, sagte ich pampig. »Es stand nirgendwo die Jahreszahl angeschlagen. Und sagen wollte es mir auch niemand. Hören Sie! Ich *will* das nicht! Ich will, dass es wieder aufhört. Können Sie nicht machen, dass es wieder aufhört?«

Mr George antwortete mir nicht. »Gwendolyn kam zwei Monate vor ihrem errechneten Geburtstermin zur Welt«, sagte er zu niemand Bestimmtem. »Am achten Oktober. Ich habe die Geburtsurkunde und den Eintrag beim Standesamt persönlich überprüft. Und das Kind habe ich auch überprüft.«

Ich überlegte, was man bei einem Kind wohl überprüfen könnte. Ob es echt war?

»Sie wurde bereits am Abend des siebten Oktobers geboren«, sagte Mum und jetzt zitterte ihre Stimme etwas. »Wir haben die Hebamme bestochen, die Geburtszeit auf dem Geburtsschein um einige Stunden nach vorn zu verlegen.«

»Aber *warum?*« Mr George schien das genauso wenig zu verstehen wie ich.

»Weil... nach allem, was mit Lucy geschehen ist, wollte ich meinem Kind diese Strapazen ersparen. Ich wollte sie beschützen«, sagte Mum. »Und ich hatte gehofft, dass sie vielleicht das Gen gar nicht geerbt hätte, sondern nur zufällig am selben Tag geboren wurde wie die eigentliche Gen-Trägerin. Schließlich hatte Glenda ja Charlotte bekommen, auf der bereits alle Hoffnungen lagen...«

»Ach, lüg doch nicht!«, rief Tante Glenda. »Das war doch alles Absicht! Dein Baby hätte erst im Dezember geboren werden sollen, aber du hast die Schwangerschaft manipuliert und eine Frühgeburt riskiert, nur damit du am selben Tag entbinden konntest wie ich. Aber das hat nicht geklappt! Deine Tochter wurde einen Tag später geboren. Ich habe ja so gelacht, als ich das gehört habe.«

»Es müsste ja einigermaßen leicht sein, das zu beweisen«, sagte Mr George.

»Ich habe den Namen der Hebamme vergessen«, sagte Mum schnell. »Ich weiß nur noch, dass sie Dawn mit Vornamen hieß. Es ist auch vollkommen unwichtig.«

»Ha«, sagte Tante Glenda. »Das würde ich an deiner Stelle auch sagen.«

»Wir haben sicher Name und Adresse der Hebamme in unseren Akten.« Mr George drehte sich zu Mrs Jenkins um. »Es ist wichtig, sie ausfindig zu machen.«

»Das ist unnötig«, sagte Mum. »Sie können diese arme Frau in Ruhe lassen. Sie hat lediglich ein bisschen Geld von uns bekommen.«

»Wir wollen ihr nur ein paar Fragen stellen«, sagte Mr George. »Bitte, Mrs Jenkins, finden Sie heraus, wo sie heute lebt.«

»Ich bin schon unterwegs«, sagte Mrs Jenkins und verschwand wieder durch die Nebentür.

»Wer weiß sonst noch davon?«, fragte Mr George.

»Nur mein Mann wusste davon«, sagte Mum und nun schwang eine Mischung aus Trotz und Triumph in ihrem Tonfall mit. »Und den können Sie nicht mehr ins Kreuzverhör nehmen. Leider ist er tot.«

»Ich weiß«, sagte Mr George. »Leukämie, nicht wahr? Sehr tragisch.« Er begann, im Raum auf und ab zu gehen. »Wann hat es begonnen, sagen Sie?«

»Gestern«, sagte ich.

»Dreimal in den letzten zwanzig Stunden«, sagte Mum. »Ich habe Angst um sie.«

»Dreimal schon!« Mr George blieb stehen. »Und wann war das letzte Mal?«

»Vor einer Stunde etwa«, sagte ich. »Glaube ich.« Seit die Ereignisse angefangen hatten, sich zu überschlagen, hatte ich jegliches Gefühl für Zeit verloren.

»Dann hätten wir ein bisschen Luft, um alles vorzubereiten.«

»Das können Sie unmöglich glauben«, sagte Tante Glenda. »Mr George! Sie kennen Charlotte. Und jetzt sehen Sie sich dieses Mädchen hier an und vergleichen Sie sie mit meiner Charlotte. Glauben Sie allen Ernstes, vor Ihnen steht die Nummer zwölf? *Rubinrot begabt mit der Magie des Raben, schließt G-Dur den Kreis, den zwölf gebildet haben.* Glauben Sie das?«

»Nun, es besteht immerhin die Möglichkeit«, sagte Mr George. »Auch wenn mir Ihre Motive mehr als fragwürdig erscheinen, Mrs Shepherd.«

»Das ist Ihr Problem«, sagte Mum kühl.

»Wenn Sie Ihr Kind wirklich beschützen wollten, dann hätten Sie es nicht so viele Jahre in Unwissenheit lassen dürfen. Ohne jede Vorbereitung in der Zeit zu springen, ist sehr gefährlich.«

Mum biss sich auf die Lippen. »Ich hatte eben gehofft, dass Charlotte diejenige wäre . . .«

»Aber das ist sie ja auch!«, rief Tante Glenda. »Seit zwei Tagen hat sie eindeutige Symptome. Es kann jeden Augenblick passieren. Vielleicht passiert es gerade jetzt, während wir hier unsere Zeit damit vertrödeln, den vollkommen hanebüchenen Geschichten meiner eifersüchtigen kleinen Schwester zu lauschen.«

»Vielleicht schaltest du zur Abwechslung einmal dein Gehirn ein, Glenda«, sagte meine Mum. Plötzlich klang sie müde. »Warum sollten wir denn so etwas erfinden? Wer außer dir würde denn seiner Tochter so etwas freiwillig antun?«

»Ich bestehe darauf, dass . . .« Tante Glenda ließ in der Luft hängen, worauf sie bestand. »Das wird sich alles als böswilliger Schwindel herausstellen. Es gab schon einmal Sabotage und Sie wissen ja, wohin das geführt hat, Mr George. Und jetzt, so kurz vor dem Ziel, können wir uns wirklich keine Patzer mehr erlauben.«

»Ich denke, das haben nicht wir zu entscheiden«, sagte Mr George. »Folgen Sie mir bitte, Mrs Shepherd. Und du auch, Gwendolyn.« Mit einem kleinen Lachen setzte er hinzu: »Keine Angst, die esoterikbesessenen Pseudowissenschaftler und fanatischen Geheimniskrämer beißen schon nicht.«

Verfress'ne Zeit! Schleif Löwenkrallen zahm,
die Erde lass verschlingen ihre Brut,
zieh scharfe Zähne aus des Tigers Schlund,
den Phönix brenn in seinem eig'nen Blut.

William Shakespeare, Sonett XIX

7.

Wir wurden eine Treppe hinauf und durch einen langen Gang geführt, der mehrmals um fünfundvierzig Grad abknickte und manchmal ein paar Stufen aufwärts oder abwärts verlief. Der Ausblick aus den wenigen Fenstern, an denen wir vorbeikamen, war jedes Mal ein anderer: Mal schaute man in einen großen Garten, mal gegen ein anderes Gebäude oder in einen kleinen Hinterhof. Es war ein endlos langer Weg, abwechselnd über Parkett und steinerne Mosaikfußböden, vorbei an vielen geschlossenen Türen, Stühlen, die in endlosen Reihen an den Wänden aufgestellt waren, gerahmten Ölgemälden, Schränken voller ledergebundener Bücher und Porzellanfiguren, Statuen und Ritterrüstungen. Es sah aus wie in einem Museum.

Tante Glenda warf Mum die ganze Zeit über giftige Blicke zu. Mum ihrerseits ignorierte ihre Schwester, so gut es ging. Sie war blass und sah extrem angespannt aus. Ich war drauf und dran, nach ihrer Hand zu greifen, aber dann hätte Tante Glenda gemerkt, wie viel Angst ich hatte, und das war das Letzte, was ich wollte.

Wir konnten uns unmöglich noch im selben Haus befinden, meinem Gefühl nach waren wir mindestens durch drei weitere Häuser gewandert, als Mr George endlich stehen blieb und an eine Tür klopfte.

Der Saal, in den wir traten, war vollständig mit dunklem Holz getäfelt, so ähnlich wie bei uns das Esszimmer. Auch die Decken waren aus dunklem Holz und alles war beinahe lückenlos mit kunstvollen, zum Teil farbig hervorgehobenen Schnitzereien versehen. Die Möbel waren ebenfalls dunkel und massiv. Es hätte düster und unheimlich wirken müssen, aber durch die hohen Fenster gegenüber strömte Tageslicht in den Raum und man sah auf einen blühenden Garten. Hinter einer Mauer am Ende des Gartens konnte man sogar die Themse in der Sonne glitzern sehen.

Aber nicht nur der Ausblick und das Licht wirkten heiter, auch die Schnitzereien strahlten etwas Fröhliches aus, trotz vereinzelter gruseliger Fratzen und Totenköpfe. Es war, als würden die Wände leben. Leslie hätte ihre helle Freude daran gehabt, die täuschend echt aussehenden Rosenknospen, die archaischen Muster und die lustigen Tierköpfe abzutasten und auf geheime Mechanismen zu untersuchen. Da waren geflügelte Löwen, Falken, Sterne, Sonnen und Planeten, Drachen, Einhörner, Elfen, Feen, Bäume und Schiffe, eine Schnitzerei lebendiger als die andere.

Am beeindruckendsten war der Drache, der an der Decke über uns zu schweben schien. Von seiner keilförmigen Schwanzspitze bis zu dem großen, schuppenbesetzten Kopf maß er bestimmt sieben Meter. Ich konnte kaum meine Blicke von ihm abwenden. Wie wunderschön das war! Vor lauter Staunen vergaß ich beinahe, weshalb wir hergekommen waren.

Und dass wir nicht allein in diesem Saal waren.

Alle Anwesenden schienen bei unserem Anblick wie vom Donner gerührt.

»Es sieht so aus, als gäbe es Komplikationen«, sagte Mr George.

Lady Arista, die stocksteif an einem der Fenster stand, sagte:

»Grace! Müsstest du nicht bei der Arbeit sein? Und Gwendolyn in der Schule?«

»Nichts wäre uns lieber, Mutter«, sagte Mum.

Charlotte saß auf einem Sofa, gleich unter einer herrlichen Meerjungfrau, in deren Schwanzflossen jede Schuppe fein geschnitzt und in allen denkbaren Blau- und Türkistönen bemalt worden war. An einem breiten Kaminsims neben dem Sofa lehnte ein Mann im piekfeinen schwarzen Anzug mit einer schwarz umrandeten Brille. Sogar seine Krawatte war schwarz. Er sah uns ausgesprochen finster entgegen. Ein kleiner Junge von vielleicht sieben Jahren klammerte sich an seinem Jackett fest.

»Grace!« Hinter einem Schreibtisch erhob sich ein großer Mann. Er hatte graue, gewellte Haare, die ihm, einer Löwenmähne gleich, bis auf die breiten Schultern fielen. Seine Augen waren von einem auffallenden hellen Braun, das an Bernstein erinnerte. Das Gesicht war viel jünger, als seine grauen Haare vermuten ließen, und es war eins dieser Gesichter, die man einmal sieht und nie wieder vergisst, weil es einen irgendwie faszinierte. Als der Mann lächelte, sah man seine ebenmäßigen weißen Zähne. »Grace. Wir haben uns lange nicht mehr gesehen.« Er kam um den Schreibtisch herum und reichte meiner Mum die Hand. »Du hast dich überhaupt nicht verändert.«

Zu meiner Verblüffung errötete Mum. »Danke. Das Gleiche könnte ich auch von dir sagen, Falk.«

»Ich bin grau geworden.« Der Mann machte eine abwehrende Geste.

»Ich finde, dass es dir steht«, sagte Mum.

Hallo? Flirtete sie etwa mit diesem Typ?

Sein Lächeln vertiefte sich noch etwas, dann glitt sein bernsteinfarbener Blick von Mum zu mir und wieder fühlte ich mich unangenehm genau gemustert.

Diese Augen waren wirklich seltsam. Sie hätten auch einem Wolf gehören können oder einer Raubkatze. Er streckte mir seine Hand hin. »Ich bin Falk de Villiers. Und du musst Grace' Tochter Gwendolyn sein.« Sein Händedruck war fest und herzlich. »Das erste Montrose-Mädchen, das ich kennenlerne, ohne rote Haare.«

»Ich habe die Haarfarbe von meinem Vater geerbt«, sagte ich verlegen.

»Könnten wir vielleicht zur Sache kommen?«, sagte der schwarze Mann mit Brille am Kamin.

Falk de Villiers ließ meine Hand los und zwinkerte mir zu. »Bitte.«

»Meine Schwester tischt uns eine ganz ungeheuerliche Story auf«, sagte Tante Glenda und man sah, welche Anstrengung es sie kostete, nicht zu schreien. »Und Mr George wollte nicht auf mich hören! Sie behauptet, Gwendolyn – *Gwendolyn!* – sei bereits dreimal in der Zeit gesprungen. Und – weil sie genau weiß, dass sie es nicht beweisen kann – hat sie gleich auch noch ein passendes Märchen aus dem Hut gezaubert, das das falsche Geburtsdatum erklären soll. Ich möchte daran erinnern, was vor siebzehn Jahren passiert ist und dass Grace damals wahrlich keine rühmliche Rolle gespielt hat. Jetzt, so kurz vor dem Ziel, wundere ich mich nicht, dass sie hier auftaucht, um unsere Sache zu sabotieren.«

Lady Arista hatte ihren Platz am Fenster verlassen und kam näher. »Ist das wahr, Grace?« Ihre Miene sah aus wie immer, streng und unerbittlich. Manchmal fragte ich mich, ob die straff zurückgekämmten Haare der Grund dafür waren, dass ihre Gesichtszüge so regungslos waren. Vielleicht wurden die Muskeln einfach immer an einer Stelle gehalten. Höchstens ihre Augen weiteten sich ab und zu, wenn sie aufgeregt war. Wie jetzt.

Mr George sagte: »Mrs Shepherd sagt, sie und ihr Mann hätten die Hebamme wegen des Eintrags im Geburtsschein bestochen, damit niemand erfährt, dass auch Gwendolyn als Gen-Trägerin infrage kommt.«

»Aber aus welchem Grund sollte sie so etwas getan haben?«, fragte Lady Arista.

»Sie sagt, sie wollte das Kind beschützen und habe außerdem gehofft, dass Charlotte die Gen-Trägerin sei.«

»*Gehofft!* Von wegen!«, rief Tante Glenda.

»Ich finde, das hört sich eigentlich alles ganz logisch an«, sagte Mr George.

Ich sah zu Charlotte hinüber, die blass auf dem Sofa saß und von einem zum anderen schaute. Als unsere Blicke sich trafen, drehte sie schnell den Kopf zur Seite.

»Wo das logisch sein soll, kann ich auch beim besten Willen nicht erkennen«, sagte Lady Arista.

»Wir überprüfen die Geschichte bereits«, sagte Mr George. »Mrs Jenkins wird die Hebamme ausfindig machen.«

»Nur interessehalber: Wie viel hast du der Hebamme gezahlt, Grace?«, fragte Falk de Villiers. Seine Augen hatten sich in der letzten Minute zunehmend verengt, und als er Mum jetzt ins Visier nahm, sah er aus wie ein Wolf.

»Ich . . . Ich weiß es nicht mehr«, sagte Mum.

Mr de Villiers hob seine Augenbrauen. »Na, viel kann es nicht gewesen sein. Soviel ich weiß, war das Einkommen deines Mannes eher bescheiden.«

»Wie wahr!«, giftete Tante Glenda. »Dieser Hungerleider.«

»Wenn ihr es sagt: So viel kann es dann also nicht gewesen sein«, erwiderte Mum. Die Unsicherheit, die sie bei Mr de Villiers Anblick überkommen hatte, war so plötzlich wieder verflogen, wie sie gekommen war, ebenso die Röte in ihrem Gesicht.

»Warum hat die Hebamme dann getan, worum ihr sie gebeten habt?«, fragte Mr de Villiers. »Es war immerhin Urkundenfälschung, die sie da begangen hat. Keine unerhebliche Straftat.«

Mum legte den Kopf in den Nacken. »Wir haben ihr erzählt, unsere Familie sei Mitglied in einer satanischen Sekte und leide unter einer krankhaften Horoskopgläubigkeit. Wir sagten ihr, ein Kind, das am siebten Oktober geboren ist, würde unter schlimmen Repressalien zu leiden haben und als Objekt für satanische Rituale herhalten müssen. Sie hat uns geglaubt. Und da sie ein weiches Herz hatte und außerdem etwas gegen Satanisten, fälschte sie das Geburtsdatum auf dem Geburtsschein.«

»Satanische Rituale! Impertinent.« Der Mann am Kamin zischte wie eine Schlange und der kleine Junge schmiegte sich noch enger an ihn.

Mr de Villiers lächelte anerkennend. »Keine schlechte Geschichte. Wir werden sehen, ob die Hebamme dieselbe erzählt.«

»Mir scheint es wenig klug, unsere Zeit mit solchen Überprüfungen zu verschwenden«, warf Lady Arista ein.

»Richtig«, sagte Tante Glenda. »Charlotte kann jeden Augenblick springen. Dann wissen wir, dass Grace' Geschichte erfunden ist, aus dem Hut gezaubert, um uns Stöcke zwischen die Beine zu werfen.«

»Wieso könnten nicht beide das Gen geerbt haben?«, sagte Mr George. »Das gab es schon einmal.«

»Ja, aber Timothy und Jonathan de Villiers waren eineiige Zwillinge«, sagte Mr de Villiers. »Und als solche auch in den Prophezeiungen angekündigt.«

»Und im Chronografen sind dafür zwei Karneole, zwei Pipetten, zweimal zwölf Elemente-Fächer und zwei Zahnradparcours vorgesehen«, sagte der Mann am Kamin. »Der Rubin steht allein.«

»Auch wieder wahr«, sagte Mr George. Sein rundes Gesicht wirkte bekümmert.

»Wichtiger wäre es wohl, die Motive für die Lüge meiner Schwester zu analysieren.« Tante Glenda sah Mum geradezu hasserfüllt an. »Wenn du erreichen willst, dass man Gwendolyns Blut in den Chronografen einliest, um ihn unbrauchbar zu machen, dann bist du naiver, als ich dachte.«

»Wie kann sie überhaupt denken, dass wir ihr auch nur ein Wort glauben?«, sagte der Mann am Kamin. Ich fand seine Art, so zu tun, als wären Mum und ich gar nicht anwesend, reichlich arrogant. »Ich kann mich gut erinnern, wie Grace damals gelogen hat, um Lucy und Paul zu schützen. Sie hat ihnen den entscheidenden Vorsprung verschafft. Wäre sie nicht gewesen, hätte man die Katastrophe vielleicht noch verhindern können.«

»Jake!«, sagte Mr de Villiers.

»Welche Katastrophe?«, fragte ich. Und wer war Paul?

»Schon die Anwesenheit dieser Person hier in diesem Raum finde ich ungeheuerlich«, sagte der Mann am Kamin.

»Und Sie sind?« Mums Blick und ihre Stimme waren ausgesprochen kühl. Ich war beeindruckt, dass sie sich so wenig einschüchtern ließ.

»Das tut nichts zur Sache.« Der Mann würdigte sie keines Blickes. Der blonde Junge lugte vorsichtig hinter seinem Rücken hervor und sah mich an. Er erinnerte mich wegen der Sommersprossen auf seinem Nasenrücken ein bisschen an Nick, als er jünger war, deshalb lächelte ich ihm zu. Der arme kleine Kerl – mit diesem Fiesling als Großvater war er wirklich geschlagen. Er quittierte mein Lächeln mit einem erschrockenen Augenaufreißen, dann tauchte er wieder hinter dem Jackett in Deckung.

»Das ist Doktor Jakob White«, sagte Falk de Villiers mit einem unverkennbar amüsierten Unterton in der Stimme. »Ein Genie auf dem Gebiet der Medizin und der Biochemie. Normalerweise ist er ein wenig höflicher.«

Jakob Grey hätte besser gepasst. Sogar seine Gesichtsfarbe spielte ins Graue.

Mr de Villiers sah mich an, dann wanderte sein Blick zurück zu Mum. »So oder so müssen wir nun eine Entscheidung fällen. Sollen wir dir glauben, Grace, oder führst du wirklich etwas anderes im Schilde?«

Ein paar Sekunden lang starrte Mum ihn zornig an. Dann schlug sie die Augen nieder und sagte leise: »Ich bin nicht hier, weil ich eure großartige, geheimnisvolle Mission verhindern will. Ich bin nur hier, weil ich verhindern will, dass meiner Tochter etwas passiert. Mithilfe des Chronografen könnten die Zeitreisen ungefährlich verlaufen und sie könnte ein einigermaßen normales Leben führen. Das ist alles, was ich will.«

»Ja, *natürlich!*«, sagte Tante Glenda. Sie ging zum Sofa hinüber und setzte sich neben Charlotte. Ich hätte mich auch gern gesetzt, allmählich wurden meine Beine müde. Aber da niemand mir einen Stuhl anbot, blieb mir nichts anderes übrig, als stehen zu bleiben.

»Was ich damals getan habe, hatte nichts mit ... *eurer Sache* zu tun«, fuhr Mum fort. »Ehrlich gesagt weiß ich kaum etwas darüber, und was ich weiß, verstehe ich nur halb.«

»Dann kann ich mir erst recht keinen Grund vorstellen, warum Sie sich erdreistet haben, sich derart einzumischen«, sagte der schwarze Dr. White. »In Dinge, von denen Sie keine Ahnung haben.«

»Ich habe Lucy doch nur helfen wollen«, sagte Mum. »Sie war meine Lieblingsnichte, ich habe auf sie aufgepasst, seit sie noch ein Baby war, und sie hat mich um Hilfe gebeten. Was hätten Sie denn an meiner Stelle getan? Herrgott, die beiden waren so jung und verliebt und . . . – ich wollte einfach nicht, dass ihnen etwas zustößt.«

»Na, das haben Sie ja auf jeden Fall fein hingekriegt!«

»Ich habe Lucy geliebt wie eine Schwester.« Mum warf einen Blick auf Tante Glenda und setzte hinzu: »*Mehr* als eine Schwester.«

Tante Glenda nahm Charlottes Hand und tätschelte sie. Charlotte starrte auf den Fußboden.

»Wir *alle* haben Lucy sehr geliebt!«, sagte Lady Arista. »Umso wichtiger wäre es gewesen, sie von diesem Jungen und seinen verqueren Ansichten fernzuhalten, anstatt sie darin auch noch zu bestärken!«

»Von wegen verquere Ansichten! Es war doch das kleine rothaarige Biest, das Paul die albernen Verschwörungstheorien in den Kopf gesetzt hat!«, sagte Dr. White. »Sie hat ihn zu diesem Diebstahl überredet!«

»Das ist nicht wahr!«, hielt Lady Arista dagegen. »Lucy hätte so etwas niemals getan. Es war Paul, der ihre jugendliche Naivität ausgenutzt und sie verführt hat.«

»Naivität! Dass ich nicht lache!«, schnappte Dr. White.

Falk de Villiers hob die Hand. »Diese überflüssige Diskussion haben wir doch schon öfter geführt. Ich denke, die Positionen sind hinreichend bekannt.« Er sah hinüber zur Uhr. »Gideon müsste jeden Augenblick wieder zurück sein und bis dahin sollten wir eine Entscheidung über unser weiteres Vorgehen gefällt haben. Charlotte, wie fühlst du dich?«

»Ich habe immer noch Kopfschmerzen«, sagte Charlotte, ohne den Blick vom Fußboden zu lösen.

»Da sehen Sie es doch.« Tante Glenda lächelte giftig.

»Ich habe auch Kopfschmerzen«, sagte Mum. »Das heißt aber nicht, dass ich gleich in der Zeit springen werde.«

»Du bist . . . du bist solch ein *Biest!*«, sagte Tante Glenda.

»Ich finde, wir sollten einfach davon ausgehen, dass Mrs Shepherd und Gwendolyn die Wahrheit sagen«, sagte Mr George, wobei er sich mit einem Taschentuch die Glatze betupfte. »Sonst verlieren wir nur wieder wertvolle Zeit.«

»Das ist nicht dein Ernst, Thomas!« Dr. White schlug mit der Faust auf den Kaminsims, so fest, dass ein Zinnbecher umkippte.

Mr George zuckte zusammen, fuhr aber mit ruhiger Stimme fort: »Demnach wäre der letzte Zeitsprung eineinhalb bis zwei Stunden her. Wir könnten das Mädchen vorbereiten und den nächsten Zeitsprung so genau wie möglich dokumentieren.«

»Das sehe ich genauso«, sagte Mr de Villiers. »Irgendwelche Einwände?«

»Genauso gut könnte ich gegen eine Mauer reden«, sagte Dr. White.

»Richtig«, stimmte ihm Tante Glenda zu.

»Ich würde dafür den Dokumentenraum vorschlagen«, sagte Mr George. »Da wäre Gwendolyn sicher und bei ihrer Rückkehr könnten wir sie sofort in den Chronografen einlesen.«

»Ich würde sie nicht mal in die Nähe des Chronografen lassen!«, sagte Dr. White.

»Himmel, Jake, jetzt ist es aber genug«, sagte Mr de Villiers. »Das ist nur ein junges Mädchen! Glaubst du, sie hat eine Bombe unter ihrer Schuluniform versteckt?«

»Die andere war auch nur ein junges Mädchen«, sagte Dr. White verächtlich.

Mr de Villiers nickte Mr George zu. »Wir machen es so, wie du vorgeschlagen hast. Kümmere dich darum.«

»Komm, Gwendolyn«, sagte Mr George zu mir.

Ich rührte mich nicht. »Mum?«

»Es ist in Ordnung, Liebling, ich werde hier auf dich warten.« Mum quälte sich ein Lächeln ab.

Ich schaute hinüber zu Charlotte. Sie guckte immer noch auf den Fußboden. Tante Glenda hatte die Augen geschlossen und sich resigniert zurückgelehnt. Sie sah aus, als hätten sie ebenfalls schlimme Kopfschmerzen überkommen. Meine Großmutter hingegen starrte mich an, als sähe sie mich gerade zum ersten Mal. Möglicherweise war das ja auch der Fall.

Der kleine Junge guckte wieder mit großen Augen hinter dem Jackett von Dr. White hervor. Armes, kleines Kerlchen. Der bösartige alte Knochen hatte noch nicht ein einziges Mal mit ihm gesprochen, er behandelte ihn wie Luft.

»Bis nachher, Liebling«, sagte Mum.

Mr George nahm meinen Arm und lächelte mir ermutigend zu. Ich lächelte zaghaft zurück. Ich mochte ihn irgendwie. Jedenfalls war er von all den Leuten hier mit Abstand der Freundlichste. Und der Einzige, der uns zu glauben schien.

Trotzdem hatte ich kein gutes Gefühl dabei, meine Mum allein zu lassen. Als die Tür hinter uns ins Schloss fiel und wir im Gang standen, hätte ich beinahe angefangen zu heulen: »*Ich will bei meiner Mummy bleiben!*« Aber ich riss mich zusammen.

Mr George hatte meinen Arm losgelassen und ging vor mir her, zuerst den gleichen Weg zurück, den wir gekommen waren, dann durch eine Tür in einen weiteren Gang, eine Treppe hinab, durch eine neue Tür in einen neuen Gang – es war der reinste Irrgarten. Obwohl Pechfackeln wohl stilechter gewesen wären, waren die Gänge mit modernen Lampen ausgeleuchtet, die beinahe so hell wie Tageslicht wirkten.

»Zuerst erscheint es einem verwirrend, aber nach einer gewissen Zeit kennt man sich hier aus«, sagte Mr George.

Es ging wieder eine Treppe hinunter, viele Stufen diesmal, eine breite steinerne Wendeltreppe, die sich unendlich tief in den Erdboden zu schrauben schien. »Die Tempelritter haben diese Gebäude im 12. Jahrhundert errichtet, davor hatten die Römer sich hier schon versucht und vor ihnen die Kelten. Für sie alle war es ein heiliger Ort und daran hat sich bis heute nichts geändert. Man spürt das Besondere auf jedem Quadratzentimeter, findest du nicht? Als würde von diesem Stück Erde eine besondere Kraft ausgehen.«

Ich spürte nichts dergleichen. Im Gegenteil, ich fühlte mich eher schlapp und müde. Der Schlaf, den ich in der vergangenen Nacht versäumt hatte, fehlte mir.

Als wir am Ende der Treppe scharf rechts abbogen, standen wir plötzlich einem jungen Mann gegenüber. Es fehlte nicht viel und wir wären ineinandergerannt.

»Hoppla!«, rief Mr George aus.

»Mr George.« Der Junge hatte dunkle, lockige Haare, die ihm fast bis auf die Schultern reichten, und grüne Augen, so leuchtend, dass ich dachte, er müsse Kontaktlinsen tragen. Obwohl ich weder seine Haare noch seine Augen vorher gesehen hatte, erkannte ich ihn sofort wieder. Auch den Klang seiner Stimme hätte ich überall wiedererkannt. Es war der Mann, den ich bei meiner letzten Zeitreise gesehen hatte.

Genauer gesagt der Junge, den meine Doppelgängerin geküsst hatte, während ich hinter dem Vorhang meinen Augen nicht getraut hatte.

Ich konnte nichts anderes tun, als ihn entgeistert anzustarren. Von vorne und ohne Perücke sah er noch tausendmal besser aus. Ich vergaß ganz, dass Leslie und ich Jungs mit langen Haaren normalerweise nicht mochten. (Leslie meinte, Jungs ließen sich ihre Haare nur wachsen, um ihre Segelohren besser verstecken zu können.)

Er schaute ziemlich irritiert zurück, musterte mich kurz von Kopf bis Fuß und warf Mr George dann einen fragenden Blick zu.

»Gideon, das ist Gwendolyn Shepherd«, sagte Mr George mit einem kleinen Seufzer. »Gwendolyn, das ist Gideon de Villiers.«

Gideon de Villiers. Der Polospieler. Der *andere* Zeitreisende.

»Hallo«, sagte er höflich.

»Hallo.« Warum war ich auf einmal heiser?

»Ich denke, ihr beiden werdet euch noch näher kennenlernen.« Mr George lachte nervös. »Möglicherweise ist Gwendolyn unsere neue Charlotte.«

»Wie bitte?« Die grünen Augen unterzogen mich einer erneuten

Musterung, diesmal nur im Gesicht. Ich konnte leider nur einfältig zurückglotzen.

»Es ist eine sehr komplizierte Geschichte«, sagte Mr George. »Am besten, Sie gehen in den Drachensaal und lassen sich alles von Ihrem Onkel erklären.«

Gideon nickte. »Da wollte ich sowieso gerade hin. Wir sehen uns, Mr George. Auf Wiedersehen, Wendy.«

Wer war Wendy?

»Gwendolyn«, verbesserte Mr George, aber da war Gideon schon um die Ecke gebogen. Seine Schritte verhallten auf der Treppe.

»Sicher hast du jede Menge Fragen«, sagte Mr George. »Ich werde sie dir beantworten, so gut ich kann.«

Ich war froh, dass ich endlich sitzen konnte, und streckte meine Beine von mir. Der Dokumentenraum hatte sich als recht behaglich herausgestellt, obwohl er tief unten in einem Gewölbekeller lag und keine Fenster hatte. In einem Kamin brannte ein Feuer und es gab Bücherregale und -schränke ringsherum sowie einladend aussehende Ohrensessel und das breite Sofa, auf dem ich jetzt saß. Als wir eingetreten waren, hatte sich ein jüngerer Mann vom Stuhl am Schreibtisch erhoben. Er hatte Mr George zugenickt und den Raum ohne ein weiteres Wort verlassen.

»War der Mann stumm?«, fragte ich, weil es das Erste war, das mir in den Sinn kam.

»Nein«, sagte Mr George. »Aber er hat ein Schweigegelübde abgelegt. In den nächsten vier Wochen wird er nicht sprechen.«

»Und was hat er davon?«

»Es ist ein Ritual. Die Adepten müssen durch eine ganze Reihe von Prüfungen gehen, bevor sie in unseren äußeren Zirkel aufgenommen werden. Dazu gehört auch und vor allem, uns zu beweisen, dass sie verschwiegen sind.« Mr George lächelte. »Du musst uns wirklich für wunderlich halten, nicht wahr? Hier, nimm die Taschenlampe. Häng sie dir um den Hals.«

»Was passiert jetzt mit mir?«

»Wir warten auf deinen nächsten Zeitsprung.«

»Wann wird der sein?«

»Oh, das kann niemand genau sagen. Es ist bei jedem Zeitreisenden anders. Es heißt, deine Urahnin Elaine Burghley – im Kreis der Zwölf die Zweitgeborene – sei in ihrem ganzen Leben nicht öfter als fünfmal gesprungen. Allerdings starb sie auch schon mit achtzehn Jahren im Kindbettfieber. Der Graf selber hingegen sprang als junger Mann alle paar Stunden, zwei bis sieben Mal am Tag. Man kann sich ausmalen, wie gefährlich er lebte, bis es ihm endlich gelang, den Nutzen des Chronografen zu begreifen.« Mr George zeigte auf das Ölgemälde über dem Kamin. Es zeigte einen Mann mit einer weißen Lockenperücke. »Das ist er übrigens. Der Graf von Saint Germain.«

»Sieben Mal am Tag?« Aber das wäre ja furchtbar. Ich würde weder in Ruhe schlafen noch zur Schule gehen können.

»Mach dir keine Sorgen. Wenn es passiert, wirst du – wann auch immer – in diesem Raum landen und dort bist du auf jeden Fall sicher. Du wartest dann einfach so lange, bis du wieder zurückspringst. Du musst dich nicht von der Stelle rühren. Für den Fall, dass du jemanden antreffen solltest, zeigst du diesen Ring.« Mr George zog sich seinen Siegelring vom Finger und reichte ihn mir. Ich drehte ihn in meiner Hand und betrachtete die Gravur. Es war ein zwölfzackiger Stern, in dessen Mitte sich verschnörkelte

Buchstaben ineinanderdrehten. Die kluge Leslie hatte wieder einmal recht gehabt.

»Mr Whitman, mein Lehrer für Englisch und Geschichte, hat auch so einen.«

»War das eine Frage?« In Mr Georges Glatze spiegelte sich das Kaminfeuer. Es sah irgendwie heimelig aus.

»Nein.« Eine Antwort war gar nicht nötig. Es lag auf der Hand: Mr Whitman war auch einer von denen. Leslie hatte es ja geahnt.

»Gibt es denn nichts mehr, was du wissen möchtest?«

»Wer ist Paul und was ist mit Lucy passiert? Und von welchem Diebstahl war die Rede? Und was hat meine Mum damals getan, dass alle so sauer auf sie sind?«, platzte es aus mir heraus.

»Oh.« Mr George kratzte sich verlegen. »Nun, *das* kann ich dir leider nicht beantworten.«

»Das war ja klar.«

»Gwendolyn. Wenn du wirklich unsere Nummer zwölf bist, dann werden wir dir alles haarklein erklären, das verspreche ich dir. Aber wir müssen erst sichergehen. Ich beantworte dir aber gern andere Fragen.«

Ich schwieg.

Mr George seufzte. »Also gut: Paul ist Falk de Villiers kleiner Bruder. Er war vor Gideon der letzte Zeitreisende der Linie de Villiers, die Nummer neun im Kreis der Zwölf. Das muss dir fürs Erste genügen. Wenn du weniger brisante Fragen hast . . .«

»Gibt es hier eine Toilette?«

»Oh. Ja, natürlich. Sie ist gleich um die Ecke. Ich bringe dich hin.«

»Das kann ich alleine.«

»Natürlich«, sagte Mr George wieder, folgte mir aber wie ein kleiner dicker Schatten zur Tür. Dort stand, wie ein Soldat der Palastwache, der Mann von vorhin, der das Schweigegelübde abgelegt hatte.

»Es ist die nächste Tür.« Mr George zeigte nach links. »Ich werde hier warten.«

In der Toilette – einem kleinen, nach Desinfektionsmitteln riechenden Raum mit einem Klosett und einem Waschbecken – zog ich mein Handy aus der Tasche. Kein Empfang, natürlich nicht. Dabei hätte ich Leslie nur zu gern über alles Bericht erstattet. Immerhin funktionierte die Zeitanzeige und ich war verblüfft, dass es gerade erst Mittag war. Ich fühlte mich, als wäre ich schon Tage hier. Und ich musste tatsächlich mal.

Als ich wieder aus der Toilette kam, lächelte Mr George mich erleichtert an. Offenbar hatte er Angst gehabt, ich hätte verschwinden können.

Im Dokumentenraum setzte ich mich wieder auf das Sofa und Mr George setzte sich auf einen Sessel davor.

»Also, spielen wir weiter unser Fragespiel«, sagte er. »Aber diesmal abwechselnd. Eine Frage ich, eine Frage du.«

»Okay«, sagte ich. »Sie zuerst.«

»Hast du Durst?«

»Ja. Ich hätte gern ein Wasser, wenn es geht. Oder Tee?«

Tatsächlich gab es hier unten Wasser, Saft und Wein, außerdem einen Wasserkocher für Tee. Mr George bereitete uns eine Kanne Earl Grey zu.

»Jetzt du«, sagte er, als er wieder saß.

»Wenn die Fähigkeit, in der Zeit zu reisen, von einem Gen bestimmt wird, wieso spielt dann überhaupt das Geburtsdatum eine Rolle? Wieso hat man Charlotte nicht längst Blut abgenommen und auf das Gen hin untersucht? Und wieso kann man sie nicht mit dem Chronografen in eine ungefährliche Vergangenheit schicken, bevor sie von allein in der Zeit springt und sich möglicherweise in Gefahr begibt?«

»Also, erst mal: Wir *glauben* nur, dass es sich um ein Gen handelt, aber wir wissen es nicht. Wir wissen nur, es ist etwas im Blut, das euch von normalen Menschen unterscheidet, aber gefunden haben wir den Faktor X noch nicht. Obwohl wir seit vielen Jahren daran forschen und du in unseren Reihen die besten Wissenschaftler der Welt finden wirst. Glaub mir, es würde vieles einfacher machen, wenn wir das Gen oder was immer es ist, im Blut nachweisen könnten. So aber sind wir auf Berechnungen und Beobachtungen angewiesen, die Generationen vor uns angestellt haben.«

»Wenn man den Chronografen mit Charlottes Blut betankt hätte, was wäre denn dann passiert?«

»Schlimmstenfalls hätten wir ihn damit unbrauchbar gemacht«, sagte Mr George. »Und bitte, Gwendolyn, wir sprechen hier von einem winzig kleinen Tropfen Blut, nicht gleich von einer ganzen Tankfüllung! Aber jetzt bin ich dran. Wenn du es dir aussuchen könntest: In welche Zeit würdest du am liebsten reisen?«

Ich überlegte. »Ich würde gar nicht weit in die Vergangenheit wollen. Nur zehn Jahre zurück. Dann könnte ich meinen Vater noch einmal sehen und mit ihm sprechen.«

Mr Georges Gesicht verzog sich mitleidig. »Ja, das ist ein verständlicher Wunsch. Aber es geht nicht. Niemand kann innerhalb seiner eigenen Lebenszeit zurückkreisen. Du kannst frühestens in die Zeit vor deiner Geburt zurück.«

»Oh.« Das war schade. Ich hatte mir nämlich ausgemalt, noch einmal zurück in meine Grundschulzeit zu reisen, genau an den

Tag, an dem mich ein Junge namens Gregory Forbes auf dem Schulhof »hässliche Kröte« genannt und viermal hintereinander gegen das Schienbein getreten hatte. Wie Superwoman wäre ich dort erschienen – und Gregory Forbes hätte danach niemals wieder kleine Mädchen getreten, das war mal klar.

»Du bist wieder dran«, sagte Mr George.

»Ich hätte an der Stelle, an der Charlotte verschwunden wäre, ein Kreidekreuz machen müssen. Wozu wäre das gut gewesen?«

Mr George winkte ab. »Vergiss diesen Unsinn. Deine Tante Glenda hat darauf bestanden, dass wir die Stelle überwachen lassen sollten. Wir hätten dann Gideon mit der Positionsbeschreibung in die Vergangenheit schicken sollen und die Wächter hätten Charlotte erwarten und beschützen können, bis sie wieder zurückgesprungen wäre.«

»Ja, aber man konnte doch gar nicht wissen, in welche Zeit sie gesprungen wäre. Da hätten die Wächter diese Stelle möglicherweise jahrzehntelang rund um die Uhr bewachen müssen!«

»Ja«, seufzte Mr George. »Genau! Jetzt bin ich aber wieder dran. Kannst du dich noch an deinen Großvater erinnern?«

»Natürlich. Ich war ja schon zehn, als er starb. Er war ganz anders als Lady Arista, lustig und gar nicht streng. Er hat meinem Bruder und mir immer Gruselgeschichten erzählt. Kannten Sie ihn auch?«

»Oh ja! Er war mein Mentor und mein bester Freund.« Mr George schaute eine Weile nachdenklich ins Feuer.

»Wer war der kleine Junge?«, fragte ich.

»Welcher kleine Junge?«

»Der kleine Junge vorhin, der sich an Dr. Whites Jackett festgeklammert hat.«

»Wie bitte?« Mr George wandte den Blick vom Feuer und sah mich verwirrt an.

Also wirklich! Noch deutlicher konnte ich mich doch kaum ausdrücken. »Ein kleiner blonder Junge, etwa sieben Jahre alt. Er stand neben Mr White«, sagte ich betont langsam.

»Aber da war kein kleiner Junge«, sagte Mr George. »Machst du dich über mich lustig?«

»Nein«, sagte ich. Mit einem Schlag hatte ich begriffen, was ich gesehen hatte, und ich ärgerte mich, dass ich es nicht sofort gemerkt hatte.

»Ein kleiner blonder Junge, sagst du? Sieben Jahre alt?«

»Vergessen Sie's.« Ich tat so, als würde ich mich brennend für die Bücher im Regal hinter mir interessieren.

Mr George schwieg zwar, aber ich spürte seine forschenden Blicke auf mir.

»Jetzt bin ich wieder dran«, sagte er schließlich.

»Das ist ein dummes Spiel. Können wir nicht stattdessen Schach spielen?« Auf dem Tisch stand ein Schachspiel. Aber Mr George ließ sich nicht ablenken.

»Siehst du manchmal Dinge, die andere nicht sehen?«

»Kleine Jungen sind keine Dinge«, sagte ich. »Aber, ja, ich sehe manchmal Dinge, die andere nicht sehen.« Ich wusste selber nicht, warum ich ihm das anvertraute.

Aus irgendeinem Grund schienen ihn meine Worte zu erfreuen. »Erstaunlich, wirklich erstaunlich. Seit wann hast du diese Gabe?«

»Die habe ich schon immer gehabt.«

»Faszinierend!« Mr George sah sich um. »Bitte sag mir doch, wer hier alles außer uns noch sitzt und lauscht.«

»Wir sind allein.« Ich musste ein bisschen lachen, als ich Mr Georges enttäuschtes Gesicht sah.

»Oh, und ich hätte schwören können, dass es in diesem Gemäuer von Geistern nur so wimmelt. Speziell in diesem Raum.« Er nahm einen Schluck Tee aus seiner Tasse. »Möchtest du vielleicht Kekse? Mit Orangenfüllung.«

»Ja, gern.« Ich wusste nicht, ob es daran lag, dass er die Kekse erwähnt hatte, aber das mulmige Gefühl kehrte plötzlich in meinen Magen zurück. Ich hielt den Atem an.

Mr George stand auf und kramte in einem Schrankfach herum. Das Schwindelgefühl wurde stärker. Mr George würde nicht schlecht staunen, wenn er sich umdrehte und ich wäre einfach verschwunden. Vielleicht sollte ich ihn besser vorwarnen. Er könnte ein schwaches Herz haben.

»Mr George?«

»Jetzt bist du wieder an der Reihe, Gwendolyn.« Er ordnete die Kekse liebevoll auf einem Teller an, beinahe, wie Mr Bernhard es immer tat. »Und ich glaube, ich kenne sogar die Antwort auf deine Frage.«

Ich horchte in mich hinein. Der Schwindel ließ ein wenig nach. Okay, Fehlalarm.

»Also angenommen, ich würde in eine Zeit reisen, als es dieses Gebäude noch gar nicht gegeben hat. Würde ich dann unter der Erde landen und ersticken?«

»Oh! Und ich dachte, du würdest mich nach dem kleinen blonden Jungen fragen. Na gut, also: Nach allem, was wir wissen, ist noch nie jemand weiter als fünfhundert Jahre zurückgereist. Auch am Chronografen kann man das Datum für den Rubin, also dich, nur bis 1560 nach Christus einstellen, dem Geburtsjahr des ersten Zeitreisenden im Kreis, Lancelot de Villiers. Wir haben das schon oft bedauert. Es entgehen einem so viele hochinteressante Jahre . . . Hier, nimm einen. Es sind meine Lieblingskekse.«

Ich griff danach, obwohl der Teller mit einem Mal vor meinen Augen verschwamm und ich das Gefühl hatte, jemand würde mir das Sofa unter dem Hintern wegziehen.

Männliche Abstammungslinie

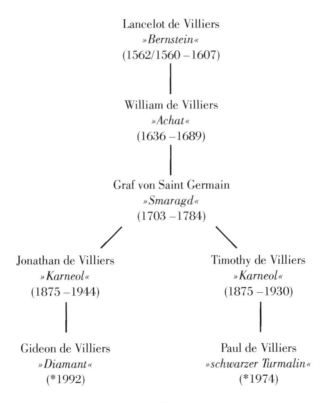

Lancelot de Villiers
»Bernstein«
(1562/1560 – 1607)

William de Villiers
»Achat«
(1636 – 1689)

Graf von Saint Germain
»Smaragd«
(1703 – 1784)

Jonathan de Villiers
»Karneol«
(1875 – 1944)

Timothy de Villiers
»Karneol«
(1875 – 1930)

Gideon de Villiers
»Diamant«
(*1992)

Paul de Villiers
»schwarzer Turmalin«
(*1974)

Aus den Chroniken der Wächter,
Band 4, Der Kreis der Zwölf

8.

Ich landete mit dem Po auf kaltem Stein und ich hatte einen Keks in der Hand. Jedenfalls fühlte es sich genauso an wie ein Keks. Um mich herum herrschte absolute Dunkelheit, schwärzer als schwarz. Ich hätte vor Angst wie gelähmt sein müssen, aber seltsamerweise fürchtete ich mich überhaupt nicht. Vielleicht lag es an Mr Georges beruhigenden Worten, vielleicht war ich mittlerweile aber auch einfach schon daran gewöhnt. Ich steckte den Keks in den Mund (wirklich lecker!), dann tastete ich nach der Taschenlampe um meinem Hals und zog die Schnur über meinen Kopf.

Es dauerte ein paar Sekunden, bis ich den Schalter fand. Im Lichtkegel der Lampe sah ich die Bücherregale, ich erkannte den Kamin wieder (leider kalt und ohne Feuer), das Gemälde darüber war dasselbe, das auch vorhin dort gehangen hatte, das Porträt des Zeitreisenden mit weißer Lockenperücke, Graf von Dingsbums. Eigentlich fehlten nur ein paar Sessel und kleine Tische und – ausgerechnet – das gemütliche Sofa, auf dem ich gesessen hatte.

Mr George hatte gesagt, ich solle einfach warten, bis ich zurückspränge. Möglicherweise hätte ich das auch getan, wenn das Sofa noch hier gestanden hätte. Es konnte aber wohl nicht schaden, einen Blick vor die Tür zu werfen.

Vorsichtig tastete ich mich vorwärts. Die Tür war abgeschlossen. Nun gut. Wenigstens musste ich nicht mehr auf die Toilette.

Im Schein der Taschenlampe suchte ich den Raum ab. Vielleicht fand ich ja einen Hinweis auf das Jahr, in dem ich mich befand. Möglicherweise hing ein Kalender an der Wand oder es lag einer auf dem Schreibtisch.

Der Schreibtisch war voller zusammengerollter Papiere, Bücher, aufgerissener Briefe und Schatullen. Der Lichtstrahl erfasste ein Tintenfass und Schreibfedern. Ich nahm ein Blatt in die Hand. Es fühlte sich dick und rau an. Die Schrift darauf war nur schwer zu entziffern vor lauter Schnörkel.

»*Sehr verehrter Herr Doktor*«, stand dort. »*Ihr Brief hat mich heute erreicht, er war nur neun Wochen unterwegs. Man kann über diese Schnelligkeit nur staunen, wenn man bedenkt, welch weiten Weg Ihr amüsanter Bericht zur Lage in den Kolonien zurückgelegt hat.*«

Ich musste grinsen. Neun Wochen für einen Brief! Und da beschwerten sich die Leute immer über die unzuverlässige britische Post. Okay, ich befand mich also in einer Zeit, in der die Briefe noch mit Brieftauben zugestellt wurden. Oder mit Schnecken.

Ich setzte mich auf den Schreibtischstuhl und las noch ein paar weitere Briefe. Ziemlich langweiliges Zeug. Die Namen sagten mir auch nichts. Anschließend untersuchte ich die Schatullen. Die erste, die ich öffnete, war voller Siegelstempel mit kunstvoll gearbeiteten Motiven. Ich suchte nach einem zwölfzackigen Stern, aber es gab nur Kronen, ineinander verschlungene Buchstaben und organische Muster. Sehr hübsch. Ich fand auch Siegelwachskerzen in allen Farben, sogar in Gold und Silber.

Die nächste Schatulle war abgeschlossen. Vielleicht gab es ja einen Schlüssel in einer der Schubladen. Diese kleine Schatzsuche machte allmählich richtig Spaß. Sollte das, was sich in der

Schatulle befand, mir gefallen, würde ich es einfach mitnehmen. Nur so zum Test. Mit dem Keks hatte es ja auch geklappt. Ich würde Leslie ein kleines Souvenir mitbringen, das dürfte ja wohl erlaubt sein.

In den Schubladen unter dem Schreibtisch fand ich weitere Federkiele und Tintenfässchen, Briefe, sorgfältig in ihren Umschlägen aufbewahrt, gebundene Notizbücher, eine Art Dolch, ein kleines Sichelmesser und – Schlüssel.

Viele, viele Schlüssel in vielerlei Formen und Größen. Leslie wäre entzückt gewesen. Wahrscheinlich gab es in diesem Raum zu jedem dieser Schlüssel ein Schloss und hinter jedem Schloss ein kleines Geheimnis. Oder einen Schatz.

Ich probierte ein paar Schlüssel aus, die klein genug für das Schloss der Schatulle aussahen. Aber der passende war nicht dabei. Schade. Wahrscheinlich befanden sich darin wertvolle Schmuckstücke. Vielleicht sollte ich gleich die ganze Schatulle einstecken? Aber sie war ein wenig unhandlich und viel zu groß für die Innentasche meiner Jacke.

In der nächsten Schachtel befand sich eine Pfeife. Eine hübsche zwar, kunstvoll geschnitzt, wahrscheinlich aus Elfenbein, aber das war auch nicht das Richtige für Leslie. Vielleicht sollte ich ihr eines der Siegel mitbringen? Oder den hübschen Dolch? Oder eins der Bücher?

Natürlich wusste ich, dass man nicht stehlen durfte, aber das hier war eine Ausnahmesituation. Ich fand, dass ich ein Anrecht auf Entschädigung hatte. Außerdem musste ich ja testen, ob es überhaupt funktionierte, Gegenstände aus der Vergangenheit mit in die Gegenwart zu nehmen. Ich hatte nicht die Spur eines schlechten Gewissens und das wunderte mich selber, da ich mich sonst ja schon moralisch entrüstete, wenn Leslie sich bei Harrods in der Feinkostabteilung mehr als einen der kostenlosen Probierhappen nahm oder – wie neulich erst – eine Blume aus einem Beet im Park pflückte.

Ich konnte mich nur nicht entscheiden. Der Dolch sah am wertvollsten aus. Wenn die Steine in seinem Griff echt waren, war er sicher ein Vermögen wert. Aber was sollte Leslie mit einem Dolch anfangen? Ein Siegel würde ihr sicher besser gefallen. Aber welches?

Meine Entscheidung wurde mir einfach abgenommen, denn das Schwindelgefühl kehrte zurück. Als der Schreibtisch vor meinen Augen verschwamm, griff ich nach dem erstbesten Gegenstand, den ich noch packen konnte.

Ich landete sanft auf meinen Füßen. Helles Licht blendete mich. Schnell ließ ich den Schlüssel, den ich in letzter Sekunde gegriffen hatte, zu meinem Handy in die Tasche gleiten und sah mich im Raum um. Alles war genau wie vorhin, als ich mit Mr George Tee getrunken hatte, der Raum war angenehm warm durch das flackernde Kaminfeuer.

Aber Mr George war nicht mehr allein. Er stand mit Falk de Villiers und dem unfreundlichen grauen Doktor White (samt des kleinen blonden Geist-Jungen) in der Raummitte, wo sie sich leise unterhielten. Gideon de Villiers lehnte lässig mit dem Rücken an einem der Bücherschränke. Er war der Erste, der mich bemerkte.

»Hallo, Wendy«, sagte er.

»Gwendolyn«, erwiderte ich. Meine Güte, das war doch nun wirklich nicht so schwer zu merken. Ich nannte ihn ja auch nicht *Gisbert*.

Die drei anderen Männer fuhren herum und starrten mich an, Doktor White mit misstrauisch zusammengekniffenen Augen, Mr George offensichtlich hocherfreut.

»Das waren fast fünfzehn Minuten«, sagte er. »Ist alles in Ordnung mit dir, Gwendolyn? Fühlst du dich gut?«

Ich nickte.

»Hat dich jemand gesehen?«

»Es war niemand da. Ich habe mich nicht von der Stelle gerührt, wie Sie gesagt haben.« Ich reichte Mr George die Taschenlampe und seinen Siegelring. »Wo ist meine Mum?«

»Sie ist oben bei den anderen«, sagte Mr de Villiers knapp.

»Ich will mit ihr sprechen.«

»Keine Sorge, das kannst du auch. Nachher«, sagte Mr George. »Aber zuerst . . . oh, ich weiß gar nicht, wo ich anfangen soll.« Er strahlte über das ganze Gesicht. Worüber freute er sich denn so?

»Meinen Neffen, Gideon, kennst du ja bereits«, sagte Mr de Villiers. »Er hat das, was du jetzt durchmachst, bereits seit zwei Jahren hinter sich. Allerdings war er besser vorbereitet als du. Es wird schwer werden, all das nachzuholen, was in den vergangenen Jahren bei dir versäumt wurde.«

»Schwer? Ich würde eher sagen, unmöglich«, sagte Dr. White.

»Das ist ja auch gar nicht nötig«, sagte Gideon. »Ich kann das alles viel besser allein schaffen.«

»Wir werden sehen«, sagte Mr de Villiers.

»Ich glaube, ihr unterschätzt das Mädchen«, sagte Mr George. Er schlug einen feierlichen, beinahe salbungsvollen Tonfall an. »Gwendolyn Shepherd! Du bist jetzt Teil eines uralten Geheimnisses. Und es wird Zeit, dass du dieses Geheimnis zu verstehen lernst. Zuerst solltest du wissen . . .«

159

»Wir sollten nichts überstürzen«, fiel Dr. White ihm ins Wort. »Sie mag das Gen haben, aber das heißt noch lange nicht, dass man ihr vertrauen kann.«

»Oder dass sie überhaupt versteht, worum es geht«, ergänzte Gideon.

Aha. Er hielt mich offensichtlich für ein bisschen beschränkt. Eingebildeter Blödmann.

»Wer weiß, welche Instruktionen sie von ihrer Mutter bekommen hat«, sagte Dr. White. »Und wer weiß, von wem diese wiederum ihre Instruktionen erhalten hat. Wir haben nur noch diesen einen Chronografen, einen weiteren Patzer können wir uns nicht erlauben. Das möchte ich einfach nur zu bedenken geben.«

Mr George sah aus, als hätte er eine Ohrfeige bekommen. »Man kann die Dinge auch unnötig verkomplizieren«, murmelte er.

»Ich nehme sie jetzt mit in mein Behandlungszimmer«, sagte Dr. White. »Nichts für ungut, Thomas. Aber für Erklärungen ist später immer noch Zeit.«

Mir lief es bei seinen Worten kalt den Rücken hinab. Das Letzte, was ich wollte, war, mit Dr. Frankenstein in ein *Behandlungszimmer* zu gehen. »Ich will meine Mum«, sagte ich, auch auf die Gefahr hin, dass ich mich anhörte wie ein Kleinkind.

Gideon schnalzte verächtlich mit der Zunge.

»Du musst keine Angst haben, Gwendolyn«, beteuerte Mr George. »Wir brauchen nur ein bisschen Blut von dir, außerdem ist Dr. White für deinen Immunschutz und deine Gesundheit zuständig. In der Vergangenheit lauern leider jede Menge gefährliche Erreger, die der Organismus der Menschen heute gar nicht mehr kennt. Es wird auch ganz schnell gehen.«

War ihm eigentlich klar, wie fürchterlich sich das anhörte? *Wir brauchen nur ein bisschen Blut von dir . . .* und *. . . es wird auch ganz schnell gehen* – meine Güte!

»Aber ich . . . ich will nicht allein sein mit Doktor Franken. . . White«, sagte ich. Jetzt war es auch egal, ob dieser Mensch mich für höflich hielt oder nicht. Außerdem hatte er selber überhaupt keine Manieren. Und was Gideon anging – sollte der doch von mir denken, was er wollte!

»Dr. White ist nicht so . . . herzlos, wie es dir scheinen mag«, sagte Mr George. »Du musst wirklich nicht . . .«

»Doch, muss sie«, knurrte Dr. White.

Jetzt wurde ich langsam wütend. Was bildete sich dieser blasierte Knochen eigentlich ein? Der sollte sich erst mal einen Anzug kaufen, der eine richtige Farbe hatte!

»Ach ja? Was tun Sie denn, wenn ich mich weigere?«, fauchte ich und registrierte gleichzeitig, dass seine Augen hinter der schwarz umrandeten Brille, die mich zornig anfunkelten, rot und entzündet waren.

Toller Arzt, dachte ich. Konnte nicht mal sich selbst kurieren.

Ehe Dr. White sich ausdenken konnte, was er mit mir tun würde (meine Fantasie malte sich in Windeseile ein paar unappetitliche Details aus), mischte sich zu meiner Erleichterung Mr de Villiers ein. »Ich werde Mrs Jenkins Bescheid geben lassen«, sagte er und seine Stimme klang, als dulde er keinen Widerspruch. »Mr George wird mitgehen, bis sie da ist.«

Ich warf dem Arzt einen triumphierenden Blick zu, einen von der Sorte, die quasi die Zunge rausstreckten, aber er ignorierte mich.

»Wir treffen uns dann in einer halben Stunde oben im Drachensaal«, fuhr Mr de Villiers fort.

Ich wollte nicht, aber im Hinausgehen drehte ich mich noch einmal schnell zu Gideon um, um zu sehen, ob mein Triumph über Dr. White Eindruck auf ihn gemacht hatte. Offenbar nicht, denn er guckte auf meine Beine. Wahrscheinlich verglich er sie gerade mit Charlottes Beinen.

Mist! Ihre waren länger und dünner. Und ganz sicher hatte sie keine Kratzer an den Waden, weil sie vergangene Nacht zwischen Gerümpel und ausgestopften Krokodilen herumgekrochen war.

Doktor Whites Behandlungszimmer sah aus wie ein x-beliebiges Arztzimmer. Und als Dr. White sich einen weißen Kittel über seinen Anzug streifte und sich lange und gründlich die Hände wusch, sah auch er aus wie ein x-beliebiger Arzt. Nur der kleine blonde Geisterjunge an seiner Seite war ein wenig ungewöhnlich.

»Die Jacke aus und den Ärmel hoch«, sagte Dr. White.

Mr George übersetzte für ihn. »Bitte sei so lieb, zieh deine Jacke aus und krempele die Ärmel hoch.«

Der kleine Geist schaute interessiert zu. Als ich ihn anlächelte, versteckte er sich schnell hinter Dr. White, nur um eine Sekunde später wieder hervorzuschauen. »Siehst du mich etwa?«

Ich nickte.

»Weggucken«, knurrte Dr. White, während er mir den Arm abband.

»Ich kann gut Blut sehen«, sagte ich. »Auch wenn es mein eigenes ist.«

»Die anderen können mich nicht sehen«, sagte der kleine Geist.

»Ich weiß«, sagte ich. »Ich heiße Gwendolyn. Und du?«

»Für dich immer noch Dr. White«, sagte Dr. White.

»Ich heiße Robert«, sagte der Geist.

»Das ist ein sehr schöner Name«, sagte ich.

»Vielen Dank«, sagte Dr. White. »Dafür hast du sehr schöne Venen.« Ich hatte den Einstich kaum gespürt. Sorgfältig füllte Dr. White ein Röhrchen mit meinem Blut. Dann tauschte er das volle Röhrchen gegen ein leeres und ließ es ebenfalls volllaufen.

»Sie spricht nicht mit *dir*, Jake«, sagte Mr George.

»Ach nein? Mit wem denn?«

»Mit Robert«, sagte ich.

Dr. Whites Kopf zuckte nach oben. Zum ersten Mal sah er mich direkt an. »Wie bitte?«

»Ach nichts«, sagte ich.

Dr. White grummelte etwas Unverständliches vor sich hin. Mr George lächelte mir verschwörerisch zu.

Es klopfte. Mrs Jenkins, die Sekretärin mit der dicken Brille, trat ein.

»Ach, da sind Sie ja endlich«, sagte Dr. White. »Du kannst dich vom Acker machen, Thomas. Mrs Jenkins wird jetzt den Anstandswauwau spielen. Sie können sich dahinten auf den Stuhl setzen. Aber halten Sie bloß den Mund.«

»Charmant wie immer«, sagte Mrs Jenkins, setzte sich aber folgsam auf den ihr zugewiesenen Stuhl.

»Wir sehen uns gleich«, sagte Mr George zu mir. Er hielt eines der kleinen Röhrchen mit meinem Blut in die Höhe. »Ich gehe tanken«, setzte er mit einem Grinsen hinzu.

»Wo steht dieser Chronograf denn? Und wie sieht er aus?«, fragte ich, als die Tür hinter Mr George ins Schloss gefallen war. »Kann man sich hineinsetzen?«

»Die letzte Person, die mich über den Chronografen ausgefragt hat, hat ihn knapp zwei Jahre später gestohlen.« Dr. White zog die Kanüle aus meinem Arm und presste ein Stück Verbandsmull gegen die Einstichstelle. »Du verstehst also sicher, dass ich mich mit der Beantwortung der Fragen zurückhalte.«

»Der Chronograf wurde gestohlen?«

Der kleine Geisterjunge namens Robert nickte heftig.

»Von deiner reizenden Cousine Lucy höchstpersönlich«, sagte Dr. White. »Ich kann mich noch gut erinnern, wie sie das erste Mal hier saß. Sie wirkte genauso harmlos und unbedarft wie du jetzt.«

»Lucy ist nett«, sagte Robert. »Ich mag sie.« Weil er ein Geist war, kam es ihm wahrscheinlich wie gestern vor, dass er Lucy zum letzten Mal gesehen hatte.

»Lucy hat den Chronografen gestohlen? Warum das denn?«

»Was weiß denn ich? Schizoide Persönlichkeitsstörung vermutlich«, knurrte Dr. White. »Liegt offensichtlich in der Familie. Alles hysterische Weiber, diese Montroses. Und Lucy verfügte überdies noch über ein gutes Maß krimineller Energie.«

»Dr. White!«, sagte Mrs Jenkins. »Das ist doch gar nicht wahr!«

»Sollten Sie nicht den Mund halten?«, sagte Dr. White.

»Aber wenn Lucy den Chronografen gestohlen hat, wie kann er dann hier sein?«, fragte ich.

»Ja, wie kann er das wohl?« Dr. White löste den Gurt von meinem Arm. »Es gibt eben noch einen zweiten, du Schlauköpfchen. Wann war deine letzte Tetanusimpfung?«

»Weiß nicht. Es gibt also mehrere Chronografen?«

»Nein, nur diese zwei«, sagte Dr. White. »Gegen Pocken bist du offenbar nicht geimpft.« Er klopfte prüfend gegen meinen Oberarm. »Irgendwelche chronischen Krankheiten? Allergien?«

»Nein. Ich bin auch nicht gegen Pest geimpft. Oder gegen Cholera. Oder Blattern.« Ich musste an James denken. »Kann man gegen die Blattern überhaupt impfen? Ein Freund von mir ist, glaube ich, daran gestorben.«

»Das glaube ich wohl kaum«, sagte Doktor White. »Blattern ist nur ein anderer Name für Pocken. Und an denen ist hier schon länger niemand mehr gestorben.«

»Mein Freund ist ja auch schon länger tot.«

»Ich dachte immer, Blattern wäre ein anderer Name für Masern«, sagte Mrs Jenkins.

»Und ich dachte, wir hätten uns darauf geeinigt, dass Sie schweigen, Mrs Jenkins.«

Mrs Jenkins schwieg.

»Warum sind Sie eigentlich zu allen so unfreundlich?«, fragte ich. »Aua!«

»War doch nur ein kleiner Piks«, sagte Dr. White.

»Was war das denn?«

»Das willst du gar nicht wissen, glaub mir.«

Ich seufzte. Der kleine Geist namens Robert seufzte auch. »Ist er immer so?«, fragte ich ihn.

»Meistens«, antwortete Robert.

»Er meint das gar nicht so«, sagte Mrs Jenkins.

»Mrs Jenkins!«

»Schon gut.«

»Ich bin fürs Erste fertig. Bis zum nächsten Mal habe ich deine Blutwerte und vielleicht rückt deine reizende Mama ja auch deinen Impfpass und deine Krankengeschichte heraus.«

»Ich war nie krank. Bin ich jetzt gegen Pest geimpft?«

»Nein. Das bringt auch nicht wirklich was. Hält immer nur ein halbes Jahr vor und die Nebenwirkungen sind beträchtlich.

Wenn es nach mir geht, wirst du ohnehin niemals in ein Pestjahr reisen. Du kannst dich anziehen. Mrs Jenkins wird dich nach oben zu den anderen bringen. Ich komme in einer Minute nach.«

Mrs Jenkins erhob sich. »Komm, Gwendolyn. Du hast sicher Hunger, es gibt gleich Essen. Mrs Mallory hat heute Kalbsbraten und Spargel zubereitet. Sehr delikat.«

Hunger hatte ich in der Tat. Sogar auf Kalbsbraten mit Spargel, wovon ich normalerweise kein großer Fan war.

»Weißt du, der Doktor ist eigentlich ein herzensguter Mensch«, sagte Mrs Jenkins auf dem Weg nach oben. »Es fällt ihm nur ein bisschen schwer, freundlich zu sein.«

»Ja, offensichtlich.«

»Früher war er ganz anders. Fröhlich, immer gut drauf, er trug zwar schon damals diese furchtbaren schwarzen Anzüge, aber wenigstens bunte Krawatten dazu. Das war, bevor sein kleiner Sohn starb . . . ach, eine schlimme Tragödie. Seitdem ist der Mann wie verwandelt.«

»Robert.«

»Genau, der Kleine hieß Robert«, sagte Mrs Jenkins. »Hat Mr George dir schon von ihm erzählt?«

»Nein.«

»Ein goldiges Kerlchen. Er ist bei einer Geburtstagsfeier im Pool von Bekannten ertrunken, das muss man sich mal vorstellen.« Mrs Jenkins zählte die Jahre im Gehen an ihren Fingern ab. »Achtzehn Jahre ist das jetzt schon her. Der arme Doktor.«

Der arme Robert. Aber wenigstens sah er nicht wie eine Wasserleiche aus. Manche Geister machten sich ja einen Spaß daraus, so herumzulaufen, wie sie gestorben waren. Glücklicherweise war ich noch nie einem begegnet, der ein Beil im Kopf hatte. Oder gar keinen Kopf.

Mrs Jenkins klopfte an eine Tür. »Wir machen einen kleinen Zwischenstopp bei Madame Rossini. Sie muss dich vermessen.«

»Vermessen? Wofür?« Aber das Zimmer, in das Mrs Jenkins mich schob, gab mir bereits die Antwort: Es war eine Nähstube und inmitten der Stoffe, Kleider, Nähmaschinen, Schneiderpuppen, Scheren und Garnrollen lachte mir eine rundliche Frau mit üppiger rotblonder Haarpracht entgegen.

»Willkommen«, sagte sie mit französischem Akzent. »Du musst Gwendolyn sein. Ich bin Madame Rossini und kümmere mich um deine Garderobe.« Sie hielt ein Maßband in die Höhe. »Schließlich können wir dich *anno dazumal* nicht in dieser schrecklichen Schulüniform herumlaufen lassen, n'est-ce pas?«

Ich nickte. *Schulüniformen*, wie Madame es aussprach, waren wirklich *schrecklisch*, egal in welchem Jahrhundert.

»Wahrscheinlich gäbe es einen Volksauflauf, wenn du dort so auf die Straße gingest«, sagte sie und rang die Hände. Mitsamt Maßband.

»Wir müssen uns leider beeilen, sie warten oben auf uns«, sagte Mrs Jenkins.

»Ich mache ganz schnell. Kannst du bitte die Jacke ausziehen?« Madame Rossini schlang das Maßband um meine Taille. »Wunderbar. Und jetzt die Hüften. Oh, wie ein junges Fohlen. Ich denke, wir können vieles, was ich für die andere vorbereitet hatte, übernehmen, vielleicht mit kleinen Änderungen hier und da.«

Mit »die andere« war sicher Charlotte gemeint. Ich betrachtete ein zartgelbes Kleid mit weißem, durchsichtigem Spitzenbesatz, das an einem Kleiderständer hing und aussah wie aus dem Kostümfundus von *Stolz und Vorurteil*. Charlotte hätte sicher ganz entzückend darin ausgesehen.

»Charlotte ist größer und schlanker als ich«, sagte ich.

»Ja, ein bisschen«, sagte Madame Rossini. »Der Hungerhaken.« (Sie sagte »'ünger'aken« und ich musste ein bisschen kichern.) »Aber das ist gar kein Problem.« Sie legte das Maßband auch um meinen Hals und um meinen Kopf. »Für Hüte und Perücken«, sagte sie und lachte mich an. »Ach, wie nett, zur Abwechslung mal für eine Brünette zu schneidern. Bei Rothaarigen muss man mit den Farben immer so vorsichtig sein. Ich habe da schon seit Jahren dieses herrliche Stück Taft, eine Farbe wie die untergehende Sonne. Du könntest die Erste sein, der diese Farbe steht . . .«

»Madame Rossini, *bitte!*« Mrs Jenkins zeigte auf ihre Armbanduhr.

»Jaja, gleich fertig«, sagte Madame Rossini, wobei sie mit dem Band um mich herumwirbelte und sogar meine Fesseln ausmaß. »Immer haben sie es so eilig, diese Männer! Aber Mode und Schönheit sind nun mal kein hastiges Geschäft.« Schließlich gab sie mir einen freundlichen Klaps und sagte: »Bis später, Schwanenhälschen.«

Sie selber hatte gar keinen Hals, fiel mir auf. Ihr Kopf schien direkt auf ihren Schultern zu sitzen. Aber sie war wirklich nett.

»Bis später, Madame Rossini.«

Wieder draußen, fiel Mrs Jenkins in Laufschritt und ich hatte Mühe, ihr zu folgen, obwohl sie Schuhe mit hohen Absätzen trug und ich meine bequemen, etwas plumpen dunkelblauen Schultreter.

»Gleich haben wir es geschafft.« Wieder erstreckte sich ein endlos langer Korridor vor uns. Es war mir ein Rätsel, wie man sich in diesem Labyrinth auskennen konnte.

»Wohnen Sie hier?«

»Nein, ich wohne in Islington«, sagte Mrs Jenkins. »Um fünf habe ich Feierabend. Dann fahre ich zu meinem Mann nach Hause.«

»Was sagt denn Ihr Mann dazu, dass Sie für eine Geheimloge arbeiten, die in ihrem Keller eine Zeitmaschine stehen hat?«

Mrs Jenkins lachte. »Oh, das weiß er gar nicht. Ich habe einen Schweigepassus im Arbeitsvertrag unterschrieben. Ich darf weder meinem Mann noch irgendjemandem sonst verraten, was hier geschieht.«

»*Sonst?*« Wahrscheinlich verfaulten in diesen Gemäuern schon jede Menge Gebeine schwatzhafter Sekretärinnen.

»Sonst verliere ich meinen Job«, sagte Mrs Jenkins und es klang, als würde sie diese Vorstellung wirklich bedauerlich finden. »Es würde mir sowieso niemand glauben«, setzte sie fröhlich hinzu. »Am allerwenigsten mein Mann. Der Gute hat überhaupt keine Fantasie. Er denkt, ich plage mich in einer ganz gewöhnlichen Anwaltskanzlei mit nichts als langweiligen Akten . . . Oh nein! Die Akte!« Sie blieb stehen. »Jetzt habe ich sie liegen lassen! Dr. White wird mich umbringen.« Sie sah mich unschlüssig an. »Findest du dich die letzten Meter ohne mich zurecht? Um die Ecke nach links, dann die zweite Tür rechts.«

»Links um die Ecke, zweite Tür rechts, kein Problem.«

»Du bist ein Schatz!« Mrs Jenkins war schon losgelaufen. Es war mir ein Rätsel, wie sie das mit den hohen Absätzen bewerkstelligte. Ich hingegen konnte mir für »die letzten Meter« ruhig Zeit nehmen. Endlich konnte ich mir die Wandmalereien mal in Ruhe anschauen (verblichen), gegen eine Ritterrüstung klopfen (rostig) und mit dem Zeigefinger vorsichtig über einen Bilderrahmen fahren (staubig). Als ich um die Ecke bog, hörte ich Stimmen.

»Warte doch mal, Charlotte.«

Hastig wich ich zurück und presste mich mit dem Rücken gegen die Wand. Charlotte war aus dem Drachensaal getreten und hinter ihr kam Gideon, der sie am Arm festhielt, das hatte ich gerade noch gesehen. Hoffentlich hatten sie mich nicht entdeckt.

»Das ist alles so schrecklich peinlich und demütigend«, sagte Charlotte.

»Nein, gar nicht. Du kannst doch nichts dafür.« Wie weich und freundlich seine Stimme klingen konnte.

Er ist in sie verknallt, dachte ich und aus irgendeinem dummen Grund gab mir das einen kleinen Stich. Ich drückte mich noch enger an die Wand, obwohl ich zu gern gesehen hätte, was die beiden taten. Hielten sie Händchen?

Charlotte schien untröstlich. »Phantom-Symptome! Ich könnte im Boden versinken. Ich habe wirklich geglaubt, dass es jeden Augenblick passieren würde . . .«

»Aber das hätte ich an deiner Stelle genauso gedacht«, sagte Gideon. »Deine Tante muss wahnsinnig sein, dass sie das all die Jahre verschwiegen hat. Und deine Cousine kann einem wirklich nur leidtun.«

»Findest du?«

»Überleg doch mal! Wie soll sie denn klarkommen? Sie hat nicht den leisesten Schimmer . . . Wie soll sie bloß nachholen, was wir in den letzten zehn Jahren gelernt haben?«

»Ja, arme Gwendolyn«, sagte Charlotte. Es klang irgendwie nicht wirklich mitleidig. »Aber sie hat durchaus auch ihre Stärken.«

Oh. Das war jetzt aber nett.

»Mit ihrer Freundin rumkichern, SMS schreiben und die Besetzungsliste von Filmen herunterrasseln. Das kann sie wirklich gut.«

Doch nicht nett.

Ich lugte wieder vorsichtig um die Ecke.

»Ja«, sagte Gideon. »Genau das dachte ich auch, als ich sie vorhin zum ersten Mal gesehen habe. Hey, ich werde dich wirklich vermissen – bei unseren Fechtstunden zum Beispiel.«

Charlotte seufzte. »Wir hatten viel Spaß, oder?«

»Ja. Aber denk auch mal, was du jetzt für Möglichkeiten hast, Charlotte! Ich beneide dich darum! Du bist jetzt frei und kannst machen, was du willst.«

»Ich wollte nie etwas anderes als das hier!«

»Ja, weil du keine Wahl hattest«, sagte Gideon. »Aber jetzt steht dir die ganze Welt offen – du kannst im Ausland studieren und lange Reisen unternehmen, während ich mich nicht länger als einen Tag von diesem verd. . . Chronografen entfernen darf und meine Nächte im Jahr 1953 verbringe. Glaub mir – ich würde liebend gern mit dir tauschen!«

Die Tür zum Drachensaal ging wieder auf und Lady Arista und Tante Glenda traten in den Gang hinaus. Schnell zog ich meinen Kopf zurück.

»Das wird denen noch leidtun«, sagte Tante Glenda.

»Glenda, bitte! Wir sind doch eine Familie«, sagte Lady Arista. »Wir müssen zusammenhalten.«

»Sag das besser Grace«, sagte Tante Glenda. »Sie war es doch, die uns alle in diese unmögliche Situation gebracht hat. *Beschützen!* Ha! Niemand, der seinen Verstand noch beisammen hat, würde ihr auch nur ein Wort glauben! Nicht nach allem, was geschehen ist. Aber das ist ja jetzt nicht mehr unser Problem. Komm, Charlotte.«

»Ich begleite Sie zum Wagen«, sagte Gideon.

Schleimer!

Ich wartete, bis ihre Schritte nicht mehr zu hören waren, dann wagte ich mich von meinem Lauschposten. Lady Arista stand immer noch da und rieb sich müde mit einem Finger über die Stirn. Sie sah plötzlich uralt aus, gar nicht wie sonst. Alle ballettlehrerinnenhafte Disziplin schien sie verlassen zu haben und selbst ihre Gesichtszüge waren ein bisschen in Unordnung geraten. Sie tat mir leid.

»Hallo«, sagte ich leise. »Alles in Ordnung?«

Sofort straffte sich die Haltung meiner Großmutter wieder. Alle verschluckten Stöcke schienen in ihre Positionen zu fahren und einzurasten.

»Da bist du ja«, sagte sie. Ihr prüfender Blick blieb an meiner Bluse hängen. »Ist das etwa ein Fleck? Kind, du musst wirklich lernen, etwas mehr auf dein Äußeres zu achten.«

Die Abstände zwischen den einzelnen Zeitsprüngen sind –
sofern sie nicht vom Chronografen kontrolliert werden – von
Gen-Träger zu Gen-Träger verschieden. War der Graf von
Saint Germain in seinen Beobachtungen noch zu dem
Schluss gekommen, dass die weiblichen Gen-Träger
bedeutend weniger oft und weniger lange springen als die
männlichen, so können wir das aus heutiger Sicht nicht
mehr bestätigen.
Die Dauer der unkontrollierten Zeitsprünge variiert seit
Beginn der Aufzeichnungen zwischen acht Minuten,
zwölf Sekunden (Initiationssprung von Timothy de Villiers,
5. Mai 1892) und zwei Stunden und vier Minuten (Margret
Tilney, 2. Sprung, 22. März 1894).
Das Zeitfenster, das der Chronograf für die Zeitsprünge zur
Verfügung stellt, beträgt mindestens 30 Minuten, höchstens
vier Stunden.
Es ist nicht bekannt, ob jemals unkontrollierte Zeitsprünge in
die eigene Lebenszeit stattgefunden haben. Der Graf von
Saint Germain geht in seinen Schriften davon aus, dass das
wegen des Kontinuums (s. Band 3, Gesetze des Kontinuums)
nicht möglich ist.
Die Einstellungen im Chronografen machen ein
Zurückschicken in die eigene Lebenszeit ebenfalls
unmöglich.

Aus den Chroniken der Wächter,
Band 2, Allgemeingültige Gesetzmäßigkeiten

9.

Meine Mum umarmte mich, als wäre ich mindestens drei Jahre verschollen gewesen. Ich musste ihr zigmal beteuern, dass mit mir alles in Ordnung war, bevor sie aufhörte, danach zu fragen.

»Bist du denn auch okay, Mum?«

»Ja, mein Liebling, mir geht es gut.«

»Es geht also allen gut«, sagte Mr de Villiers spöttisch. »Schön, dass wir das geklärt haben.« Er trat so nahe an Mum und mich heran, dass ich sein Eau de Toilette riechen konnte. (Irgendetwas Würzig-Fruchtiges mit einem Hauch von Zimt. Ich bekam gleich noch mehr Hunger.)

»Und was sollen wir jetzt mit dir machen, Grace?« Die Wolfsaugen nahmen Mum fest ins Visier.

»Ich habe die Wahrheit gesagt.«

»Ja, zumindest was Gwendolyns Bestimmung angeht«, sagte Mr de Villiers. »Zu klären wäre jedoch, warum die Hebamme, die damals so zuvorkommend war, den Geburtsschein zu fälschen, ausgerechnet heute ganz plötzlich verreisen musste.«

Mum zuckte mit den Schultern. »Ich würde nicht jedem Zufall gleich so viel Bedeutung beimessen, Falk.«

»Ebenso seltsam finde ich, dass man sich im Falle einer sich ankündigenden Frühgeburt für eine Hausgeburt entscheidet. Jede Frau, die halbwegs bei Verstand ist, würde beim ersten Anzeichen von Wehen in ein Krankenhaus fahren.«

Da hatte er allerdings recht.

»Es ging einfach sehr schnell«, sagte Mum, ohne mit der Wimper zu zucken. »Ich war schon froh, dass die Hebamme zur Stelle war.«

»Nun, aber selbst wenn: Mit einer Frühgeburt wäre man auf jeden Fall sofort nach der Geburt ins Krankenhaus gefahren, um das Kind untersuchen zu lassen.«

»Das haben wir doch getan.«

»Aber erst am nächsten Tag«, sagte Mr de Villiers. »Im Bericht des Krankenhauses steht, dass man zwar das Kind gründlich untersucht hat, aber dass die Mutter eine Nachuntersuchung verweigerte. Warum das, Grace?«

Mum lachte auf. »Ich glaube, du würdest mich besser verstehen, wenn du selber mal ein Kind geboren und einige Dutzend gynäkologische Untersuchungen hinter dir hättest. Mir ging es blendend, ich wollte nur wissen, ob mit dem Baby alles in Ordnung war. Was mich wundert, ist, wie du so schnell an einen Bericht des Krankenhauses gelangen konntest. Ich dachte, Informationen dieser Art unterstehen der Schweigepflicht.«

»Du kannst das Krankenhaus meinetwegen gern wegen Verstoß gegen das Datenschutzgesetz verklagen«, sagte Mr de Villiers. »In der Zwischenzeit suchen wir weiter nach der Hebamme. Mittlerweile interessiert mich nämlich wirklich brennend, was diese Frau uns zu erzählen hat.«

Die Tür ging auf und Mr George und Dr. White traten ein, zusammen mit Mrs Jenkins, die einen Stapel Ordner schleppte.

Hinter ihnen kam Gideon in den Raum geschlendert. Diesmal nahm ich mir die Zeit, auch den Rest seines Körpers zu betrachten, nicht nur sein hübsches Gesicht. Ich suchte nach etwas, das mir nicht gefiel, damit ich mich, verglichen mit ihm, nicht so unvollkommen fühlen musste. Leider konnte ich nichts finden. Er hatte weder (vom Polospielen!) krumme Beine noch zu lange Arme oder angewachsene Ohrläppchen (was, wie Leslie behauptete, ein Zeichen für einen geizigen Charakter gewesen wäre). Es war unnachahmlich cool, wie er jetzt mit seinem Hintern gegen den Schreibtisch lehnte und die Arme vor der Brust verschränkte.

Blieben nur noch die beinahe schulterlangen Haare, die ich doof finden konnte. Dummerweise gelang mir nicht mal das. Es waren so gesunde, glänzende Haare, dass ich mich unwillkürlich fragte, wie sie sich wohl anfühlen mochten.

So viel gutes Aussehen verschwendet, es war ein Jammer.

»Es ist alles vorbereitet«, sagte Mr George und zwinkerte mir zu. »Die Zeitmaschine ist startklar.«

Robert, der Geistjunge, winkte mir schüchtern zu. Ich winkte zurück.

»Da sind wir also nun vollständig«, sagte Mr de Villiers. »Das heißt: Glenda und Charlotte mussten sich leider verabschieden. Sie lassen aber alle herzlich grüßen.«

»Ja, darauf wette ich«, sagte Dr. White.

»Das arme Mädchen! Zwei Tage lang diese Phantomschmerzen, das war sicher kein Vergnügen«, sagte Mr George und verzog mitleidig sein rundes Gesicht.

»Und dazu diese Mutter«, murmelte Dr. White, während er in dem Aktenordner blätterte, den Mrs Jenkins mitgebracht hatte. »Wirklich gestraft, das arme Kind.«

»Mrs Jenkins, wie weit ist Madame Rossini mit Gwendolyns Garderobe?«

»Sie hat ja gerade erst . . . Ich werde nachfragen.« Mrs Jenkins huschte wieder durch die Tür.

Mr George rieb sich tatendurstig die Hände. »Dann also kann es jetzt losgehen.«

»Aber Sie werden sie nicht in Gefahr bringen, nicht wahr?«, sagte Mum, an Mr George gewandt. »Sie werden sie aus dieser Sache raushalten.«

»Allerdings werden wir sie da raushalten«, sagte Gideon.

»Wir werden alles tun, um Gwendolyn zu schützen«, versicherte Mr George.

»Wir können sie da nicht raushalten, Grace«, sagte Mr de Villiers. »Sie ist ein Teil *dieser Sache*. Das hätte dir vorher klar sein müssen. Bevor du dein dummes Versteckspiel begonnen hast.«

»Aber dank Ihnen ist das Mädchen wenigstens vollkommen unvorbereitet und unwissend«, sagte Dr. White. »Was unsere Mission natürlich erheblich erschweren wird. Aber wahrscheinlich war genau das Ihre Absicht.«

»Meine Absicht war, Gwendolyn nicht in Gefahr zu bringen«, sagte Mum.

»Ich bin allein schon sehr weit gekommen«, sagte Gideon. »Ich kann es auch allein zu Ende bringen.«

»Genau das habe ich gehofft«, sagte Mum.

Ich kann das auch allein zu Ende bringen. Meine Güte! Ich unterdrückte nur mit Mühe ein Kichern. Das klang ja wie in einem dieser bescheuerten Action-Filme, in denen ein melancholisch dreinblickender Muskelprotz die Welt rettet, indem er mutterseelenallein gegen eine hundertzwanzigköpfige Ninja-Kampftruppe, eine Flotte feindlicher Raumschiffe oder ein ganzes Dorf voller bis unter die Zähne bewaffneter Gesetzloser kämpft.

»Wir werden sehen, für welche Aufgaben sie sich vielleicht eignet«, sagte Mr de Villiers.

»Wir haben ihr Blut«, sagte Gideon. »Mehr brauchen wir nicht von ihr. Sie kann von mir aus jeden Tag herkommen und elapsieren – und alle sind zufrieden.«

Wie bitte? *Elapsieren?* Es klang wie einer der Begriffe, mit denen Mr Whitman uns im Englischunterricht zu verwirren pflegte. *»Im Prinzip kein schlechter Interpretationsansatz, Gordon, aber das nächste Mal ein wenig elaborierter, bitte.«* Oder war es *elapsierter* gewesen? Egal, weder Gordon noch ich noch der Rest der Klasse hatten jemals etwas davon gehört. Außer Charlotte natürlich.

Mr George bemerkte meine verwirrte Miene. »Unter *Elapsieren* verstehen wir ein gezieltes Anzapfen deines Zeitsprungkontingentes, in dem wir dich mit dem Chronografen für ein paar Stunden in die Vergangenheit schicken. Auf diese Weise verhindern wir unkontrollierte Zeitsprünge.« Er wandte sich an die anderen. »Ich bin sicher, im Laufe der Zeit wird Gwendolyn uns alle mit ihrem Potenzial überraschen. Sie . . .«

»Sie ist ein *Kind!*«, fiel Gideon ihm ins Wort. »Sie hat von nichts eine Ahnung.«

Ich wurde rot. Was war denn das für eine Frechheit? Und wie verächtlich er mich anschaute. Dieser blöde, eingebildete . . . *Polospieler!*

»Gar nicht wahr«, sagte ich. Ich war kein Kind! Ich war sechzehneinhalb. Genauso alt wie Charlotte. In meinem Alter war Marie-Antoinette schon längst verheiratet gewesen. (Das wusste ich nicht aus dem Geschichtsunterricht, sondern aus dem Film mit Kirsten Dunst, den Leslie und ich auf DVD angeschaut hatten.) Und Johanna von Orleans war sogar erst fünfzehn, als sie . . .

»Ach nein?« Gideons Stimme triefte vor Spott. »Was weißt du denn zum Beispiel über Geschichte?«

»Genug«, sagte ich. Hatte ich nicht gerade erst ein A im Geschichtstest gehabt?

»Tatsächlich, ja? Wer regierte England nach Georg I.?«

Ich hatte keinen blassen Schimmer. »Georg II.?«, sagte ich auf gut Glück.

Ha! Er sah enttäuscht aus. Es schien zu stimmen.

»Und von welchem Königshaus wurden die Stuarts 1702 abgelöst und warum?«

Mist! »Ähm – das hatten wir noch nicht«, sagte ich.

»Nee, ist klar.« Gideon wandte sich an die anderen. »Sie weiß nichts von Geschichte. Sie kann noch nicht einmal angemessen sprechen. Egal, wohin wir springen, sie würde auffallen wie ein bunter Hund. Außerdem hat sie überhaupt keine Ahnung, worum es geht. Sie wäre nicht nur vollkommen nutzlos, sie wäre eine Gefahr für die ganze Mission!«

Wie bitte? Ich konnte noch nicht mal *angemessen* sprechen? Mir fielen aber gerade einige sehr angemessene Schimpfwörter ein, die ich ihm gern an den Kopf geworfen hätte.

»Ich denke, du hast deine Meinung deutlich genug zum Ausdruck gebracht, Gideon«, sagte Mr de Villiers. »Jetzt wäre es interessant zu erfahren, was der Graf zu alldem zu sagen hat.«

»Das könnt ihr nicht tun.« Das kam von meiner Mum. Ihre Stimme klang plötzlich ganz erstickt.

»Der Graf ist sicher hocherfreut, dich kennenzulernen, Gwendolyn«, sagte Mr George, ohne ihren Einwurf zu beachten. »Den

Rubin, die Zwölfte, die Letzte im Kreis. Das ist ein feierlicher Moment, wenn ihr beide euch gegenübertretet.«

»*Nein!*«, sagte Mum.

Alle schauten sie an.

»Grace!«, sagte meine Großmutter. »Nicht schon wieder!«

»Nein«, wiederholte Mum. »Bitte! Es ist doch nicht nötig, dass er sie kennenlernt. Es muss ihm reichen, dass sie mit ihrem Blut den Kreis komplett macht.«

»Komplett gemacht *hätte*«, sagte Dr. White, der immer noch in der Akte blätterte. »Wenn wir nach dem Diebstahl nicht noch einmal ganz von vorne hätten anfangen müssen.«

»Wie dem auch sei: Ich möchte nicht, dass Gwendolyn ihn kennenlernt«, sagte Mum. »Das ist meine Bedingung. Gideon kann das allein übernehmen.«

»Es liegt sicher nicht bei dir, darüber zu entscheiden«, sagte Mr de Villiers und Dr. White rief: »*Bedingungen!* Sie stellt *Bedingungen!*«

»Aber sie hat recht! Niemandem ist damit gedient, wenn wir das Mädchen da mit reinziehen«, sagte Gideon. »Ich werde dem Grafen erklären, was passiert ist, und ich bin sicher, er ist meiner Meinung.«

»Er wird sie auf jeden Fall sehen wollen, um sich selber ein Bild machen zu können«, sagte Falk de Villiers. »Das ist nicht gefährlich für sie. Sie muss nicht mal das Haus verlassen.«

»Mrs Shepherd. Ich versichere Ihnen, Gwendolyn wird nichts zustoßen«, sagte Mr George. »Ihre Meinung über den Grafen beruht vermutlich auf Vorurteilen, die auszuräumen uns allen eine große Freude wäre.«

»Ich fürchte, das würde Ihnen nicht gelingen.«

»Sicher möchtest du uns mitteilen, aufgrund welcher Informationen du den Grafen – einen Menschen, dem du nie begegnet bist – derart ablehnst, liebe Grace«, sagte Mr de Villiers.

Mum presste ihre Lippen aufeinander.

»Wir hören!«, sagte Mr de Villiers.

Mum schwieg. »Es ist . . . nur so ein Gefühl«, flüsterte sie schließlich.

Mr de Villiers verzog seinen Mund zu einem zynischen Lächeln. »Ich kann mir nicht helfen, Grace, aber ich habe dauernd den Eindruck, du verschweigst uns etwas. Wovor fürchtest du dich denn?«

»Wer ist dieser Graf überhaupt und warum soll ich ihn nicht kennenlernen?«, fragte ich.

»Weil deine Mutter *so ein Gefühl* hat«, sagte Dr. White und zupfte sein Jackett zurecht. »Der Mann ist übrigens schon weit über zweihundert Jahre tot, Mrs Shepherd.«

»Und das soll er auch bleiben«, murmelte Mum.

»Der Graf von Saint Germain ist der fünfte der zwölf Zeitreisenden, Gwendolyn«, sagte Mr George. »Du hast vorhin im Dokumentenraum sein Porträt gesehen. Er ist derjenige, der die Funktion des Chronografen überhaupt erst begriffen und die alten Schriften aufgeschlüsselt hat. Er fand nicht nur heraus, wie er mit dem Chronografen in jedes beliebige Jahr, an jeden beliebigen Tag seiner Wahl reisen konnte, sondern er entdeckte auch das Geheimnis hinter dem Geheimnis. *Das Geheimnis der Zwölf.* Mithilfe des Chronografen gelang es ihm, die vier vor ihm geborenen Zeitreisenden aus dem Kreis aufzuspüren und sie in das Geheimnis einzuweihen. Der Graf suchte und fand Unterstützung bei den brillantesten Köpfen seiner Zeit, Mathematikern, Alchemisten,

Magiern, Philosophen – sie alle waren von seiner Sache fasziniert. Gemeinsam entschlüsselten sie die Alten Schriften und errechneten die Geburtsdaten der sieben Zeitreisenden, die noch
geboren werden mussten, um den Kreis komplett zu machen. Im
Jahr 1745 gründete der Graf hier in London die Gesellschaft der
Wächter, die geheime Loge des Grafen von Saint Germain.«

»Die Aufschlüsselung der Alten Schriften hat der Graf so be-
rühmten Leuten wie Raimundus Lullus, Agrippa von Nettesheim,
John Colet, Henry Draper, Simon Forman, Samuel Hartlib, Ke-
nelm Digby und John Wallis zu verdanken«, sagte Mr de Villiers.

Keiner der Namen kam mir auch nur im Entferntesten bekannt
vor.

»Keiner der Namen kommt ihr auch nur im Entferntesten bekannt vor«, sagte Gideon spöttisch.

Himmel! Konnte er etwa Gedanken lesen? Für den Fall, dass er
es konnte, sah ich ihn böse an und dachte mit aller Kraft: *Du!*
Blöder! Angeber!

Er wandte den Blick zur Seite.

»Isaac Newton ist aber schon 1727 gestorben. Wie konnte er
dann Mitglied der Wächter werden?« Ich wunderte mich selber,
dass mir das jetzt einfiel. Leslie hatte es gestern am Telefon gesagt und aus unerfindlichen Gründen hatte es sich in meinem
Gehirn festgehakt. So blöd, wie dieser Gideon behauptete, war
ich doch gar nicht.

»Richtig«, sagte Mr George und lächelte. »Das ist einer der Vor-
teile, den man als Zeitreisender hat. Man kann sich seine Freunde
auch in der Vergangenheit suchen.«

»Und was ist nun das Geheimnis hinter dem Geheimnis?«, fragte ich.

»Das Geheimnis der Zwölf wird sich offenbaren, wenn alle zwölf Zeitreisenden mit ihrem Blut in den Chronografen eingelesen sind«, sagte Mr George feierlich. »Deshalb muss der Kreis geschlossen werden. Das ist die große Aufgabe, die es zu bewältigen gilt.«

»Aber ich bin doch die Letzte der Zwölf! Der Kreis müsste mit mir komplett sein!«

»Ja, das wäre er auch«, sagte Dr. White. »Wenn deine Cousine Lucy nicht vor siebzehn Jahren auf die Idee gekommen wäre, den Chronografen zu stehlen.«

»*Paul* hat den Chronografen gestohlen«, sagte Lady Arista. »Lucy hat nur . . .«

Mr de Villiers hob die Hand. »Jaja, sagen wir doch einfach, sie haben ihn gemeinsam gestohlen. Zwei in die Irre geleitete Kinder . . . Fünf Jahrhunderte Arbeit waren damit zunichtegemacht. Die Mission wäre beinahe gescheitert und das Vermächtnis des Grafen von Saint Germain wäre ein für alle Mal verloren gewesen.«

»Das Vermächtnis ist das Geheimnis?«

»Glücklicherweise befand sich in diesen Mauern noch ein weiterer Chronograf«, sagte Mr George. »Es war nicht vorgesehen, dass er jemals in Funktion treten sollte. Er ist im Jahr 1757 in den Besitz der Wächter gelangt. Er war defekt, über Jahrhunderte vernachlässigt und seiner wertvollen Edelsteine beraubt. In mühsamer, zweihundert Jahre dauernder Rekonstruktionsarbeit haben die Wächter das Gerät . . .«

Dr. White fiel ihm ungeduldig ins Wort: »Um die Geschichte etwas abzukürzen: Es wurde repariert und es war tatsächlich funktionstüchtig, was wir allerdings erst überprüfen konnten, als der elfte Zeitreisende, nämlich Gideon, in das Initiationsalter kam.

Wir hatten den einen Chronografen und damit das Blut von zehn Zeitreisenden verloren. Nun mussten wir mit dem zweiten noch einmal von vorne beginnen.«

»Um das Geheimnis der Zwölf zu – ähm – lüften«, sagte ich. Beinahe hätte ich »offenbaren« gesagt. Allmählich fühlte ich mich, als ob man mein Gehirn gewaschen hätte.

Ein feierliches Nicken von Dr. White und Mr George war die Antwort.

»Ja, und was ist es für ein Geheimnis?«

Mum begann zu lachen. Es war vollkommen unpassend, aber sie lachte so glucksend, wie Caroline immer lachte, wenn sie Mr Bean im Fernsehen sah.

»Grace!«, zischte Lady Arista. »Reiß dich am Riemen!«

Aber Mum lachte nur noch mehr. »Das Geheimnis ist das Geheimnis ist das Geheimnis«, brachte sie zwischen zwei Lachsalven heraus. »So ist das doch immer.«

»Sag ich doch: alles hysterische Weiber!«, brummte Dr. White.

»Schön, dass du dem allem doch noch eine komische Seite abgewinnen kannst«, sagte Mr de Villiers.

Mum wischte sich die Lachtränen aus den Augenwinkeln. »Tut mir leid. Es kam einfach so über mich. Eigentlich würde ich lieber weinen, ehrlich.«

Ich begriff, dass ich mit meiner Frage nach der Natur des Geheimnisses nicht weiterkommen würde.

»Was ist an diesem Graf denn so gefährlich, dass ich ihn nicht kennenlernen soll?«, fragte ich stattdessen.

Mum schüttelte nur den Kopf, plötzlich wieder todernst. Ich machte mir allmählich Sorgen um sie. Diese Stimmungsschwankungen sahen ihr so überhaupt nicht ähnlich.

»Gar nichts«, antwortete Dr. White an ihrer Stelle. »Deine Mutter fürchtet nur, du könntest mit geistigem Gedankengut in Berührung kommen, das ihren eigenen Auffassungen widerspricht. Allerdings hat sie in diesen Mauern überhaupt nichts zu entscheiden.«

»Geistiges Gedankengut«, wiederholte meine Mutter und diesmal war es ihre Stimme, die vor Spott triefte. »Ist das nicht ein bisschen doppelt gemoppelt?«

»Wie dem auch sei: Überlassen wir es doch einfach Gwendolyn zu entscheiden, ob sie den Grafen treffen will oder nicht.«

»Nur zu einem Gespräch? In der Vergangenheit?« Ich sah fragend von Mr de Villiers zu Mr George und wieder zurück. »Kann *er* mir die Frage nach dem Geheimnis beantworten?«

»Wenn er will«, sagte Mr George. »Du wirst ihn im Jahr 1782 treffen. Da war der Graf schon ein sehr alter Mann. Und praktischerweise noch einmal zu Besuch hier in London. Auf einer streng geheimen Mission, von der die Geschichtsschreiber und seine Biografen nichts wissen. Er hat hier in diesem Haus übernachtet. Daher wird es ganz einfach sein, das Gespräch zwischen euch zu arrangieren. Gideon wird dich selbstverständlich begleiten.«

Gideon murmelte etwas Undeutliches vor sich hin, in dem die Worte »Idioten« und »Babysitter« vorkamen. *Idiotenbabysitter?* Wie ich diesen Typ verabscheute.

»Mum?«

»Sag Nein, Liebling.«

»Aber warum?«

»Du bist noch nicht so weit.«

»Wofür bin ich noch nicht so weit? Warum soll ich diesen Grafen nicht treffen? Was ist an ihm so gefährlich? Sag es mir doch, Mum.«

»Ja, sag es ihr doch, Grace«, sagte Mr de Villiers. »Sie hasst diese Geheimniskrämerei. Von der eigenen Mutter kränkt einen das ganz besonders, denke ich mal.«

Mum schwieg.

»Du siehst, es ist schwierig, uns wirklich nützliche Informationen zu entlocken«, sagte Mr de Villiers. Seine Bernsteinaugen sahen mich ernst an.

Meine Mum schwieg noch immer.

Am liebsten hätte ich sie geschüttelt. Falk de Villiers hatte recht: Mit diesen blöden Andeutungen war mir kein bisschen geholfen.

»Dann werde ich es eben selbst herausfinden«, sagte ich. »Ich will ihn kennenlernen.« Ich weiß nicht, was plötzlich über mich gekommen war, aber mit einem Mal fühlte ich mich nicht mehr wie eine Fünfjährige, die am liebsten nach Hause rennen wollte, um sich unter ihrem Bett zu verstecken.

Gideon stöhnte.

»Grace, du hast es gehört«, sagte Mr de Villiers. »Ich würde vorschlagen, du lässt dich jetzt nach Mayfair fahren und nimmst eine Beruhigungstablette. Wir bringen Gwendolyn nach Hause, wenn wir mit ihr . . . fertig sind.«

»Ich lasse sie nicht allein«, flüsterte Mum.

»Caroline und Nick kommen bald aus der Schule, Mum. Du kannst ruhig gehen. Ich kann schon auf mich aufpassen.«

»Kannst du nicht«, flüsterte Mum.

»Ich begleite dich, Grace«, sagte Lady Arista mit überraschend weicher Stimme. »Ich war zwei Tage ohne Unterbrechung hier und mein Kopf schmerzt. Die Dinge haben eine wirklich unvorhergesehene Wendung genommen. Aber nun . . . liegt es nicht mehr in unserer Hand.«

»Sehr weise«, sagte Dr. White.

Mum sah aus, als würde sie jeden Augenblick in Tränen ausbrechen. »Also gut«, sagte sie. »Ich werde gehen. Ich vertraue darauf, dass alles getan wird, damit Gwendolyn nichts zustößt.«

»Und dass sie morgen pünktlich in der Schule erscheinen kann«, sagte Lady Arista. »Sie sollte nicht allzu viel versäumen. Sie ist nicht wie Charlotte.«

Ich schaute sie verblüfft an. An die Schule hatte ich überhaupt nicht mehr gedacht.

»Wo sind mein Hut und mein Mantel?«, fragte Lady Arista. Bei den Männern im Raum gab es eine Art kollektives Aufatmen. Man konnte es nicht hören, aber sehen.

»Mrs Jenkins wird sich um alles kümmern, Lady Arista«, sagte Mr de Villiers.

»Komm, mein Kind«, sagte Lady Arista zu Mum.

Mum zögerte.

»Grace.« Falk de Villiers nahm ihre Hand und führte sie an seine Lippen. »Es war ein großes Vergnügen, dich nach so vielen Jahren noch einmal wiederzusehen.«

»So viele Jahre waren das auch wieder nicht«, sagte Mum.

»Siebzehn.«

»Sechs«, sagte Mum und es klang ein bisschen beleidigt. »Wir sahen uns auch auf der Beerdigung meines Vaters. Aber wahrscheinlich hast du das vergessen.«

Sie schaute sich nach Mr George um. »Werden Sie auf sie achtgeben?«

»Mrs Shepherd, ich verspreche Ihnen, dass Gwendolyn bei uns sicher ist«, sagte Mr George. »Vertrauen Sie mir.«

»Es bleibt mir ja nichts anderes übrig.« Mum entzog Mr de Villiers ihre Hand und schulterte ihre Handtasche. »Kann ich noch einmal kurz unter vier Augen mit meiner Tochter sprechen?«

»Selbstverständlich«, sagte Falk de Villiers. »Gleich nebenan bist du ungestört, wenn du willst.«

»Ich würde gern mit ihr nach draußen gehen«, sagte Mum.

Mr de Villiers zog seine Augenbrauen in die Höhe. »Hast du Angst, wir belauschen dich? Beobachten dich durch Gucklöcher in den Porträts?« Er lachte.

»Ich brauche einfach nur etwas frische Luft«, sagte Mum.

Der Garten war um diese Uhrzeit nicht für die Öffentlichkeit zugänglich. Ein paar Touristen – erkennbar an den dicken Fotoapparaten um den Hals – sahen neidisch zu, wie Mum eine der Pforten, ein verschnörkeltes Eisentor, zwei Meter hoch, aufschloss und hinter uns wieder verriegelte.

Ich war ganz entzückt von der Fülle der Blumenbeete, dem satten Grün der Rasenfläche und dem Duft, der in der Luft lag. »Das war eine gute Idee von dir«, sagte ich. »Ich kam mir schon vor wie ein Grottenolm.« Sehnsüchtig hielt ich mein Gesicht in die Sonne. Für Anfang April war sie erstaunlich kräftig.

Mum setzte sich auf eine Teakbank und rieb sich mit der Hand über die Stirn, eine ganz ähnliche Geste wie vorhin bei Lady Arista, nur dass Mum nicht uralt dabei aussah. »Das ist ein echter Albtraum«, sagte sie.

Ich ließ mich neben sie auf die Bank fallen. »Ja. Man kommt nur kaum dazu, darüber nachzudenken. Gestern Morgen noch war alles wie immer und dann plötzlich . . . Ich habe das Gefühl, mein Kopf platzt gleich, so viele Dinge muss er auf einmal verarbeiten. Tausend kleine Informationen, die alle nicht richtig zusammenpassen wollen.«

»Es tut mir furchtbar leid«, sagte Mum. »Ich wünschte so sehr, ich hätte dir das alles ersparen können.«

»Was hast du damals gemacht, dass sie jetzt alle so sauer auf dich sind?«

»Ich habe Lucy und Paul geholfen zu fliehen«, sagte Mum. Sie sah sich kurz um, als ob sie sichergehen wollte, dass uns niemand belauschte. »Eine Zeit lang haben sie sich bei uns in Durham versteckt. Aber natürlich haben *sie* es herausbekommen. Und Lucy und Paul mussten fort.«

Ich dachte daran, was ich heute erfahren hatte. Und plötzlich begriff ich, wo meine Cousine war.

Das schwarze Schaf der Familie lebte nicht etwa im Amazonas unter Eingeborenen oder in Irland versteckt in einem Nonnenkloster, wie Leslie und ich es uns als Kinder immer ausgemalt hatten.

Nein, Lucy und Paul waren ganz woanders.

»Sie sind mit dem Chronografen in der Vergangenheit verschwunden, oder?«

Meine Mutter nickte. »Letztendlich hatten die beiden keine Wahl. Aber es war keine leichte Entscheidung für sie.«

»Warum das?«

»Man darf den Chronografen nicht aus seiner Zeit entfernen. Wenn man das tut, kann man selber auch nicht mehr zurückreisen. Wer den Chronografen mit in die Vergangenheit nimmt, muss dortbleiben.«

Ich schluckte. »Was für einen Grund kann es geben, dass man so etwas in Kauf nimmt?«, fragte ich leise.

»Sie hatten begriffen, dass es in der Gegenwart für sie und den Chronografen kein sicheres Versteck geben würde. Die Wächter hätten sie früher oder später überall auf der Welt aufgespürt.«

»Und *warum* haben sie ihn gestohlen, Mum?«

»Sie wollten verhindern, dass . . . der Blutkreis sich schließt.«

»Was passiert, wenn der Blutkreis geschlossen ist?« Himmel, jetzt hörte ich mich schon genauso an wie einer von denen. *Blutkreis.* Als Nächstes würde ich anfangen, in Reimen zu sprechen.

»Hör zu, Liebling, wir haben nicht viel Zeit. Auch wenn sie jetzt noch das Gegenteil behaupten: Sie werden versuchen, dich an ihrer sogenannten Mission zu beteiligen. Sie brauchen dich, um den Kreis zu schließen und das Geheimnis zu offenbaren.«

»*Was ist das Geheimnis, Mum?*« Ich hatte das Gefühl, diese Frage schon tausendmal gestellt zu haben. Und innerlich brüllte ich sie fast heraus.

»Ich weiß es genauso wenig wie die anderen. Ich kann auch nur Vermutungen darüber anstellen. Mächtig ist es und große Macht verleiht es demjenigen, der es zu nutzen weiß. Aber Macht in den Händen der falschen Menschen ist sehr gefährlich. Lucy und Paul waren der Ansicht, dass das Geheimnis deshalb besser ungelüftet bleiben sollte. Sie haben dafür große Opfer auf sich genommen.«

»Das habe ich schon verstanden. Ich habe nur nicht verstanden, warum.«

»Wenn auch einige der Männer dort drinnen möglicherweise nur von wissenschaftlicher Neugier angetrieben sein mögen, so sind die Absichten vieler anderer keinesfalls ehrenhaft. Ich weiß, dass sie vor nichts zurückscheuen, um ihr Ziel zu erreichen. Du kannst keinem von ihnen trauen. *Keinem,* Gwendolyn.«

Ich seufzte. Nichts von dem, was sie mir gesagt hatte, kam mir in irgendeiner Weise nützlich vor.

Vor dem Garten hörten wir Motorengeräusch, dann hielt ein Wagen vor dem Portal. Obwohl Autos hier eigentlich gar nicht fahren durften.

»Es wird Zeit, Grace!«, rief Lady Arista von draußen.

Mum stand auf. »Oh, das wird herrlich heute Abend. Glendas eisige Blicke werden das Essen sicher gefrieren lassen.«

»Warum ist die Hebamme ausgerechnet heute verreist? Und warum hast du mich nicht in einem Krankenhaus gekriegt?«

»Sie sollen die arme Frau bloß in Ruhe lassen«, sagte Mum.

»Grace! Nun komm endlich!« Lady Arista klopfte mit der Spitze ihres Regenschirmes gegen das Eisengitter.

»Ich glaube, du kriegst gleich Prügel«, sagte ich.

»Es bricht mir das Herz, dich allein lassen zu müssen.«

»Ich könnte einfach mit dir nach Hause gehen«, sagte ich, aber noch während ich es sagte, wusste ich, dass ich das eigentlich gar nicht wollte. Es war, wie Falk de Villiers gesagt hatte: Ich war nun ein Teil *dieser Sache* und seltsamerweise gefiel mir das.

»Nein, das kannst du nicht«, sagte Mum. »Bei den unkontrollierten Zeitsprüngen könntest du verletzt werden oder sogar getötet. Hier bist du wenigstens, was das angeht, in Sicherheit.« Sie umarmte mich. »Vergiss nicht, was ich dir gesagt habe. Vertraue niemandem. Nicht mal deinem Gefühl. Und hüte dich vor dem Grafen von Saint Germain. Es heißt, dass er die Fähigkeit besitzt, in den Geist seines Gegenübers einzudringen. Er kann deine Gedanken lesen und, schlimmer noch, deinen Willen kontrollieren, wenn du es zulässt.«

Ich drückte mich so fest an sie, wie ich konnte. »Ich hab dich lieb, Mum.« Über ihre Schulter konnte ich sehen, dass sich nun auch noch Mr de Villiers vor dem Tor eingefunden hatte.

Als Mum sich umdrehte, sah sie es auch. »Vor *diesem da* solltest du dich ganz besonders in Acht nehmen!«, sagte sie leise. »Er ist ein gefährlicher Mann geworden.« Es schwang unüberhörbar so etwas wie Bewunderung in ihrer Stimme mit und einer plötzlichen Eingebung folgend fragte ich: »Hattest du mal was mit ihm, Mum?«

Sie musste mir gar nicht antworten, an ihrer Miene sah ich, dass ich voll ins Schwarze getroffen hatte.

»Ich war siebzehn und leicht zu beeindrucken«, sagte sie.

»Ich verstehe«, sagte ich und grinste. »Ziemlich tolle Augen, finde ich.«

Mum grinste zurück, während wir betont langsam zum Tor zurückschlenderten. »Oh ja. Paul hatte genau die gleichen Augen. Aber im Gegensatz zu seinem großen Bruder war er kein bisschen überheblich. Kein Wunder, dass Lucy sich in ihn verliebt hat . . .«

»Ich würde zu gern wissen, was aus den beiden geworden ist.«

»Ich fürchte, früher oder später wirst du das auch noch erfahren.«

»Gib mir den Schlüssel«, sagte Falk de Villiers ungeduldig. Mum reichte ihm den Schlüsselbund durch die Eisengitter des Tores und er schloss es auf. »Ich habe euch einen Wagen kommen lassen.«

»Wir sehen uns morgen beim Frühstück, Gwendolyn«, sagte Lady Arista und griff mit der Hand unter mein Kinn. »Kopf hoch!

Du bist eine Montrose und wir bewahren immer und überall Haltung.«

»Ich werde mir Mühe geben, Großmutter.«

»So ist es richtig. Ach!« Sie wedelte mit den Armen, als wollte sie lästige Fliegen verscheuchen. »Was denken diese Leute denn? Ich bin doch nicht die Queen!« Aber mit ihrem eleganten Hut, dem Schirm und dem farblich passenden Mantel sah sie in den Augen der Touristen ganz offensichtlich so britisch aus, dass sie von allen Seiten fotografiert wurde.

Mum nahm mich noch einmal in die Arme. »Dieses Geheimnis hat bereits Menschenleben gekostet«, flüsterte sie mir ins Ohr. »Vergiss das nicht.«

Mit gemischten Gefühlen sah ich ihr und meiner Großmutter nach, bis sie um die Ecke bogen und verschwanden.

Mr George griff nach meiner Hand und drückte sie. »Keine Angst, Gwendolyn. Du bist nicht allein.«

Richtig, ich war nicht allein. Ich war mit Menschen zusammen, denen ich nicht trauen durfte. *Keinem von ihnen,* hatte meine Mum gesagt. Ich sah Mr George in die freundlichen blauen Augen und suchte darin nach etwas Gefährlichem, Unaufrichtigem. Aber ich konnte nichts entdecken.

Vertraue niemandem.

Nicht mal deinem eigenen Gefühl.

»Komm, wir gehen wieder hinein. Du musst etwas in den Magen kriegen.«

»Ich hoffe, die kleine Unterredung mit deiner Mutter war erhellend für dich«, sagte Mr de Villiers auf dem Weg nach oben. »Lass mich raten: Sie hat dich vor uns gewarnt. Wir sind alle skrupellos und verlogen, richtig?«

»Das wissen Sie sicher besser als ich«, sagte ich. »Aber eigentlich haben wir darüber geredet, dass Sie und meine Mutter mal was zusammen hatten.«

Mr de Villiers zog überrascht seine Augenbrauen hoch. »*Das* hat sie gesagt?« Tatsächlich zeichnete sich so etwas wie Verlegenheit in seinem Gesicht ab. »Na ja, das ist lang her. Ich war jung und . . .«

».. . und leicht zu beeindrucken«, ergänzte ich. »Das hat meine Mum auch gesagt.«

Mr George brach in lautes Lachen aus. »Oh ja, stimmt! Das hatte ich ganz vergessen. Du und Grace Montrose, ihr wart ein hübsches Paar, Falk. Wenn auch nur für drei Wochen. Dann hat sie dir bei diesem Wohltätigkeitsball in Holland House ein Stück Käsekuchen auf das Hemd geklebt und gesagt, dass sie nie wieder ein Wort mit dir sprechen wolle.«

»Es war Himbeersahnetorte«, sagte Mr de Villiers und zwinkerte mir zu. »Sie wollte sie mir eigentlich ins Gesicht werfen. Glücklicherweise hat sie nur das Hemd getroffen. Der Fleck ging nie mehr raus. Und das nur, weil sie eifersüchtig auf ein Mädchen war, an dessen Namen ich mich noch nicht mal mehr erinnere.«

»Larissa Crofts, Tochter des Finanzministers«, warf Mr George ein.

»Tatsächlich?« Mr de Villiers schien ehrlich erstaunt. »Des heutigen oder des damaligen?«

»Damaliger.«

»War sie hübsch?«

»Leidlich.«

»Jedenfalls hat Grace mir das Herz gebrochen, weil sie was mit einem Jungen aus der Schule angefangen hat. An dessen Namen erinnere ich mich wiederum gut.«

»Ja. Weil du ihm die Nase gebrochen hast und seine Eltern dich deswegen beinahe verklagt hätten«, sagte Mr George.

»Ist das wahr?« Ich war äußerst fasziniert.

»Es war ein Unfall«, sagte Mr de Villiers. »Wir spielten zusammen in einer Rugbymannschaft.«

»Da tun sich Abgründe auf, nicht wahr, Gwendolyn?« Mr George lachte immer noch vergnügt, als er die Tür zum Drachensaal öffnete.

»Das kann man wohl sagen.« Ich blieb stehen, als ich Gideon am Tisch in der Raummitte sitzen sah. Er schaute uns mit gerunzelter Stirn entgegen.

Mr de Villiers schob mich vorwärts. »Es war nichts Ernstes«, sagte er. »Liebesbeziehungen zwischen den de Villiers und den Montroses stehen unter keinem guten Stern. Man könnte sagen, sie sind von vornherein zum Scheitern verurteilt.«

»Ich denke, diese Warnung ist vollkommen überflüssig, Onkel«, sagte Gideon, wobei er die Arme vor der Brust verschränkte. »Sie ist definitiv nicht mein Typ.«

Mit »sie« war ich gemeint. Es dauerte eine Sekunde oder auch zwei, bis die Beleidigung bei mir ankam. Mein erster Impuls war eine Erwiderung in der Art wie »Ich stehe auch nicht auf arrogante Angebertypen« oder »Oh, da bin ich aber erleichtert. Ich habe nämlich schon einen Freund. Einen mit *guten* Manieren.« Aber dann hielt ich einfach den Mund.

Okay. Ich war nicht sein Typ. Na und? Dann eben nicht.

Das war mir doch so was von egal.

Aus den Annalen der Wächter

4. August 1953

Erhielten heute aufregenden Besuch aus der Zukunft. Der
Elfte im Kreis der Zwölf, Gideon de Villiers, wird zukünftig
jede Nacht drei Stunden bei uns elapsieren. Wir richteten
ihm einen Schlafplatz in Sir Walters Büro ein. Dort ist es
kühl und ruhig und der Junge ist weitgehend vor
neugierigen Blicken und dummen Fragen sicher. Während
seines heutigen Besuchs kamen sämtliche diensthabenden
Offiziere »ganz zufällig« vorbei.
Und ganz zufällig hatten sie alle ein paar Fragen,
die Zukunft betreffend.
Der Junge empfahl den Kauf von Apple-Aktien, was immer
das auch sein mag.

Robert Peel, Innerer Kreis

10.

Mantel: venezianischer Samt, gefüttert mit Seidentaft, Kleid: bedrucktes Leinen aus Deutschland, Devonshire-Spitzenbesatz, das Mieder bestickter Seidenbrokat.« Madame Rossini breitete die einzelnen Kleidungsstücke vorsichtig auf dem Tisch aus. Nach dem Essen hatte Mrs Jenkins mich wieder zu ihr in die Nähstube gebracht. Ich mochte den kleinen Raum lieber als den steifen Speisesaal, überall lagen diese wunderschönen Stoffe herum und Madame Rossini mit ihrem Schildkrötenhals war vielleicht die Einzige, der selbst meine Mutter kein Misstrauen entgegenbracht hätte. »Alles in gedecktem Blau mit cremefarbenen Verzierungen, ein elegantes Nachmittagsensemble«, fuhr sie fort. »Und dazu die passenden Seidenbrokat-Schuhe. Viel bequemer, als sie aussehen. Glücklicherweise haben du und der Hungerhaken die gleiche Schuhgröße.« Sie legte meine Schuluniform mit spitzen Fingern zur Seite. »Pfui, pfui, pfui, das schönste Mädchen muss darin doch aussehen wie eine Vogelscheuche. Wenn man wenigstens den Rock auf eine modische Länge kürzen dürfte. Ah, und dieses scheußliche Uringelb! Wer sich das ausgedacht hat, muss Schüler wirklich von Herzen hassen!«

»Kann ich meine Unterwäsche anlassen?«

»Nur das Höschen«, sagte Madame Rossini. (Es klang nett, wie sie das sagte, in etwa wie 'öschen.) »Ist nicht stilecht, aber es wird dir wohl kaum jemand unter den Rock gucken. Und wenn doch, trittst du ihn am besten, dass ihm Hören und Sehen vergeht. Diese Schuhe sehen nicht so aus, aber ihre Spitzen sind mit Eisen verstärkt. Auf der Toilette warst du? Es ist wichtig, denn wenn du das Kleid einmal anhast, wird es schwierig werden . . .«

»Ja, das haben Sie jetzt schon dreimal gefragt, Madame Rossini.«

»Ich will nur auf Nummer sicher gehen.«

Ich war immer wieder verblüfft, wie man sich hier um mich kümmerte und welche Kleinigkeiten dabei berücksichtigt wurden. Nach dem Essen hatte Mrs Jenkins mir sogar einen funkelniegelnagelneuen Kulturbeutel überreicht, damit ich mir die Zähne putzen und das Gesicht waschen konnte.

Ich hatte erwartet, das Korsett würde mir die Luft abschnüren und den Kalbsbraten wieder aus meinem Magen quetschen, aber in Wirklichkeit war es erstaunlich angenehm zu tragen. »Und ich dachte, die Frauen fielen in den Dingern reihenweise in Ohnmacht.«

»Ja, das taten sie auch. Einmal, weil sie es zu fest schnürten. Und dann war auch die Luft zum Schneiden dick, weil sich niemand wusch und sich alle nur parfümierten«, sagte Madame Rossini und schüttelte sich bei dieser Vorstellung. »In den Perücken wohnten Läuse und Flöhe und ich habe irgendwo gelesen, dass sich manchmal sogar Mäuse darin ihre Nester bauten. Ach, die allerschönste Mode, aber keine gute Zeit für die Hygiene. Du trägst kein Korsett wie diese armen Kreaturen, du trägst eine Sonderanfertigung à la Madame Rossini, bequem wie eine zweite Haut.«

»Ach so.« Ich war furchtbar aufgeregt, als ich in das Unterkleid mit dem Reifrock stieg. »Das fühlt sich an, als würde man einen riesigen Vogelkäfig mit sich herumtragen.«

»Das ist gar nichts«, versicherte mir Madame Rossini, während sie mir vorsichtig das Kleid über den Kopf zog. »Dieser Reifrock ist winzig klein, verglichen mit denen, die zur selben Zeit in Versailles getragen werden. Viereinhalb Meter Umfang, ungelogen. Und deiner ist auch nicht aus Fischbein, sondern aus federleichter Hightech-Kohlefaser. Sieht ja keiner.«

Um mich herum wogte blassblauer Stoff mit cremefarbenen Blütenranken, der sich auch sehr hübsch als Sofabezug gemacht hätte. Aber ich musste zugeben, dass das Kleid trotz seiner Länge und seines monströsen Umfangs sehr bequem war, und es passte wirklich wie angegossen.

»Zauberhaft«, sagte Madame Rossini und schob mich vor den Spiegel.

»Oh!«, sagte ich überrascht. Wer hätte gedacht, dass ein Sofabezug so wunderschön aussehen konnte? Und ich gleich mit. Wie zierlich meine Taille wirkte, wie blau meine Augen. Hach! Nur mein Dekolleté sah aus wie das einer Opernsängerin kurz vorm Platzen.

»Da kommt noch ein wenig Spitze hinein«, sagte Madame Rossini, die meinen Blicken gefolgt war. »Es ist schließlich ein Nachmittagskleid. Abends muss man aber zeigen, was man hat. Ich hoffe so, wir bekommen noch das Vergnügen, ein Ballkleid für dich zu fertigen! Jetzt kümmern wir uns um deine Haare.«

»Krieg ich eine Perücke?«

»Nein«, sagte Madame Rossini. »Du bist ein junges Mädchen und es ist ein helllichter Nachmittag. Es reicht, wenn du die Haare schön frisierst und einen Hut trägst. (Sie sagte »Ütt« anstelle von Hut.) »An deiner Haut müssen wir nichts machen. Die ist ja der reinste Alabaster. Und dieser hübsche halbmondförmige

Fleck an der Schläfe kann ohne Weiteres als Schönheitspfläster-chen durchgehen. Très chic.«

Madame Rossini drehte meine Haare auf Heißwickler, anschlie-ßend steckte sie die Vorderpartie geschickt mit Haarnadeln auf dem Scheitel fest und ließ die anderen Haare in weichen Locken über die Schultern fallen. Ich schaute mich im Spiegel an und be-wunderte mich selber.

Ich musste an die Kostümparty im letzten Jahr denken, die Cynthia gegeben hatte. Ich war in Ermangelung eines besseren Einfalls als Bushaltestelle gegangen und hätte am Ende des Abends am liebsten mit meinem Schild um mich geschlagen, weil jeder mich nach dem Fahrplan fragte.

Hah! Wenn ich damals schon Madame Rossini gekannt hätte! Ich wäre der Star des Abends gewesen!

Ich drehte mich noch einmal ganz verzückt vor dem Spiegel, aber damit war Schluss, als Madame Rossini wieder hinter mich trat und mir den »Ütt« aufsetzte. Er war ein riesiges Ungetüm aus Stroh mit Federn und blauen Bändern und ich fand, er machte die ganze Aufmachung wieder zunichte. Ich versuchte, Madame Ros-sini zu überreden, ihn wegzulassen, aber sie blieb unerbittlich.

»Ohne Hut – nein, das wäre unschicklich! Das ist kein Schön-heitswettbewerb, ma chérie! Hier geht es um Authentizität.«

Ich suchte in der Schuluniformjacke nach meinem Handy. »Können Sie wenigstens noch ein Foto von mir machen – ohne Hut?«

Madame Rossini lachte. »Bien sûr, meine Süße!«

Ich stellte mich in Pose und Madame Rossini schoss mindestens dreißig Fotos von mir, von allen Seiten, einige davon auch mit Hut. Leslie sollte schließlich was zum Lachen haben.

»So, und jetzt sage ich oben Bescheid, dass du reisefertig bist. Warte hier und rühr den Hut nicht mehr an! Er sitzt perfekt.«

»Ja, Madame Rossini«, sagte ich artig. Kaum hatte sie den Raum verlassen, wählte ich mit fliegenden Fingern Leslies Handynummer und schickte ihr eins von den Hutbildern per SMS. Sie rief vierzehn Sekunden später zurück. Gott sei Dank war der Empfang hier im Nähzimmer von Madame Rossini einwandfrei.

»Ich sitze im Bus«, schrie Leslie mir ins Ohr. »Aber ich habe Notizbuch und Stift schon gezückt. Du musst nur lauter sprechen, neben mir unterhalten sich zwei schwerhörige Inder, leider nicht in Gebärdensprache!«

Ich rasselte herunter, was alles passiert war, und versuchte Leslie auf die Schnelle zu erklären, wo ich mich befand und was meine Mum gesagt hatte. Obwohl ich ziemlich durcheinanderredete, schien Leslie mir folgen zu können. Sie sagte immer abwechselnd »abgefahren!« und »sei bloß vorsichtig!«. Als ich ihr Gideon beschrieb (sie wollte jede Einzelheit hören), sagte sie: »So schlimm finde ich lange Haare auch wieder nicht. Es *kann* durchaus sexy aussehen. Denk nur mal an *Ritter aus Leidenschaft*. Aber achte auf seine Ohren.«

»Es spielt ohnehin keine Rolle. Er ist eingebildet und überheblich. Außerdem ist er in Charlotte verliebt. Hast du *Stein der Weisen* notiert?«

»Ja, ich habe alles notiert. Sobald ich zu Hause bin, werde ich mich ins Internet stürzen. Der Graf von Saint Germain – warum kommt mir der Name nur so bekannt vor? Könnte es sein, dass ich den aus einem Film kenne? Nein, das ist der Graf von Monte Christo.«

»Was, wenn er wirklich Gedanken lesen kann?«

»Dann denkst du einfach an etwas Harmloses. Oder du zählst einfach rückwärts von tausend. Aber in Achterschritten. Dabei kann man nichts anderes denken.«

»Sie können jeden Augenblick kommen. Ich lege dann einfach auf. Ach, guck doch mal, ob du irgendwas über einen kleinen Jungen namens Robert White herausfinden kannst, der vor achtzehn Jahren in einem Pool ertrunken ist.«

»Notiert«, sagte Leslie. »Mann, ist das abgefahren. Wir hätten dir ein Springmesser oder Pfefferspray besorgen sollen . . . Weißt du, was? Nimm wenigstens das Handy mit.«

Ich trippelte in meinem Kleid zur Tür und lugte vorsichtig in den Gang hinaus. »In die Vergangenheit? Meinst du, ich könnte dich von dort anrufen?«

»Quatsch! Aber du kannst Fotos machen, die uns weiterhelfen. Oh, und ich hätte furchtbar gern eins von diesem Gideon. Wenn's geht, mit Ohren. Ohren sagen unheimlich viel über einen Menschen aus. Vor allem die Ohrläppchen.«

Jetzt waren Schritte zu hören. Ich schloss leise die Tür. »Es ist so weit. Bis später, Leslie.«

»Sei bloß vorsichtig«, sagte Leslie noch, dann hatte ich das Handy schon zusammengeklappt und in meinen Ausschnitt gleiten lassen. Der kleine Hohlraum unter meinem Busen hatte genau die richtige Größe für ein Handy. Was mochten die Damen früher dort aufbewahrt haben? Giftfläschchen, Revolver (sehr kleine), Liebesbriefe?

Das Erste, das mir durch den Kopf schoss, als Gideon den Raum betrat, war: Warum muss *er* keinen Hut tragen? Das Zweite war: Wie kann jemand in einer roten Moiré-Weste, dunkelgrünen Kniebundhosen und gestreiften Seidenstrumpfhosen gut aussehen? Wenn ich dann noch etwas dachte, dann höchstens so etwas wie: Hoffentlich sieht man mir nicht an, was ich denke.

Die grünen Augen streiften mich flüchtig. »Schicker Hut.«

Mistkerl.

»Wunderschön«, sagte Mr George, der hinter ihm in das Nähzimmer trat. »Madame Rossini, Sie haben großartige Arbeit geleistet.«

»Ja, ich weiß«, sagte Madame Rossini. Sie war im Gang stehen geblieben. Die Nähstube war nicht groß genug für uns alle, mein Rock beanspruchte allein die Hälfte der Stehfläche.

Gideon hatte seine Locken im Nacken zusammengebunden und ich sah eine Gelegenheit zur Retourkutsche. »Das ist aber eine hübsche Samtschleife«, sagte ich mit allem Spott, den ich aufbieten konnte. »Unsere Erdkundelehrerin trägt immer genau die gleiche!«

Anstatt mich böse anzugucken, grinste Gideon. »Also, das Schleifchen ist wirklich noch harmlos. Du solltest mich mal mit Perücke sehen.«

Genau genommen hatte ich das ja schon mal.

»Monsieur Gideon, ich hatte Ihnen die zitronengelben Kniehosen herausgelegt, nicht die dunklen.« Wenn sie empört war, wurde Madame Rossinis Akzent stärker. Sie sagte »Knie'osen« und »nischt«.

Gideon drehte sich zu Madame Rossini um. »Gelbe Hosen zu einer roten Weste, Pippi-Langstrumpf-Strumpfhosen und einem braunen Mantel mit goldenen Knöpfen? Das kam mir einfach zu bunt vor.«

»Der Rokoko-Mann *trägt* bunt!« Madame Rossini guckte ihn streng an. »Und ich bin hier die Expertin, nicht Sie.«

»Ja, Madame Rossini«, sagte Gideon höflich. »Beim nächsten Mal werde ich auf Sie hören.«

Ich sah auf seine Ohren. Sie standen kein bisschen ab und waren auch sonst in jeder Beziehung unauffällig. Ich war fast ein bisschen erleichtert darüber. Obwohl es natürlich vollkommen egal war.

»Wo sind die gelben Handschuhe aus Sämischleder?«

»Oh, ich dachte, wenn ich schon die Hose nicht anziehe, lasse ich die Handschuhe auch besser weg.«

»Aber natürlich!« Madame Rossini schnalzte mit der Zunge. »Ihr Modebewusstsein in allen Ehren, junger Mann. Aber hier geht es nicht um Geschmack, sondern um Authentizität. Abgesehen davon habe ich sehr darauf geachtet, dass alle ausgewählten Farben Ihnen gut zu Gesicht stehen, Sie undankbarer Junge.«

Grummelnd ließ sie uns vorbei.

»Vielen, vielen Dank, Madame Rossini«, sagte ich.

»Ach, mein Schwanenhälschen! Das war mir doch ein Vergnügen! Du weißt meine Arbeit wenigstens zu würdigen.« Ich musste grinsen. Ich war gerne ein Schwanen'älschen.

Mr George zwinkerte mir zu. »Wenn Sie mir bitte folgen wollen, Miss Gwendolyn.«

»Zuerst verbinden wir ihr die Augen«, sagte Gideon und machte Anstalten, mir den Hut vom Kopf zu ziehen.

»Dr. White besteht darauf«, sagte Mr George mit einem bedauernden Lächeln.

»Aber das wird ihre Frisur ruinieren!« Madame Rossini schlug Gideons Finger zur Seite. »*Tiens!* Wollen Sie ihr die Haare gleich mit vom Kopf ziehen? Noch nie etwas von einer Hutnadel gehört? So!« Sie reichte Hut und Nadel Mr George. »Tragen Sie ihn bloß vorsichtig!«

Gideon verband mir die Augen mit einem schwarzen Tuch. Ich hielt automatisch den Atem an, als seine Hand meine Wange streifte, und leider konnte ich nicht verhindern, dass ich rot wurde. Aber das konnte er glücklicherweise nicht sehen, weil er hinter mir stand.

»Au!«, sagte ich, weil er ein paar meiner Haare mit in den Knoten band.

»Entschuldigung. Kannst du noch etwas sehen?«

»Nein.« Vor meinen Augen war nichts als Dunkelheit. »Warum darf ich nicht sehen, wohin wir gehen?«

»Du darfst den genauen Aufenthaltsort des Chronografen nicht kennen«, sagte Gideon. Er legte eine Hand auf meinen Rücken und schob mich vorwärts. Es war ein seltsames Gefühl, einfach so blind ins Leere zu laufen, und Gideons Hand auf meinem Rücken irritierte mich zusätzlich. »Eine überflüssige Vorsichtsmaßnahme, wie ich finde. Das Haus ist ein einziges Labyrinth. Nie im Leben würdest du den Raum wiederfinden. Und Mr George meint ohnehin, du seiest über jeden Zweifel erhaben, was einen möglichen Verrat angeht.«

Das war nett von Mr George, auch wenn ich nicht genau wusste, was es bedeuten sollte. Wer sollte Interesse am Aufenthaltsort des Chronografen haben und warum?

Ich stieß mit meiner Schulter gegen etwas Hartes. »Au!«

»Nehmen Sie ihre Hand, Gideon, Sie Stoffel«, sagte Mr George ein bisschen ungehalten. »Sie ist doch kein Einkaufswagen!«

Ich fühlte, wie sich eine warme, trockene Hand um meine schloss, und zuckte zusammen.

»Schon gut«, sagte Gideon. »Ich bin's doch nur. Jetzt geht es ein paar Stufen hinunter. Achtung.«

Eine Weile liefen wir stumm nebeneinanderher, mal geradeaus, dann wieder eine Treppe hinab oder um eine Ecke, und ich konzentrierte mich im Wesentlichen darauf, meine Hand daran zu hindern zu zittern. Oder zu schwitzen. Gideon sollte nicht denken, dass mich seine Nähe in Verlegenheit brachte. Ob er merkte, wie schnell mein Puls ging?

Dann trat mein rechter Fuß plötzlich ins Nichts und ich stolperte und wäre ganz sicher hingefallen, wenn Gideon mich nicht mit beiden Händen aufgefangen und auf festen Boden zurückgezogen hätte. Beide Hände lagen um meine Taille.

»Achtung, Stufe«, sagte er.

»Ah, danke, das habe ich auch gemerkt«, sagte ich empört. »Als ich mir den Fuß umgeknickt habe!«

»Herrgott, Gideon. Passen Sie doch auf«, schimpfte Mr George. »Hier! Nehmen Sie den Hut. Ich helfe Gwendolyn.«

An Mr Georges Hand fiel es mir leichter zu laufen. Vielleicht weil ich mich mehr auf meine Schritte konzentrieren konnte als darauf, dass meine Hand nicht zittern sollte. Unser Spaziergang dauerte eine halbe Ewigkeit. Wieder hatte ich das Gefühl, wir würden tief ins Erdinnere wandern. Als wir endlich haltmachten, hatte ich den Verdacht, man sei extra ein paar Umwege mit mir gegangen, um mich in die Irre zu führen.

Eine Tür wurde geöffnet und wieder verschlossen und schließlich nahm Mr George mir die Augenbinde ab.

»Da wären wir.«

»Schön wie der junge Maimorgen«, sagte Dr. White. Aber er sagte es zu Gideon.

»Vielen Dank!« Gideon machte eine kleine Verbeugung. »Das ist der letzte Schrei aus Paris. Eigentlich hätte ich noch gelbe Hosen und Handschuhe dazu getragen, aber das habe ich einfach nicht über mich gebracht.«

»Madame Rossini ist stinksauer«, sagte Mr George.

»Gideon!«, sagte Mr de Villiers vorwurfsvoll, der hinter Mr White aufgetaucht war.

»*Gelbe Hosen*, Onkel Falk!«

»Es ist ja nicht so, dass du dort auf alte Schulfreunde treffen würdest, die dich auslachen könnten«, sagte Mr de Villiers.

»Nein«, sagte Gideon und warf meinen Hut auf einen Tisch. »Vielmehr auf Typen, die bestickte rosa Gehröcke tragen und das auch noch todschick finden.« Er schüttelte sich.

Ich hatte mich erst an das helle Licht gewöhnen müssen, nun sah ich mich neugierig um. Der Raum war fensterlos, wie zu erwarten war, und es gab auch keinen Kamin. Nach einer Zeitmaschine suchte ich vergebens. Ich sah nur einen Tisch und ein paar Stühle, eine Truhe, einen Schrank und an der Wand einen lateinischen Spruch, eingraviert in den Stein.

Mr de Villiers lächelte mich freundlich an. »Blau steht dir ganz hervorragend, Gwendolyn. Sehr apart, was Madame Rossini mit deinen Haaren angestellt hat.«

»Ähm – danke.«

»Wir sollten uns beeilen, ich komme um vor Hitze in diesen Klamotten.« Gideon schlug seinen Mantel zur Seite, sodass man den Degen sehen konnte, der an seinem Gürtel hing.

»Stell dich hierhin.« Doktor White trat zum Tisch und wickelte einen Gegenstand aus einem roten Samttuch, der auf den ersten Blick aussah wie eine große Kaminuhr. »Ich habe alle Einstellungen vorgenommen. Ihr habt ein Zeitfenster von drei Stunden zur Verfügung.«

Auf den zweiten Blick erkannte ich, dass es keine Uhr war, sondern ein merkwürdiger Apparat aus poliertem Holz und Metall mit zahllosen Knöpfen, Klappen und Rädchen. Alle Flächen waren mit Miniaturen von Sonne, Mond und Sternen bemalt und mit geheimnisvollen Zeichen und Mustern beschrieben. Er war geschwungen wie ein Geigenkasten und mit funkelnden Edelsteinen besetzt, so fette Klunker, dass sie unmöglich echt sein konnten.

»*Das* ist der Chronograf? So klein?«

»Er wiegt viereinhalb Kilo«, sagte Dr. White und er klang so stolz wie ein Vater, wenn er über das Gewicht seines Neugeborenen redet. »Und – bevor du fragst – ja, die Steine sind alle echt. Allein dieser Rubin hier hat sechs Karat.«

»Gideon wird zuerst gehen«, sagte Mr de Villiers. »Die Parole?«

»Qua redit nescitis«, sagte Gideon.

»Gwendolyn?«

»Ja?«

»Die Parole!«

»Was für eine Parole?«

»Qua redit nescitis«, sagte Mr de Villiers. »Die Parole der Wächter für diesen vierundzwanzigsten September.«

»Wir haben den sechsten April.«

Gideon verdrehte die Augen. »Wir landen am vierundzwanzigsten September, und zwar mitten in diesen Gemäuern. Damit uns die Wächter nicht einen Kopf kürzer machen, müssen wir die Parole kennen. Qua redit nescitis. Sag es!«

»Qua redit nescitis«, sagte ich. Das würde ich mir nie und nimmer länger als eine Sekunde lang merken können. Da, jetzt hatte ich es schon wieder vergessen. Vielleicht durfte ich es mir auf einen Zettel schreiben? »Was heißt das denn?«

»Sag bloß, du hast kein Latein in der Schule?«

»Nein«, sagte ich. Ich hatte Französisch und Deutsch, das war schon schlimm genug.

»*Ihr wisst nicht die Stunde seiner Wiederkehr*«, sagte Dr. White.

»Eine blumige Übersetzung«, sagte Mr George. »Man könnte auch sagen, *ihr wisst nicht, wann . . .*«

»Meine Herren!« Mr de Villiers klopfte bedeutungsvoll auf seine Armbanduhr. »Wir haben nicht ewig Zeit. Bist du so weit, Gideon?«

Gideon hielt Dr. White seine Hand hin. Der öffnete eine Klappe am Chronografen und legte Gideons Zeigefinger in die Öffnung. Ein leises Summen ertönte, als sich im Inneren des Apparates Zahnräder in Bewegung setzten, es hörte sich beinahe an wie eine Melodie. Wie bei einer Spieluhr. Einer der Edelsteine, ein riesiger Diamant, leuchtete plötzlich von innen heraus und tauchte Gideons Gesicht in klares weißes Licht. Im gleichen Augenblick war er verschwunden.

»*Abgefahren*«, flüsterte ich beeindruckt.

»Im wahrsten Sinne des Wortes«, sagte Mr George. »Jetzt bist du dran. Stell dich genau hierhin.«

Dr. White fuhr fort. »Und denk daran, was wir dir eingeschärft haben: Du hörst darauf, was Gideon dir sagt. Bleib immer in seiner Nähe, egal was passiert.« Er nahm meine Hand und legte meinen Zeigefinger in eine geöffnete Klappe. Etwas Spitzes bohrte sich in meine Fingerkuppe und ich zuckte zurück. »Au!«

Dr. White hielt meine Hand fest auf die Klappe gedrückt. »Nicht bewegen!«

Dieses Mal begann ein großer roter Stein am Chronografen zu leuchten. Rotes Licht breitete sich aus und blendete mich. Das Letzte, was ich sah, war mein riesiger Hut, der vergessen auf dem Tisch lag. Dann wurde es dunkel um mich.

Eine Hand griff nach meiner Schulter.

Mist, wie war noch mal diese doofe Parole? Qua dingsda dingsitis. »Bist du das, Gideon?«, flüsterte ich.

»Wer sonst«, flüsterte er zurück und ließ meine Schulter los. »Bravo, du bist nicht hingefallen!« Ein Streichholz flammte auf, im nächsten Augenblick wurde der Raum von einer brennenden Fackel erhellt.

»Cool. Hast du die auch mitgebracht?«

»Nein, die war schon hier. Halt mal.«

Als ich die Fackel nahm, war ich froh, dass ich den doofen Hut nicht anhatte. Die riesigen, wippenden Federn hätten sicher in null Komma nichts Feuer gefangen und dann wäre ich selber eine hübsche, lodernde Fackel gewesen.

»Leise«, sagte Gideon, obwohl ich keinen Mucks von mir gegeben hatte. Er hatte die Tür aufgeschlossen (hatte er den Schlüssel mitgebracht oder hatte er bereits im Schloss gesteckt? Ich hatte nicht aufgepasst) und schaute vorsichtig in den Gang hinaus. Alles war stockdunkel.

»Hier riecht es irgendwie nach Verwesung«, sagte ich.

»Unsinn. Komm jetzt!« Gideon schloss die Tür hinter uns ab, nahm mir die Fackel wieder aus der Hand und trat in den dunklen Gang. Ich folgte ihm.

»Willst du mir nicht wieder die Augen verbinden?«, fragte ich nur halb im Spaß.

»Es ist stockdunkel, das kannst du dir sowieso im Leben nicht merken«, antwortete Gideon. »Ein Grund mehr, immer in meiner Nähe zu bleiben. Denn in spätestens drei Stunden müssen wir wieder hier unten sein.«

Ein Grund mehr, dass ich den Weg kennen sollte. Wie sollte ich denn zurechtkommen, wenn Gideon etwas zustieß oder wenn wir getrennt wurden? Kein wirklich guter Plan, mich so im Ungewissen zu lassen, fand ich. Aber ich biss mir auf die Zunge. Ich hatte keine Lust, mich ausgerechnet jetzt mit Mr Kotzbrocken anzulegen.

Es roch modrig, viel modriger als in unserer Zeit. In welches Jahr waren wir noch einmal zurückgereist?

Dieser Geruch war wirklich eigen, als verweste hier unten irgendetwas. Aus irgendeinem Grund musste ich plötzlich an Ratten denken. In Filmen gehörten zu langen dunklen Gängen und einer Fackel immer Ratten! Hässliche schwarze Ratten, deren Augen im Dunkeln leuchteten. Oder tote Ratten. Ach ja, und Spinnen. Spinnen gehörten eigentlich auch dazu. Ich bemühte mich, die Wände nicht zu berühren und mir nicht vorzustellen, wie sich dicke Spinnen am Saum meines Kleides festklammerten und langsam darunterkrochen, um an meinen nackten Beinen nach oben zu klettern ...

Stattdessen zählte ich die Schritte bis zu jeder Biegung. Nach vierundvierzig Schritten ging es nach rechts, nach fünfundfünfzig nach links, dann noch einmal links und wir erreichten eine Wendeltreppe, die aufwärtsführte. Ich raffte meinen Rock, so hoch ich konnte, um mit Gideon Schritt halten zu können. Irgendwo da oben gab es Licht und es wurde immer heller, je höher wir hinaufstiegen, bis wir schließlich in einem breiten Gang standen, der von vielen Fackeln an der Wand erleuchtet wurde.

Am Ende des Ganges befand sich eine breite Tür, links und rechts davon zwei Ritterrüstungen, genauso rostig wie zu unserer Zeit.

Ratten sah ich glücklicherweise keine, trotzdem hatte ich das Gefühl, beobachtet zu werden, und je näher wir der Tür kamen, desto stärker wurde dieses Gefühl. Ich sah mich um, aber der Gang war leer.

Als eine der Ritterrüstungen plötzlich ihren Arm bewegte und uns eine gefährlich aussehende Lanze (oder was auch immer das war) entgegenhielt, blieb ich wie angewurzelt stehen und schnappte nach Luft. Jetzt wusste ich, wer uns beobachtet hatte.

Vollkommen überflüssigerweise sagte die Rüstung auch noch mit blecherner Stimme: »Halt!«

Ich wollte schreien vor Schreck, aber wieder einmal kam kein Ton aus meinem Mund. Immerhin begriff ich ziemlich schnell, dass nicht die Ritterrüstung sich bewegt und gesprochen hatte, sondern der Mensch, der darin steckte. Auch die andere Rüstung schien bewohnt zu sein.

»Wir müssen mit dem Meister sprechen«, sagte Gideon. »In einer dringenden Angelegenheit.«

»Parole«, sagte die zweite Ritterrüstung.

»Qua redit nescitis«, sagte Gideon.

Ach ja, richtig. Für einen Moment war ich ehrlich beeindruckt. Er hatte es sich tatsächlich gemerkt.

»Ihr könnt passieren«, sagte die erste Ritterrüstung und hielt uns sogar die Tür auf.

Dahinter erstreckte sich ein weiterer Gang, auch dieser von Fackeln erhellt. Gideon klemmte unsere Fackel in einen Halter an der Wand und eilte weiter vorwärts, ich folgte ihm, so schnell ich das mit meinem Reifrock konnte. Mittlerweile war ich ein wenig außer Atem.

»Das ist ja wie in einem Gruselfilm. Mir ist fast das Herz stehen geblieben. Ich dachte, die Dinger sind Dekoration! Ich meine, Ritterrüstungen sind ja sicher nicht gerade modern im 18. Jahrhundert, oder? Und auch nicht wirklich nützlich, denke ich.«

»Die Wachen tragen sie aus Tradition«, sagte Gideon. »Das ist in unserer Zeit nicht anders.«

»Ich habe aber in unserer Zeit keinen Ritter in Rüstung gesehen.« Aber dann fiel mir ein, dass ich vielleicht doch welche gesehen hatte. Ich hatte nur geglaubt, es handele sich um Rüstungen ohne Ritter.

»Beeil dich mal ein bisschen«, sagte Gideon.

Er hatte leicht reden, er hatte schließlich keinen Rock von der Größe eines Einmannzeltes mit sich herumzuschleppen.

»Wer ist *der Meister?*«

»Der Orden hat einen Großmeister, der ihm vorsitzt. In dieser Zeit ist das natürlich der Graf selber. Der Orden ist ja noch jung, es ist erst siebenunddreißig Jahre her, dass der Graf ihn gegründet hat. Auch später übernahmen oft Mitglieder der Familie de Villiers den Vorsitz.«

Hieß das, der Graf von Saint Germain war ein Mitglied der Familie de Villiers? Warum hieß er denn dann Saint Germain?

»Und heute? Ähm, ich meine, in *unserer* Zeit? Wer ist da Großmeister?«

»Im Augenblick ist es mein Onkel Falk«, sagte Gideon. »Er hat deinen Großvater, Lord Montrose, abgelöst.«

»Tatsächlich.« Mein lieber, stets gut gelaunter Großvater als Großmeister der Geheimloge des Grafen von Saint Germain! Und da hatte ich immer gedacht, er stünde vollkommen unter dem Pantoffel meiner Großmutter.

»Welchen Posten bekleidet Lady Arista denn im Orden?«

»Gar keinen. Frauen können nicht Mitglied der Loge werden. Die engsten Familienangehörigen der Mitglieder des Hochgradkreises zählen zwar automatisch zum Äußeren Kreis der Eingeweihten, aber sie haben nichts zu sagen.«

War ja klar.

Vielleicht war seine Art, mich zu behandeln, bei den de Villiers angeboren? So eine Art genetischer Defekt, der dafür sorgte, dass sie für Frauen nur ein verächtliches Grinsen übrig hatten? Andererseits war er zu Charlotte sehr zuvorkommend gewesen. Und ich musste zugeben, dass er sich im Moment zumindest einigermaßen benahm.

»Warum nennt ihr eure eigene Großmutter eigentlich immer Lady Arista?«, fragte er. »Warum sagt ihr nicht Grandma oder Granny, wie andere Kinder auch?«

»Das ist eben so«, sagte ich. »Warum dürfen Frauen nicht Mitglieder werden?«

Gideon streckte einen Arm nach mir aus und schob mich hinter sich. »Halt mal für eine Weile den Mund.«

»Wie bitte?«

Am Ende des Gangs befand sich eine weitere Treppe. Von oben fiel Tageslicht herab, aber bevor wir die Treppe erreichten, traten zwei Männer mit gezückten Degen aus dem Schatten, als ob sie dort auf uns gewartet hätten.

»Guten Tag«, sagte Gideon, der im Gegensatz zu mir nicht mal zusammengezuckt war. Aber er hatte die Hand an seinen Degen gelegt.

»Parole!«, rief der erste Mann.

»Ihr wart doch gestern schon mal hier«, sagte der andere Mann und trat einen Schritt näher, um Gideon zu betrachten. »Oder Euer jüngerer Bruder. Die Ähnlichkeit ist verblüffend.«

»Ist das der Junge, der aus dem Nichts erscheinen kann?«, fragte der andere Mann. Beide Männer begafften Gideon mit offenem Mund. Sie trugen ähnliche Kleidung wie Gideon und Madame Rossini hatte offenbar wirklich recht: Der Rokoko-Mann liebte es bunt. Diese hier hatten Türkis mit lila Blümchen zu Rot und Braun kombiniert und der eine trug tatsächlich einen zitronengelben Gehrock. Es hätte fürchterlich aussehen müssen, aber es hatte irgendwie was. Es war eben nur ein bisschen bunt.

Auf dem Kopf trugen die beiden Perücken, die über den Ohren wurstähnliche Locken bildeten und im Nacken noch einen kleinen Extrazopf hatten, der mit einem Samtband zusammengebunden war.

»Sagen wir, ich kenne Wege in dieses Haus, die Euch nicht bekannt sind«, sagte Gideon mit einem arroganten Lächeln. »Ich und meine Begleiterin müssen den Meister sprechen. In einer dringenden Angelegenheit.«

»Der Esel nennt sich selbst zuerst«, murmelte ich.

»Die Parole?«

Quark edit bisquitis. Oder so ähnlich.

»Qua redit nescitis«, sagte Gideon.

Na, fast.

Weibliche Abstammungslinie

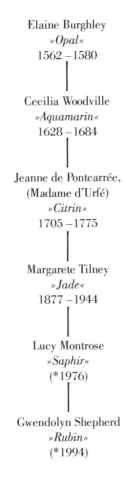

Elaine Burghley
»*Opal*«
1562 –1580

Cecilia Woodville
»*Aquamarin*«
1628 –1684

Jeanne de Pontcarrée,
(Madame d'Urfé)
»*Citrin*«
1705 –1775

Margarete Tilney
»*Jade*«
1877 –1944

Lucy Montrose
»*Saphir*«
(*1976)

Gwendolyn Shepherd
»*Rubin*«
(*1994)

Aus den Chroniken der Wächter,
Band 4, Der Kreis der Zwölf

11.

Der Mann im gelben Rock steckte seinen Degen weg. »Folgt mir.«

Ich sah neugierig aus dem ersten Fenster, an dem wir vorbeikamen. Das also war das 18. Jahrhundert. Meine Kopfhaut begann vor Aufregung zu kribbeln. Ich sah aber nur auf einen hübschen Innenhof mit einem Springbrunnen in der Mitte, den ich genau so schon einmal gesehen hatte.

Wieder ging es eine Treppe hinauf. Gideon ließ mir den Vortritt.

»Du warst gestern erst hier?«, fragte ich neugierig. Ich flüsterte, damit der Gelbe uns nicht verstehen konnte. Er ging nur ein paar Schritte vor uns her.

»Für sie ist es gestern gewesen«, sagte Gideon. »Für mich ist es fast zwei Jahre her.«

»Und warum warst du hier?«

»Ich habe mich dem Grafen vorgestellt und musste ihm mitteilen, dass der erste Chronograf gestohlen worden ist.«

»Das fand er sicher nicht so klasse.«

Der Gelbe tat so, als würde er uns nicht zuhören, aber man konnte förmlich sehen, wie sich seine Ohren unter den weißen Haarwürsten anstrengten.

»Er hat es mit mehr Fassung aufgenommen, als ich dachte«, sagte Gideon. »Und er war – nach dem ersten Schrecken – hocherfreut, dass der zweite Chronograf tatsächlich funktionstüchtig war und wir somit noch eine Chance haben, alles zu einem guten Ende zu bringen.«

»Wo ist der Chronograf denn *jetzt?*«, flüsterte ich. »Ich meine, in diesem Augenblick in dieser Zeit?«

»Vermutlich irgendwo in diesem Gebäude. Der Graf wird sich nie lange von ihm trennen, denn auch er muss elapsieren, um unkontrollierte Zeitsprünge zu verhindern.«

»Warum können wir den Chronografen hier dann nicht einfach mit in die Zukunft zurücknehmen?«

»Aus vielerlei Gründen«, sagte Gideon. Sein Tonfall hatte sich geändert. Nicht mehr ganz so arrogant. Aber dafür gönnerhaft.

»Die wichtigsten liegen wohl auf der Hand. Eine der zwölf goldenen Regeln der Wächter zum Umgang mit dem Chronografen lautet, dass das Kontinuum niemals unterbrochen werden darf. Würden wir den Chronografen mit uns in die Zukunft nehmen, wären der Graf und die Zeitreisenden, die nach ihm geboren werden, gezwungen, ohne ihn auszukommen.«

»Ja, aber es könnte ihn auch keiner klauen.«

Gideon schüttelte den Kopf. »Man merkt, dass du dich bisher wenig mit der Natur der Zeit auseinandergesetzt hast. Es gibt Ereignisketten, die zu unterbrechen sehr gefährlich wäre. Im schlimmsten Fall würdest du möglicherweise gar nicht mehr geboren werden.«

»Verstehe«, log ich.

In der Zwischenzeit waren wir im ersten Stockwerk angelangt, vorbei an zwei weiteren mit Degen bewaffneten Männern, mit denen der Gelbe einen kurzen, geflüsterten Wortwechsel hatte. Wie war diese Parole noch mal? Mir fiel nur *Qua nesquick mosquitos* ein. Ich musste mir unbedingt ein anderes Gehirn zulegen.

Die beiden Männer schauten Gideon und mich mit unverhohlener Neugier an, und kaum waren wir vorbei, flüsterten sie wieder miteinander. Ich hätte nur zu gern gehört, was sie sagten.

Der Gelbe klopfte gegen eine Tür. Drinnen saß ein weiterer Mann an einem Schreibtisch, auch er mit Perücke – einer blonden – und farbenfroher Kleidung. Oberhalb der Schreibtischplatte wurde man von einem türkisfarbenen Gehrock und einer geblümten Weste geblendet, unter dem Tisch lachten einem rote Kniehosen und gestreifte Strümpfe entgegen. Ich wunderte mich schon gar nicht mehr.

»Herr Sekretär«, sagte der Gelbe. »Hier ist wieder der Besucher von gestern und wieder kennt er die Parole . . .«

Der Sekretär schaute Gideon ungläubig ins Gesicht. »Wie könnt Ihr die Parole kennen, wo wir sie doch erst vor zwei Stunden ausgegeben haben und niemand seither das Haus verlassen hat? Alle Eingänge sind streng bewacht. Und wer ist *sie?* Frauen haben hier keinen Zutritt.«

Ich wollte höflich meinen Namen nennen, aber Gideon griff nach meinem Arm und unterbrach mich. »Wir müssen mit dem Grafen sprechen. In einer dringenden Angelegenheit. Es ist sehr eilig.«

»Sie kamen von *unten«,* sagte der Gelbe.

»Aber der Graf ist nicht im Haus«, sagte der Sekretär. Er war aufgesprungen und rang die Hände. »Wir könnten einen Boten schicken . . .«

»Nein, wir müssen ihn persönlich sprechen. Wir haben nicht die Zeit, Boten hin- und herzuschicken. Wo hält der Graf sich in diesem Augenblick auf?«

»Er ist zu Gast bei Lord Brompton in seinem neuen Haus in der

Wigmore Street. Eine Unterredung von größter Wichtigkeit, die er unmittelbar nach Eurem Besuch gestern einberufen hat.«

Gideon fluchte leise. »Wir benötigen eine Kutsche, die uns in die Wigmore Street bringt. Sofort.«

»Das kann ich veranlassen«, sagte der Sekretär und nickte dem Gelben zu. »Übernimm das persönlich, Wilbour.«

»Aber – wird die Zeit nicht etwas knapp?«, fragte ich und dachte allein an den langen Weg zurück durch den modrigen Keller. »Bis wir *mit einer Kutsche* in die Wigmore Street gefahren sind . . .« In der Wigmore Street war die Praxis von unserem Zahnarzt. Die nächste U-Bahn-Station war Bond Street, Central Line. Aber von hier aus musste man mindestens einmal umsteigen. Wie gesagt mit der U-Bahn! Wie ewig man mit einer Kutsche unterwegs sein würde, mochte ich mir gar nicht vorstellen. »Vielleicht wäre es besser, wir kommen ein anderes Mal wieder?«

»Nein«, sagte Gideon und plötzlich lächelte er mich an. In seinem Gesicht stand etwas geschrieben, was ich nicht so recht deuten konnte. War das Abenteuerlust?

»Wir haben noch über zweieinhalb Stunden Zeit«, sagte er gut gelaunt. »Wir fahren in die Wigmore Street.«

Die Kutschfahrt durch London war aufregender als alles, was ich bisher erlebt hatte. Aus irgendeinem Grund hatte ich mir das autofreie London ganz beschaulich vorgestellt, auf der Straße flanierende Menschen mit Sonnenschirmen und Hüten, ab und an eine gemütlich dahinzockelnde Kutsche, kein Abgasgestank, keine rücksichtslos rasenden Taxis, die einen selbst dann noch überfahren wollten, wenn man bei Grün über einen Fußgängerüberweg lief.

Tatsächlich war es aber alles andere als beschaulich. Erstens regnete es. Und zweitens war der Verkehr auch ohne Autos und Busse extrem chaotisch: Kutschen und Karren aller Art drängten sich dicht an dicht, Pfützenwasser und Schlamm spritzten wild durch die Gegend. Es roch zwar nicht nach Abgasen, aber es lag auch kein guter Geruch über der Straße, ein wenig faulig und zudem nach Pferde- und anderem Mist.

Noch nie hatte ich so viele Pferde auf einmal gesehen. Unsere Kutsche wurde allein von vieren gezogen, alle vier schwarz und wunderschön. Der Mann im gelben Rock saß auf dem Kutschbock und lenkte die Tiere mitten durchs Gewühl, in einem halsbrecherischen Tempo. Die Kutsche schaukelte wild, und wenn die Pferde eine Kurve nahmen, dachte ich jedes Mal, wir würden umkippen. Vor Angst und weil ich mich so anstrengte, bei dem Geholpere nicht gegen Gideon zu kippen, bekam ich kaum etwas von dem London mit, das draußen vor dem Kutschenfenster vorbeizog. Wenn ich hinausschaute, kam mir nichts, aber auch gar nichts bekannt vor. Es war, als wäre ich in einer vollkommen anderen Stadt gelandet.

»Das ist der Kingsway«, sagte Gideon. »Nicht wiederzuerkennen, nicht wahr?«

Unser Kutscher startete ein waghalsiges Überholmanöver, vorbei an einem Ochsengespann und einer Kutsche, die unserer ähnelte. Diesmal konnte ich nicht verhindern, dass mich die Schwerkraft gegen Gideon schleuderte.

»Dieser Kerl denkt wohl, er ist Ben Hur«, sagte ich, während ich wieder in meine Ecke rutschte.

»Das Kutschieren macht einen Heidenspaß«, sagte Gideon und es klang, als würde er den Mann auf dem Kutschbock beneiden.

»Noch lustiger ist es natürlich mit einem offenen Wagen. Ich bevorzuge einen Phaeton.«

Wieder schwankte die Kutsche und ich verspürte allmählich leichte Übelkeit. Das war auf jeden Fall nichts für schwache Mägen. »Ich bevorzuge, glaube ich, einen Jaguar«, sagte ich matt.

Immerhin musste ich zugeben, dass wir schneller in der Wigmore Street hielten, als ich es für möglich gehalten hätte. Ich sah mich um, als wir vor einem prächtigen Haus ausstiegen, aber ich erkannte nichts aus unserer Zeit in diesem Teil der Stadt, obwohl ich leider öfter, als mir lieb war, zum Zahnarzt musste. Trotzdem hing ein vager Hauch von Vertrautheit über allem. Und es hatte aufgehört zu regnen.

Der Lakai, der uns die Tür öffnete, behauptete zunächst, Lord Brompton sei außer Haus, aber Gideon versicherte ihm glaubhaft, dass ihm das Gegenteil bekannt sei und dass der Lakai, sollte er uns beide nicht auf der Stelle zu seiner Lordschaft und dessen Besuch führen, seine Anstellung noch am selben Tag verlieren würde. Er drückte dem eingeschüchterten Mann seinen Siegelring in die Hand und befahl ihm, sich zu beeilen.

»Hast du einen eigenen Siegelring?«, fragte ich, während wir in der Eingangshalle warteten.

»Ja, natürlich«, sagte Gideon. »Bist du sehr aufgeregt?«

»Warum? Sollte ich?« Die Kutschfahrt saß mir noch so in den Knochen, dass ich mir fürs Erste nichts Aufregenderes vorstellen konnte. Aber jetzt, wo er es sagte, fing mein Herz wie wild an zu klopfen. Ich musste daran denken, was meine Mutter über den Grafen von Saint Germain gesagt hatte. Wenn dieser Mann wirklich Gedanken lesen konnte . . .

Ich tastete nach den aufgesteckten Haaren, wahrscheinlich war durch die Kutschfahrt alles durcheinandergeraten.

»Sitzt tadellos«, sagte Gideon mit einem leichten Lächeln.

Was hieß das jetzt schon wieder? Wollte er mich unbedingt nervös machen?

»Weißt du, was? Unsere Köchin heißt auch Brompton«, sagte ich, um meine Verlegenheit zu überspielen.

»Ja, die Welt ist klein«, sagte Gideon.

Der Lakai kam mit fliegenden Rockschößen die Treppe hinuntergerannt. »Die Herrschaften erwarten Euch, Sir.«

Wir folgten dem Mann in den ersten Stock.

»Kann er wirklich Gedanken lesen?«, flüsterte ich.

»Der Lakai?«, flüsterte Gideon zurück. »Ich hoffe nicht. Ich habe gerade gedacht, dass er aussieht wie ein Wiesel.«

War das etwa ein Anflug von Humor? Mr-aus-dem-Weg-ich-bin-auf-einer-wichtigen-Zeitreise-Mission machte tatsächlich einen Scherz? Ich grinste rasch. (Immerhin sollte man so etwas positiv verstärken.)

»Nicht der Lakai. Der Graf«, sagte ich dann.

Er nickte. »Das behauptet man jedenfalls.«

»Hat er *deine* Gedanken gelesen?«

»Wenn ja, habe ich nichts davon gemerkt.«

Der Lakai öffnete uns eine Tür und machte eine tiefe Verbeugung. Ich blieb stehen. Vielleicht sollte ich einfach gar nichts denken? Aber das war schlicht unmöglich. Kaum versuchte ich, an gar nichts zu denken, schoss mir eine Million Gedanken durch den Kopf.

»Die Dame zuerst«, sagte Gideon und schob mich sacht über die Schwelle.

Ich machte ein paar Schritte vorwärts, dann blieb ich wieder stehen, unschlüssig, was jetzt von mir erwartet wurde. Gideon folgte mir, der Lakai schloss nach einer weiteren tiefen Verbeugung die Tür hinter uns.

Wir standen in einem großen, nobel eingerichteten Salon mit hohen Fenstern und bestickten Vorhängen, die sich wahrscheinlich auch gut als Kleid gemacht hätten.

Drei Männer blickten uns entgegen. Der erste war ein dicker Mann, der sich nur mit Mühe von seinem Stuhl hochstemmen konnte, der zweite ein jüngerer, extrem muskulös gebauter Mann, der als einziger keine Perücke trug, und der dritte war schlank und hochgewachsen, seine Gesichtszüge glichen denen auf dem Porträt im Dokumentenraum.

Der Graf von Saint Germain.

Gideon verbeugte sich, wenn auch nicht so tief wie der Lakai. Die drei Männer verneigten sich ebenfalls.

Ich machte gar nichts. Niemand hatte mir beigebracht, wie man in einem Reifrock knickst. Außerdem fand ich Knickse albern.

»Ich hatte nicht gedacht, Euch so schnell wiederzutreffen, junger Freund«, sagte der, den ich für den Grafen von Saint Germain hielt. Er strahlte über das ganze Gesicht. »Lord Brompton, darf ich Euch den Urururenkel meines Urururenkels vorstellen? Gideon de Villiers.«

»Lord Brompton!« Wieder eine kleine Verneigung. Offensichtlich war das Händeschütteln noch nicht in Mode.

»Ich finde, meine Linie hat sich zumindest optisch ganz prächtig entwickelt«, sagte der Graf. »Offenbar hatte ich bei der Wahl meiner Herzensdame doch ein glückliches Händchen. Das übertrieben Hakennasige hat sich vollständig ausgewachsen.«

»Ach, werter Graf! Ihr versucht wieder mal, mich mit Euren unglaublichen Geschichten zu beeindrucken«, sagte Lord Brompton, während er sich wieder auf seinen Stuhl fallen ließ, der so winzig aussah, dass ich Angst hatte, er könnte auf der Stelle zusammenbrechen. Der Lord war nicht etwa ein bisschen rundlich wie Mr George – der Mann war extrem fett!

»Aber ich habe nichts dagegen«, fuhr er fort und seine Schweinsäuglein schauten vergnügt. »Es ist immer sehr unterhaltsam mit Euch. Alle paar Sekunden gibt es eine Überraschung.«

Der Graf lachte und wandte sich an den jüngeren Mann ohne Perücke. »Lord Brompton ist und bleibt ein Ungläubiger, mein lieber Miro! Wir müssen uns schon etwas mehr überlegen, um ihn von unserer Sache zu überzeugen.«

Der Mann antwortete etwas in einer fremden, hart und abgehackt klingenden Sprache und wieder lachte der Graf. Er drehte sich zu Gideon um. »Das, mein lieber Enkel, ist mein guter Freund und Seelenbruder Miro Rakoczy, in den Annalen der Wächter besser bekannt als *der schwarze Leopard.*«

»Sehr erfreut«, sagte Gideon.

Wieder Verbeugungen von allen Seiten.

Rakoczy – woher kam mir dieser Name bekannt vor? Und warum überkam mich bei seinem Anblick solches Unbehagen?

Ein Lächeln kräuselte die Lippen des Grafen, als sein Blick langsam an meiner Gestalt herabglitt. Ich suchte automatisch nach einer Ähnlichkeit mit Gideon oder Falk de Villiers. Aber ich fand keine. Die Augen des Grafen waren sehr dunkel und sein Blick hatte etwas Durchdringendes, das mich sofort wieder an die Worte meiner Mutter denken ließ.

Denken! Bloß nicht. Aber irgendwas musste mein Gehirn ja zu tun haben, also sang ich in Gedanken »God save the Queen«.

Der Graf wechselte ins Französische, das ich nicht sofort verstand (zumal ich ja gerade in Gedanken inbrünstig die Nationalhymne sang) aber mit einiger Verzögerung und den Wortlücken, die meine Vokabelschwäche verursachten, so übersetzte: »Und du, hübsches Mädchen, bist also eine Wortlücke der guten Wortlücke Jeanne d'Urfé. Man sagte mir, du hättest rote Haare.«

Tja, das Lernen von Vokabeln war möglicherweise wirklich das A und O zum Verständnis einer Fremdsprache, wie unser Französischlehrer immer sagte. Ich kannte auch keine Jeanne d'Urfé, leider, weshalb es mir nicht gelang, mir den Sinn des Satzes vollständig zusammenzureimen.

»Sie versteht kein Französisch«, sagte Gideon, ebenfalls auf Französisch. »Und sie ist nicht das Mädchen, das Ihr erwartet habt.«

»Wie kann das sein?« Der Graf schüttelte den Kopf. »Das ist alles höchst Wortlücke.«

»Leider wurde das falsche Mädchen auf die Wortlücke vorbereitet.«

Ja, *leider.*

»Ein Irrtum? Das Ganze scheint mir ohnehin ein einziger Irrtum zu sein.«

»Das ist Gwendolyn Shepherd, sie ist eine Cousine besagter Charlotte Montrose, von der ich Euch gestern erzählte.«

»Also auch eine Enkelin von Lord Montrose, dem letzten Wortlücke. Und damit eine Cousine der Wortlücke?« Der Graf von Saint Germain betrachtete mich mit seinen dunklen Augen und ich begann in Gedanken wieder zu singen.

Send her victorious, happy and glorious . . .

»Das Wortlücke Wortlücke ist es, was ich einfach nicht verstehen will.«

»Unsere Wissenschaftler sagen, dass es durchaus möglich ist, genetische Wortlücke über . . .«

Der Graf hob die Hand, um Gideon das Wort abzuschneiden. »Ich weiß, ich weiß! Nach den Gesetzen der Wissenschaft mag das ja auch zutreffen. Aber ein ungutes Gefühl habe ich trotzdem.«

Da ging es ihm nicht anders als mir.

»Also kein Französisch?«, fragte er, diesmal auf Deutsch. Deutsch lag mir ein bisschen besser (immerhin ein stabiles B, schon seit vier Jahren), aber auch hier offenbarten sich dumme Wortlücken. »Warum ist sie so schlecht vorbereitet?«

»Sie ist überhaupt nicht vorbereitet, Marquis. Sie spricht keine Fremdsprachen.« Gideon sprach nun auch Deutsch. »Und sie ist auch sonst in jeder Hinsicht vollkommen Wortlücke. Charlotte und Gwendolyn wurden am selben Tag geboren. Man war irrtümlicherweise davon ausgegangen, dass Gwendolyn einen Tag später Geburtstag hat.«

»Aber wie konnte das übersehen werden?« Ah, jetzt verstand ich endlich jedes Wort. Sie hatten wieder ins Englische gewechselt, das der Graf völlig akzentfrei sprach. »Warum habe ich nur das Gefühl, dass die Wächter in deiner Zeit ihre Arbeit nicht mehr richtig ernst nehmen?«

»Ich denke, die Antwort steht in diesem Brief.« Gideon zog einen versiegelten Briefumschlag aus der Innentasche seines Gehrocks und reichte ihn dem Grafen.

Ein bohrender Blick traf mich.

... frustrate their knavish tricks, on Thee our hopes we fix, God save us all . . .

Angelegentlich wich ich seinen dunklen Augen aus und sah stattdessen die anderen beiden Männer an. Lord Brompton schien noch mehr Wortlücken als ich zu haben (sein Mund über den zahlreichen Doppelkinnen stand leicht offen und er sah ein bisschen dumm aus) und der andere Mann, Rakoczy, betrachtete aufmerksam seine Fingernägel.

Er war noch jung, vielleicht um die dreißig, und er hatte dunkle Haare und ein schmales, langes Gesicht. Er hätte ganz gut aussehen können, aber seine Lippen waren verzogen, als habe er gerade einen äußerst widerlichen Geschmack auf seiner Zunge, und seine Haut war auf eine kranke Art bleich.

Ich überlegte, ob er möglicherweise hellgrauen Puder aufgetragen hatte, als er plötzlich den Blick hob und mir direkt in die Augen sah. Seine Augen waren pechschwarz, ich konnte nicht erkennen, wo die Iris begann und die Pupille anfing. Sie sahen seltsam tot aus, ohne dass ich sagen konnte, warum.

Automatisch begann ich in Gedanken wieder »God save the Queen« zu deklamieren. In der Zwischenzeit hatte der Graf das Siegel gebrochen und den Brief auseinandergefaltet. Mit einem Seufzer begann er zu lesen. Ab und zu hob er den Kopf und sah mich an. Ich hatte mich noch immer nicht von der Stelle gerührt.

Not in this land alone, but be God's mercies known . . .

Was stand in dem Brief? Wer hatte ihn geschrieben? Lord Brompton und Rakoczy schienen sich auch dafür zu interessieren. Lord Brompton reckte seinen dicken Hals, um einen Blick auf das Geschriebene zu erhaschen, während Rakoczy sich mehr auf das Gesicht des Grafen konzentrierte. Offensichtlich schien der angewiderte Zug um seinen Mund angeboren zu sein.

Als er mir wieder sein Gesicht zuwandte, richteten sich alle Härchen auf meinen Armen auf. Die Augen sahen wie schwarze Löcher aus und jetzt entdeckte ich auch, warum sie so tot wirkten: Es fehlte der kleine Lichtreflex, der helle Funken, der Augen sonst lebendig machte. Das war nicht nur seltsam, sondern wirklich gruselig. Ich war froh, dass zwischen mir und diesen Augen mindestens fünf Meter Abstand lagen.

»Deine Mutter, mein Kind, scheint eine ungewöhnlich halsstarrige Person zu sein, richtig?« Der Graf hatte die Lektüre des Briefes beendet und faltete ihn zusammen. »Über ihre Motive kann man nur spekulieren.« Er kam noch ein paar Schritte näher heran und unter seinem bohrenden Blick fiel mir nicht mal mehr der Text der Nationalhymne ein.

Aber dann erkannte ich, was ich von Weitem und vor lauter Angst vorher nicht gesehen hatte: Der Graf war alt. Obwohl seine Augen förmlich vor Energie zu sprühen schienen, seine Haltung aufrecht und der Klang seiner Stimme jugendlich und lebendig war, waren die Spuren des Alters nicht zu übersehen. Die Haut an Gesicht und Händen war zerknittert wie Pergament, bläulich schimmerten die Adern hindurch, die Falten kamen auch durch die Puderschicht deutlich zutage. Das Alter verlieh ihm etwas Zerbrechliches, etwas, das mich beinahe mit Mitleid erfüllte.

Auf jeden Fall hatte ich mit einem Schlag keine Angst mehr. Das war nur ein alter Mann, älter als meine eigene Großmutter.

»Gwendolyn ist weder über die Motive ihrer Mutter informiert noch über die Ereignisse im Bilde, die zu dieser Situation geführt haben«, sagte Gideon. »Sie ist vollkommen ahnungslos.«

»Seltsam, sehr seltsam«, sagte der Graf, während er langsam einmal um mich herumging. »Wir sind uns tatsächlich noch niemals begegnet.«

Natürlich waren wir uns noch niemals begegnet, wie sollte das denn auch gehen?

»Aber du wärst nicht hier, wenn du nicht der Rubin wärst. *Rubinrot begabt mit der Magie des Raben, schließt G-Dur den Kreis, den zwölf gebildet haben.*« Er hatte seinen Rundgang beendet, stellte sich direkt vor mich und sah mir in die Augen. »Was ist deine Magie, Mädchen?«

. . . from shore to shore. Lord make the nations see . . .

Ach! Was machte ich denn da? Das war doch nur ein alter Mann. Ich sollte ihn höflich und mit Respekt behandeln und ihn nicht anstarren wie ein paralysiertes Kaninchen eine Schlange.

»Ich weiß es nicht, Sir.«

»Was ist an dir besonders? Verrat es mir.«

Was war an mir besonders? Mal abgesehen von der Tatsache, dass ich seit zwei Tagen in die Vergangenheit reisen konnte? Auf einmal hatte ich wieder Tante Glendas Stimme im Ohr, wie sie sagte: *Gleich als Baby konnte man Charlotte ansehen, dass sie zu Höherem geboren wurde. Man kann sie mit euch gewöhnlichen Kindern gar nicht vergleichen.*

»Ich glaube, an mir ist nichts besonders. Sir.«

Der Graf schnalzte mit der Zunge. »Möglicherweise hast du recht. Es ist schließlich nur ein Gedicht. Ein Gedicht zweifelhafter Herkunft.« Abrupt schien er das Interesse an mir zu verlieren und drehte sich zu Gideon um. »Mein lieber Sohn. Ich lese voller Bewunderung, was du bereits geleistet hast. Lancelot de Villiers in Belgien aufgespürt! William de Villiers, Cecilia Woodville – der bezaubernde

Aquamarin – und die Zwillinge, die ich nie kennenlernte, sind ebenfalls abgehakt. Und stellt Euch vor, Lord Brompton, dieser Junge hat sogar Madame Jeanne d'Urfé, geborene Pontcarré, in Paris besucht und sie zu einer kleinen Blutspende überredet.«

»Sprecht Ihr von der Madame d'Urfé, der mein Vater seine Freundschaft mit der Pompadour und letztendlich auch mit Euch zu verdanken hat?«

»Eine andere kenne ich nicht«, sagte der Graf.

»Aber diese Madame d'Urfé ist seit zehn Jahren tot.«

»Seit sieben, um genau zu sein«, sagte der Graf. »Ich weilte zu dieser Zeit am Hofe des Markgrafen Karl Alexander von Ansbach. Ach, ich fühle mich mit Deutschland sehr verbunden. Das Interesse an der Freimaurerei und der Alchemie ist dort erfreulich groß. Wie man mir bereits vor vielen Jahren mitteilte, werde ich auch in Deutschland sterben.«

»Ihr lenkt nur ab«, sagte Lord Brompton. »Wie kann dieser junge Mann Madame d'Urfé in Paris besucht haben? Vor sieben Jahren war er doch selber noch ein Kind.«

»Aber Ihr denkt immer noch auf die falsche Weise, lieber Lord. Fragt Gideon, *wann* er das Vergnügen hatte, Madame d'Urfé bluten zu lassen.«

Der Lord sah Gideon fragend an.

»Im Mai 1759«, sagte Gideon.

Der Lord stieß ein schrilles Lachen aus. »Aber das ist unmöglich. Ihr seid selber kaum zwanzig Jahre alt.«

Auch der Graf lachte, es war ein vergnügtes Lachen. »1759. Sie hat mir nie davon erzählt, die alte Geheimniskrämerin.«

»Ihr weiltet zu dieser Zeit ebenfalls in Paris, aber ich hatte strenge Order, Euch nicht über den Weg zu laufen.«

»Wegen des Kontinuums, ich weiß.« Der Graf seufzte. »Manchmal hadere ich ein wenig mit meinen eigenen Gesetzen . . . Aber zurück zur lieben Jeanne. Musstest du Gewalt anwenden? Sie ist bei mir nicht gerade sehr kooperativ gewesen.«

»Das hat sie mir erzählt«, sagte Gideon. »Und auch, wie Ihr ihr den Chronografen abgeschwatzt habt.«

»Abgeschwatzt! Sie wusste ja nicht mal, was für ein Kleinod sie da von ihrer Großmutter geerbt hatte. Der arme, geschundene Apparat lag ungenutzt und unerkannt in einer staubigen Kiste auf einem Dachboden herum. Früher oder später wäre er vollkommen vergessen gewesen. Ich habe ihn gerettet und seiner ursprünglichen Bedeutung zugeführt. Und dank der Genies, die meiner Loge in der Zukunft noch beitreten werden, ist er heute wieder funktionsfähig. Das grenzt an ein Wunder.«

»Madame meinte außerdem, Ihr hättet sie beinahe erwürgt, nur weil sie das Geburtsdatum und den Mädchennamen ihrer Urgroßmutter nicht kannte.«

Erwürgt? Wie krass war das denn!

»Ja, richtig. Derartige Wissenslücken haben mich unendlich viel Zeit gekostet, die ich in alten Kirchenbüchern wälzend verbrachte, anstatt mich wichtigeren Dingen zuzuwenden. Jeanne ist eine ausgesprochen nachtragende Person. Umso bewundernswerter, dass es Euch gelungen ist, sie zur Kooperation zu bewegen.«

Gideon lächelte. »Leicht war es nicht. Aber offensichtlich habe ich einen vertrauenerweckenden Eindruck gemacht. Ich habe außerdem die Gavotte mit ihr getanzt. Und ich habe geduldig zugehört, wie sie sich über Euch beschwert hat.«

»Wie ungerecht. Ich habe ihr immerhin eine aufregende Liebelei mit Casanova verschafft, und auch wenn der es nur auf ihr Geld abgesehen hatte, wurde sie doch von vielen Frauen darum beneidet. Und ich habe meinen Chronografen brüderlich mit ihr geteilt. Wenn sie mich nicht gehabt hätte . . .« Der Graf drehte sich, offensichtlich erheitert, wieder zu mir herum. »Ein undankbares Weibsstück, deine Urahnin. Leider nicht mit großer Intelligenz gesegnet. Ich glaube, sie hat nie richtig begriffen, was eigentlich mit ihr geschieht, das arme, alte Ding. Sie war außerdem beleidigt, dass ihr im Kreis der Zwölf nur der Citrin zugewiesen war. *Warum dürft Ihr ein Smaragd sein und ich nur ein jämmerlicher Citrin,* hat sie gesagt. *Niemand, der etwas auf sich hält, trägt heutzutage Citrin.*« Er kicherte vor sich hin. »Sie war wirklich von einer Einfältigkeit, die ihresgleichen sucht. Möchte ja gern mal wissen, wie oft sie auf ihre alten Tage noch in der Zeit gesprungen ist. Vielleicht gar nicht mehr. Sie war ohnehin nie eine große Springerin. Manchmal verging ein ganzer Monat, ohne dass sie verschwand. Ich würde sagen, das weibliche Blut ist bedeutend träger als das unsrige. Ebenso wie der weibliche Geist dem männlichen an Schnelligkeit unterlegen ist. Würdest du mir da zustimmen, Mädchen?«

Alter Chauvinist, dachte ich, während ich die Augen niederschlug, *dummschwätzender, wichtigtuerischer Langweiler.* Himmel! War ich denn verrückt? Ich sollte doch nichts denken!

Aber offenbar war es um die Gedankenlesekünste des Grafen nicht so gut bestellt, denn er kicherte nur wieder vergnügt. »Besonders gesprächig ist sie ja nicht, oder?«

»Sie ist nur schüchtern«, sagte Gideon.

Eingeschüchtert wäre wohl das passendere Wort gewesen.

»Es gibt keine schüchternen Weiber«, widersprach der Graf.

»Hinter einem scheinbar schüchternen Niederschlagen der Augen verbergen sie nur ihre Einfältigkeit.«

Ich kam mehr und mehr zu dem Schluss, dass man keine Angst vor ihm zu haben brauchte. Er war nur ein selbstverliebter frauenfeindlicher Opi, der sich gerne reden hörte.

»Ihr habt offenbar keine besonders hohe Meinung vom weiblichen Geschlecht«, sagte Lord Brompton.

»Aber nicht doch!«, erwiderte der Graf. »Ich liebe die Frauen. Wirklich! Ich glaube nur nicht, dass sie über die Art von Verstand verfügen, die die Menschheit weiterbringt. In meiner Loge haben Frauen deshalb nichts zu suchen.« Er schenkte dem Lord ein strahlendes Lächeln. »Für viele Männer ist das übrigens nicht selten das ausschlaggebende Argument, um die Mitgliedschaft zu ersuchen, Lord Brompton.«

»Und doch lieben Euch die Frauen! Mein Vater wurde nicht müde, mir von Euren Erfolgen bei den Damen vorzuschwärmen. Sowohl hier in London als auch in Paris sollen sie euch zu allen Zeiten zu Füßen gelegen haben.«

Der Graf schwelgte sogleich in Erinnerungen an seine Zeit als Frauenschwarm. »Es ist nicht besonders schwierig, Frauen zu betören und dem eigenen Willen zu unterwerfen, mein lieber Lord. Sie sind alle gleich. Würde ich mich nicht mit Höherem beschäftigen, hätte ich längst ein Handbuch für Männer verfasst, mit Ratschlägen zum richtigen Umgang mit den Weibern.«

Ja klar. Ich hatte da auch gleich einen passenden Titel zur Hand. *Mit Würgen zum Erfolg.* Oder: *So quatschen Sie jede Frau mürbe.* Beinahe hätte ich gekichert. Aber dann merkte ich, dass Rakoczy mich ganz genau beobachtete, und meine alberne Stimmung verging so plötzlich, wie sie gekommen war.

Ich war wohl wahnsinnig! Die schwarzen Augen fixierten meine für eine Sekunde, dann senkte ich den Blick auf den Mosaikfußboden vor mir und versuchte, das Gefühl von Panik zu bekämpfen, das mich zu überwältigen drohte. Nicht der Graf war hier derjenige, vor dem man sich in Acht nehmen musste, das stand auf jeden Fall fest. Aber deswegen brauchte ich mich noch lange nicht sicher zu fühlen.

»Das ist ja alles sehr unterhaltsam«, sagte Lord Brompton. Seine Doppelkinne bebten vor Vergnügen. »An Euch und Euren Begleitern sind gute Schauspieler verloren gegangen, ohne Zweifel. Wie mein Vater gesagt hat, könnt ihr mit Geschichten aufwarten, die einen verblüffen, mein lieber Graf von Saint Germain. Aber beweisen könnt Ihr leider nichts davon. Bis jetzt habt Ihr mir noch nicht ein einziges Kunststück vorgeführt.«

»*Kunststück!*«, rief der Graf. »Oh, mein lieber Lord, Ihr seid eine zweifelnde Seele. Ich hätte längst die Geduld mit Euch verloren, wenn ich mich Eurem Vater – Gott habe ihn selig – gegenüber nicht verpflichtet fühlte. Und wenn mein Interesse an Eurem Geld und Eurem Einfluss nicht so groß wäre.«

Der Lord lachte ein wenig unbehaglich. »Ihr seid wenigstens ehrlich.«

»Die Alchemie kommt eben nicht ohne Gönnerschaft aus.« Der Graf drehte sich mit Schwung zu Rakoczy um. »Wir werden dem guten Lord wohl ein paar unserer *Kunststücke* vorführen müssen, Miro. Er gehört zu den Menschen, die nur glauben, was sie sehen. Aber zuerst muss ich mit meinem Urenkel ein paar Worte unter vier Augen sprechen und einen Brief an den Großmeister meiner Loge in der Zukunft aufsetzen.«

»Ihr könnt gern das Schreibkabinett nebenan dafür nutzen«,

sagte der Lord und zeigte auf eine Tür hinter sich. »Und einer Vorführung sehe ich mit Spannung entgegen.«

»Komm, mein Sohn.« Der Graf nahm Gideons Arm. »Es gibt einiges, das ich dich noch fragen muss. Und einiges, das du wissen solltest.«

»Wir haben nur noch eine halbe Stunde«, sagte Gideon mit Blick auf die Taschenuhr, die mit einer goldenen Kette an seiner Weste befestigt war. »Dann sollten wir uns spätestens auf den Rückweg nach Temple machen.«

»Das wird reichen«, sagte der Graf. »Ich schreibe schnell und ich kann beides gleichzeitig: reden und schreiben.«

Gideon lachte kurz auf. Er schien den Grafen wirklich witzig zu finden und offensichtlich hatte er ganz vergessen, dass ich auch noch da war.

Ich räusperte mich. Schon halb an der Tür drehte er sich noch einmal zu mir um und hob fragend eine Augenbraue.

Ich gab meine Antwort ebenso stumm, denn laut konnte ich es ja wohl schlecht sagen. *Lass mich bloß nicht mit diesen Freaks allein.*

Gideon zögerte.

»Sie würde nur stören«, sagte der Graf.

»Warte hier auf mich«, sagte Gideon unerwartet sanft.

»Der Lord und Miro werden ihr in der Zwischenzeit Gesellschaft leisten«, sagte der Graf. »Ihr könnt sie gerne ein wenig über die Zukunft ausfragen. Das ist eine einmalige Gelegenheit. Sie kommt aus dem 21. Jahrhundert, fragt sie nach den automatischen Zügen, die unter der Erde von London entlangbrausen werden. Oder nach silbernen Flugapparaten, die sich mit dem Gebrüll von tausend Löwen in die Lüfte erheben und das Meer in vielen Kilometern Höhe überqueren können.«

Der Lord lachte so sehr, dass ich jetzt ernstlich Sorge um seinen Stuhl hatte. Jede seiner gewaltigen Speckrollen war in Bewegung. »Sonst noch etwas?«

Ich wollte auf keinen Fall mit ihm und Rakoczy allein bleiben. Aber Gideon lächelte nur, obwohl ich ihm einen flehenden Blick zuwarf.

»Ich bin gleich wieder da«, sagte er.

Aus den Annalen der Wächter

12. Juni 1948

Schwarzer Turmalin, *Paul de Villiers, kam heute wie verabredet aus dem Jahr 1992 zum Elapsieren in den Dokumentenraum. Aber diesmal war er in Begleitung eines rothaarigen Mädchens, das behauptete, Lucy Montrose zu heißen und die Enkeltochter unseres Adepten Lucas Montrose zu sein. Sie verfügte in jeder Hinsicht über eine fatale Ähnlichkeit mit Arista Bishop (Jadelinie, Observationsnummer 4).*
Wir führten die beiden in Lucas' Büro. Jetzt ist uns allen klar, dass Lucas wohl Arista einen Antrag machen wird und nicht Claudine Seymore, wie wir für ihn gehofft hätten. (Obwohl Arista die besseren Beine und eine wirklich gute Rückhand hat, das muss man schon sagen.)
Sehr seltsam, Besuch von seinen Enkelkindern zu erhalten, bevor man überhaupt Kinder hat.

Bericht: Kenneth de Villiers, Innerer Kreis

12.

Als die Tür hinter Gideon und dem Grafen ins Schloss fiel, machte ich automatisch einen Schritt zurück.

»Ihr dürft Euch ruhig setzen«, sagte der Lord und zeigte auf einen der zierlichen Stühle. Rakoczy verzog seine Lippen. Sollte das etwa ein Lächeln sein? Wenn ja, musste er das aber noch mal vorm Spiegel üben.

»Nein danke. Ich stehe lieber.« Noch einen Schritt zurück, bis ich fast gegen eine nackte Putte stieß, die rechts neben der Tür auf einem Sockel stand. Je mehr Abstand zwischen mir und den schwarzen Augen, desto sicherer.

»Und Ihr wollt wirklich aus dem 21. Jahrhundert kommen?«

Na, von *wollen* konnte eigentlich keine Rede sein. Ich nickte aber.

Lord Brompton rieb sich die Hände. »Also dann – nun: Welcher König regiert England im 21. Jahrhundert?«

»Wir haben einen Premierminister, der das Land regiert«, sagte ich zögernd. »Die Königin kümmert sich nur mehr um repräsentative Aufgaben.«

»Die Königin?«

»Elisabeth II. Sie ist sehr nett. Sie ist sogar zu unserem Multinationen-Schulfest im vergangenen Jahr gekommen. Wir haben die Nationalhymne in sieben verschiedenen Sprachen gesungen und Gordon Gelderman hat sich ein Autogramm in sein Englischbuch geben lassen und es anschließend für achtzig Pfund bei eBay versteigert. Ähm, aber das wird Ihnen natürlich nichts sagen. Jedenfalls haben wir einen Premierminister und ein Kabinett mit Abgeordneten, die vom Volk gewählt werden.«

Lord Brompton lachte anerkennend. »Das ist eine lustige Vorstellung, nicht wahr, Rakoczy? Höchst amüsant, was sich der Graf da wieder ausgedacht hat. Und wie sieht es im 21. Jahrhundert in Frankreich aus?«

»Ich glaube, die haben da auch einen Premierminister. Keinen König, soviel ich weiß, auch nicht zu Repräsentationszwecken. Mit der Revolution haben sie den Adel einfach abgeschafft und den König gleich mit. Die arme Marie Antoinette haben sie geköpft. Ist das nicht furchtbar?«

»Oh ja«, lachte der Lord. »Die Franzosen sind überhaupt ganz fürchterliche Menschen. Deshalb vertragen wir Engländer uns auch nicht mit ihnen. Verratet mir doch: Mit wem führen wir im 21. Jahrhundert Krieg?«

»Mit niemandem?«, sagte ich, ein bisschen unsicher. »Jedenfalls nicht wirklich. Wir mischen uns nur hier und da mal ein, im Nahen Osten und so. Ehrlich gesagt habe ich aber von Politik überhaupt keine Ahnung. Fragen Sie mich lieber etwas über ... Kühlschränke. Natürlich nicht, wie sie funktionieren, das weiß ich nämlich nicht. Ich weiß nur, *dass* sie funktionieren. In jeder Wohnung in London steht so ein Kühlschrank und Sie können darin Käse, Milch und Fleisch tagelang aufbewahren.«

Lord Brompton sah nicht aus, als würde er sich besonders für Kühlschränke interessieren. Rakoczy räkelte sich auf seinem Stuhl wie eine Katze. Ich hoffte, er würde nicht auf die Idee kommen aufzustehen.

»Sie können mich auch nach Telefonen fragen«, sagte ich schnell. »Obwohl ich nicht erklären kann, wie sie funktionieren.« Wie ich Lord Brompton einschätzte, würde er es auch gar nicht verstehen. Er sah ehrlich gesagt aus, als würde es sich nicht mal lohnen, ihm das Prinzip der Glühbirne zu erklären. Ich suchte nach etwas anderem, was ihn interessieren könnte.

»Und nach, ähm . . . es gibt auch einen Tunnel zwischen Dover und Calais, der unter dem Kanal hindurchgeht.«

Das fand Lord Brompton ungeheuer komisch. Er schlug sich vor Lachen auf die gewaltigen Schenkel. »Köstlich! Köstlich!«

Ich begann mich gerade ein bisschen zu entspannen, als Rakoczy zum ersten Mal etwas sagte. Er sprach Englisch mit einem harten Akzent. »Was ist mit Transsilvanien?«

»Transsilvanien?« Die Heimat von Graf Dracula? Meinte er das ernst? Ich vermied einen Blick in die schwarzen Augen. Vielleicht *war* das ja Graf Dracula! Der Teint würde auf jeden Fall passen.

»Meine Heimat in den schönen Karpaten. Das Fürstentum von Transsilvanien. Was passiert in Transsilvanien im 21. Jahrhundert?« Die Stimme klang ein wenig kratzig. Und es lag durchaus etwas wie Sehnsucht darin. »Und was macht das Volk der Kuruzzen?«

Das Volk der bitte was? Kuruzzen? Nie gehört.

»Na, also, um Transsilvanien ist es eigentlich in unserer Zeit recht still«, sagte ich vorsichtig. Um ehrlich zu sein, wusste ich nicht mal, wo das lag. Die Karpaten kannte ich auch nur aus der Redensart. Wenn Leslie über ihren Onkel Leo in Yorkshire sprach, dann pflegte sie »Der wohnt irgendwo in den Karpaten« zu sagen und für Lady Arista war schon alles jenseits von Chelsea »Karpaten«. Na ja, aber wahrscheinlich wohnten in Wirklichkeit die Kuruzzen in den Karpaten.

»Wer regiert Transsilvanien im 21. Jahrhundert?«, wollte Rakoczy wissen. Er nahm eine angespannte Haltung an, als würde er jeden Augenblick vom Stuhl aufspringen wollen, falls meine Antwort unbefriedigend ausfallen würde.

Hm, hm. Das war eine wirklich gute Frage. Gehörte es zu Bulgarien? Oder Rumänien? Oder Ungarn?

»Ich weiß es nicht«, sagte ich ehrlich. »Es ist so weit weg. Ich werde Mrs Counter danach fragen. Das ist unsere Erdkundelehrerin.«

Rakoczy sah enttäuscht aus. Vielleicht hätte ich ihn besser anlügen sollen. *Transsilvanien wird von Fürst Dracula regiert, schon seit zweihundert Jahren. Es ist ein Naturreservat für ansonsten ausgestorbene Fledermausarten. Die Kuruzzen sind die glücklichsten Menschen Europas.* Wahrscheinlich hätte ihm das besser gefallen.

»Und wie sieht es in den Kolonien aus im 21. Jahrhundert?«, fragte Lord Brompton.

Erleichtert sah ich, dass Rakoczy sich wieder zurückgelehnt hatte. Und er zerfiel auch nicht zu Staub, als jetzt die Sonne durch die Wolkendecke brach und das Zimmer in strahlend helles Licht tauchte.

Eine Weile plauderten wir beinahe entspannt über Amerika und Jamaika und über einige Inseln, von denen ich zu meiner Schande noch nie etwas gehört hatte. Lord Brompton zeigte sich recht bestürzt darüber, dass sie sich nun allesamt selbst regieren. (Wovon ich einfach mal ausging, ganz sicher war ich mir nicht.) Natürlich glaubte er mir kein Wort und brach immer wieder in Gelächter aus. Rakoczy beteiligte sich nicht mehr an unserem

Gespräch, er betrachtete nur abwechselnd seine langen, krallenähnlichen Fingernägel und die Tapete. Ab und an sah er auch zu mir herüber.

»Ach, nun finde ich es richtig deprimierend, dass Ihr nur eine Schauspielerin seid«, seufzte Lord Brompton. »Wie schade, denn ich würde Euch nur zu gern glauben.«

»Tja«, sagte ich verständnisvoll. »An Ihrer Stelle würde ich das alles auch nicht glauben. Leider gibt es keine Beweise . . . Oh, warten Sie mal!« Ich griff mir ins Dekolleté und holte das Handy heraus.

»Was ist das? Ein Zigarrenetui?«

»Nein!« Ich klappte das Handy auf. Es piepste, weil es kein Netz fand. Natürlich nicht. »Das ist ein . . . na egal. Ich kann damit Bilder machen.«

»Bilder malen?«

Ich schüttelte den Kopf und hielt das Handy in die Höhe, sodass der Lord und Rakoczy im Display erschienen. »Lächeln Sie doch mal. So, fertig.« Weil die Sonne so hell schien, hatte es nicht geblitzt. Schade. Das hätte die beiden sicher schwer beeindruckt.

»Was war das?« Lord Brompton hatte seine Fettmassen erstaunlich schnell in die Höhe gewuchtet und kam zu mir. Ich zeigte ihm das Bild auf dem Display. Er und Rakoczy waren wunderbar getroffen.

»Aber – was ist das? Wie ist das möglich?«

»Wir nennen es fotografieren«, sagte ich.

Lord Bromptons dicke Finger strichen begeistert über das Handy. »Großartig! Rakoczy, das müsst Ihr Euch anschauen.«

»Nein danke«, sagte Rakoczy träge.

»Ich weiß nicht, wie Ihr das macht, aber es ist der beste Trick, den ich je gesehen habe. Oh, was ist jetzt passiert?«

Auf dem Display war Leslie zu sehen. Der Lord hatte eine Taste gedrückt.

»Das ist meine Freundin Leslie«, sagte ich sehnsüchtig. »Das Bild ist von letzter Woche. Sehen Sie, da hinter ihr, das ist die Marylebone High Street, das Sandwich ist von *Prêt à Manger* und da ist der Aveda-Shop, sehen Sie? Meine Mum kauft da immer ihr Haarspray.« Ich hatte plötzlich wahnsinniges Heimweh. »Und das da ist ein Stück von einem Taxi. Eine Art Kutsche, die ohne Pferde fährt . . .«

»Was wollt Ihr für dieses Trickkästchen haben? Ich zahle Euch jeden Preis, jeden!«

»Ähm, nein, wirklich, das ist nicht zu verkaufen. Ich brauche es noch.« Mit einem bedauernden Achselzucken klappte ich das Trickkästchen – äh –, das Handy zu und ließ es wieder in sein Versteck im Mieder gleiten.

Keinen Augenblick zu früh, denn die Tür öffnete sich und der Graf und Gideon kehrten zurück, der Graf vergnügt lächelnd, Gideon eher ernst. Jetzt erhob sich auch Rakoczy von seinem Stuhl.

Gideon warf mir einen prüfenden Blick zu, den ich trotzig erwiderte. Hatte er geglaubt, ich hätte mich in der Zwischenzeit aus dem Staub gemacht? Das würde ihm eigentlich recht geschehen. Schließlich hatte er mir erst eingeschärft, sich auf jeden Fall an ihn zu halten, um mich gleich bei der nächstbesten Gelegenheit allein zu lassen.

»Und? Würde es Euch gefallen, im 21. Jahrhundert zu leben, Lord Brompton?«, fragte der Graf.

»Unbedingt! Welch köstliche Ideen Ihr habt«, sagte der Lord und klatschte in die Hände. »Das war wirklich sehr amüsant.«

»Ich wusste, es würde Euch gefallen. Aber Ihr hättet dem armen Kind ruhig einen Platz anbieten können.«

»Oh, das habe ich auch. Aber sie wollte lieber stehen.« Der Lord beugte sich vertraulich vor. »Ich würde *wirklich* gern diesen silbernen Schrein erwerben, lieber Graf.«

»Den silbernen Schrein?«

»Wir müssen uns jetzt leider verabschieden«, sagte Gideon, durchquerte mit wenigen Schritten den Raum und stellte sich neben mich.

»Ich verstehe, ich verstehe! Das 21. Jahrhundert wartet natürlich«, sagte Lord Brompton. »Herzlichen Dank für den Besuch. Es war ganz wunderbar amüsant.«

»Dem kann ich mich nur anschließen«, sagte der Graf.

»Ich hoffe, wir haben noch einmal das Vergnügen«, sagte Lord Brompton.

Rakoczy sagte nichts. Er sah mich nur an. Und plötzlich war mir, als würde sich eine eisige Hand auf meine Kehle legen. Ich schnappte erschrocken nach Luft und blickte an mir hinab. Es war nichts zu sehen. Und doch spürte ich ganz genau die Finger, die sich um meinen Hals schlossen.

»Ich kann jederzeit zudrücken.«

Es war nicht Rakoczy, der das sagte, es war der Graf. Aber er bewegte dabei nicht die Lippen.

Verwirrt sah ich von seinem Mund auf seine Hand. Sie war mehr als vier Meter von mir entfernt. Wie konnte sie gleichzeitig auf meinem Hals liegen? Und warum hörte ich seine Stimme in meinem Kopf, obwohl er gar nicht sprach?

»Ich weiß nicht genau, welche Rolle du spielst, Mädchen, oder ob du überhaupt wichtig bist. Aber ich dulde nicht, dass man gegen meine Regeln verstößt. Das nur als Warnung. Hast du das verstanden?« Der Druck der Finger verstärkte sich.

Ich war vor Angst wie gelähmt. Ich konnte ihn nur anstarren und nach Luft japsen. Merkte denn niemand, was gerade mit mir geschah?

Ob du das verstanden hast?

»Ja«, flüsterte ich.

Sofort lockerte sich der Griff, die Hand entfernte sich. Frei konnte die Luft in meine Lungen strömen.

Der Graf kräuselte seine Lippen und schüttelte sich das Handgelenk.

»Wir sehen uns wieder«, sagte er.

Gideon verneigte sich. Die drei Männer erwiderten seine Verneigung. Nur ich blieb stocksteif stehen, nicht in der Lage, auch nur ein Glied zu rühren, bis Gideon nach meiner Hand griff und mich aus dem Raum zog.

Auch als wir wieder in der Kutsche saßen, wollte die Anspannung nicht von mir weichen. Ich fühlte mich matt und kraftlos und auf eine Art auch beschmutzt.

Wie hatte der Graf es angestellt, mit mir zu sprechen, ohne dass die anderen es hören konnten? Und wie war es ihm gelungen, mich zu berühren, obwohl er vier Meter von mir entfernt gestanden hatte? Meine Mutter hatte doch recht gehabt, es stimmte, was man über ihn sagte: Er war in der Lage, in den Geist eines Menschen einzudringen und dessen Empfindungen zu kontrollieren. Ich hatte mich von seinem eitlen, sprunghaften Geschwätz und seinem gebrechlichen Äußeren täuschen lassen. Ich hatte ihn hoffnungslos unterschätzt.

Wie dumm von mir.

Überhaupt hatte ich diese ganze Geschichte unterschätzt, in die ich hineingeraten war.

Die Kutsche hatte sich in Bewegung gesetzt und schaukelte genauso heftig wie auf der Hinfahrt. Gideon hatte dem Wächter im gelben Rock Anweisung gegeben, sich zu beeilen. Als ob das nötig gewesen wäre. Er war doch auf der Hinfahrt schon gefahren wie ein Lebensmüder.

»Alles in Ordnung mit dir? Du siehst aus, als ob du einen Geist getroffen hättest.« Gideon streifte seinen Mantel ab und legte ihn neben sich. »Ganz schön heiß für September.«

»Keinen Geist«, sagte ich, unfähig, ihm in die Augen zu sehen. Meine Stimme zitterte leicht. »Nur den Grafen von Saint Germain und eines seiner *Kunststücke*.«

»Er war nicht besonders höflich zu dir«, räumte Gideon ein. »Aber das war ja zu erwarten. Offenbar hatte er eine andere Vorstellung davon, wie du zu sein hast.«

Als ich nichts erwiderte, fuhr er fort: »In den Prophezeiungen wird der zwölfte Zeitreisende immer als etwas Besonderes geschildert. *Begabt mit der Magie des Raben.* Was immer das auch heißen mag. Der Graf schien jedenfalls nicht gewillt zu sein, mir zu glauben, dass du nur eine gewöhnliche Schülerin bist.«

Seltsamerweise verdrängte diese Bemerkung auf der Stelle das kraftlose, elende Gefühl in mir, das die Phantomberührung des Grafen in mir ausgelöst hatte. Anstelle der Mattigkeit und Angst spürte ich jetzt bodenlose Gekränktheit. Und Wut. Ich biss mir auf die Lippen.

»Gwendolyn?«

»*Was?*«

»Das sollte keine Beleidigung sein. Ich meinte gewöhnlich nicht im Sinn von *ordinär*, eher im Sinn von *durchschnittlich*, weißt du?«

Das wurde ja immer besser.

»Schon gut«, sagte ich und funkelte ihn wütend an. »Es ist mir egal, was du von mir denkst.«

Er gab meinen Blick gelassen zurück. »Du kannst ja nichts dafür.«

»Du kennst mich doch überhaupt nicht!«, schnaubte ich.

»Mag sein«, sagte Gideon. »Aber ich kenne haufenweise Mädchen wie dich. Ihr seid alle gleich.«

»Haufenweise Mädchen? Ha!«

»Mädchen wie du interessieren sich nur für Frisuren, Klamotten, Filme und Popstars. Und ständig kichert ihr und geht nur gruppenweise aufs Klo. Und lästert über Lisa, weil sie sich ein Fünf-Pfund-T-Shirt bei *Marks and Spencer* gekauft hat.«

Obwohl ich so wütend war, musste ich hell auflachen. »Willst du sagen, alle Mädchen, die du kennst, lästern über Lisa, die sich ein T-Shirt bei *Marks and Spencer* gekauft hat?«

»Du weißt schon, wie ich das meine.«

»Ja, ich weiß schon.« Ich wollte eigentlich nicht weitersprechen, aber es brach einfach so aus mir heraus: »Du denkst, alle Mädchen, die nicht so sind wie Charlotte, sind oberflächlich und dumm. Nur weil wir eine normale Kindheit hatten und nicht pausenlos Fecht- und Mysterienunterricht. In Wahrheit hattest du keine Zeit, jemals ein normales Mädchen kennenzulernen, deshalb hast du dir diese traurigen Vorurteile zurechtgelegt.«

»Na, hör mal! Ich war genauso auf der High School wie du.«

»Ja, klar!« Die Worte sprudelten nur so aus mir heraus. »Wenn du nur halb so gründlich auf dein Leben als Zeitreisender vorbereitet worden bist wie Charlotte, dann hast du weder männliche noch weibliche Freunde und deine Meinung über sogenannte *durchschnittliche* Mädchen beruht auf Beobachtungen, die du angestellt hast, wenn du einsam auf dem Schulhof herumstandest. Oder willst du mir erzählen, dass deine Mitschüler im Internat deine Hobbys – Latein, Gavottetanzen und Pferdekutschenfahren – wahnsinnig cool fanden?«

Anstatt beleidigt zu sein, sah Gideon amüsiert aus. »Violinespielen hast du noch vergessen.« Er lehnte sich zurück und verschränkte die Arme über der Brust.

»Violine? Wirklich?« Meine Wut verrauchte so plötzlich, wie sie gekommen war. Violine – also *echt!*

»Wenigstens hat dein Gesicht jetzt wieder ein bisschen Farbe. Eben warst du so blass wie Miro Rakoczy.«

Richtig, Rakoczy. »Wie wird das eigentlich geschrieben?«

»R – a – k – o – c – z – y«, sagte Gideon. »Wieso?«

»Ich möchte ihn googeln.«

»Oh, hat er dir so gefallen?«

»Gefallen? Er ist ein Vampir«, sagte ich. »Er kommt aus Transsilvanien.«

»Er kommt aus Transsilvanien. Aber er ist kein Vampir.«

»Woher willst du das denn wissen?«

»Weil es keine Vampire gibt, Gwendolyn.«

»Ach ja? Wenn es Zeitmaschinen gibt« – und Menschen, die in der Lage sind, einen zu erwürgen, ohne einen zu berühren – »warum sollte es da nicht auch Vampire geben? Hast du mal in seine Augen gesehen? Sie waren wie schwarze Löcher.«

»Das kommt von den Belladonna-Tränken, mit denen er experimentiert«, sagte Gideon. »Ein Pflanzengift, das angeblich hilft, das Bewusstsein zu erweitern.«

»Woher weißt du das denn?«

»Es steht in den Annalen der Wächter. Rakoczy wird dort *der schwarze Leopard* genannt. Er hat den Grafen zweimal vor einem Mordanschlag bewahrt. Er ist sehr stark und ungeheuer geschickt im Umgang mit Waffen.«

»Wer wollte den Grafen umbringen?«

Gideon zuckte mit den Schultern. »Ein Mensch wie er hat viele Feinde.«

»Das glaube ich gerne«, sagte ich. »Aber ich hatte den Eindruck, dass er gut auf sich selber aufpassen kann.«

»Ohne Zweifel«, stimmte Gideon mir zu.

Ich überlegte, ob ich ihm erzählen sollte, was der Graf getan hatte, aber dann entschied ich mich dagegen. Gideon war nicht nur höflich zu ihm gewesen, es hatte für mich so ausgesehen, als wären der Graf und er ein Herz und eine Seele.

Vertraue niemandem.

»Du bist wirklich in die Vergangenheit zu all diesen Menschen gereist und hast ihnen Blut abgezapft?«, fragte ich stattdessen.

Gideon nickte. »Mit dir und mir sind jetzt wieder acht von zwölf Zeitreisenden in den Chronografen eingelesen. Die restlichen vier werde ich auch noch finden.«

Ich erinnerte mich an die Worte des Grafen und fragte: »Wie kannst du von London nach Paris und Brüssel gereist sein? Ich denke, die Zeitdauer, die man in der Vergangenheit verbringen kann, ist auf ein paar Stunden beschränkt.«

»Auf vier, um genau zu sein«, sagte Gideon.

»In vier Stunden kommt man doch in dieser Zeit niemals von London nach Paris, geschweige denn, dass man da noch Zeit hätte, Gavotte zu tanzen und jemandem Blut abzunehmen.«

»Das stimmt. Und deshalb sind wir *vorher* mit dem Chronografen nach Paris gereist, Dummerchen«, sagte Gideon. »Dasselbe haben wir in Brüssel, in Mailand und in Bath gemacht. Die anderen habe ich in London aufsuchen können.«

»Verstehe.«

»Wirklich?« Gideons Lächeln war wieder einmal voller Spott. Diesmal ignorierte ich es.

»Ja, doch, so allmählich wird mir einiges klar.« Ich sah aus dem Fenster. »An diesen Wiesen sind wir aber auf dem Hinweg nicht entlanggekommen, oder?«

»Das ist der Hyde Park«, sagte Gideon, plötzlich hellwach und angespannt. Er lehnte sich hinaus. »Hey, Wilbour oder wie immer Euer Name war: Warum fahren wir hier entlang? Wir müssen auf dem schnellsten Weg nach Temple!«

Die Antwort von dem Mann auf dem Kutschbock konnte ich nicht verstehen.

»Haltet auf der Stelle an«, befahl Gideon. Er war blass geworden, als er sich wieder zu mir umwandte.

»Was ist denn los?«

»Ich weiß es nicht«, sagte er. »Der Mann behauptet, Order zu haben, uns an das Südende des Parks zu einem Treffpunkt zu kutschieren.«

Die Pferde waren zum Stehen gekommen und Gideon öffnete den Wagenschlag. »Irgendetwas stimmt hier nicht. Wir haben nicht mehr lange bis zu unserem Zeitsprung. Ich werde die Pferde übernehmen und uns nach Temple fahren.« Er stieg aus und schloss die Tür wieder. »Und du bleibst in der Kutsche, egal, was passiert.«

In diesem Augenblick knallte es. Instinktiv duckte ich mich. Obwohl ich das Geräusch nur aus Filmen kannte, wusste ich sofort, dass es ein Schuss gewesen sein musste. Man hörte einen leisen Aufschrei, die Pferde wieherten, die Kutsche machte einen Satz nach vorne, blieb dann aber schaukelnd wieder stehen.

»Kopf runter!«, rief Gideon und ich warf mich flach auf die Bank.

Ein zweiter Schuss fiel. Die Stille, die dem Geräusch folgte, war nicht auszuhalten.

»Gideon?« Ich richtete mich auf und sah hinaus.

Vor dem Fenster auf der Wiese hatte Gideon seinen Degen gezogen. »Unten bleiben, hatte ich gesagt!«

Gott sei Dank, er lebte noch. Allerdings möglicherweise nicht mehr lange. Wie aus dem Nichts waren zwei Männer aufgetaucht, schwarz gekleidet alle beide, ein dritter näherte sich aus dem Schatten der Bäume auf einem Pferd. In seiner Hand lag eine silbern glänzende Pistole.

Gideon focht gegen beide Männer gleichzeitig, sie blieben alle stumm, bis auf ihr Keuchen und das Klirren der Degen, wenn sie aufeinanderprallten, war nichts zu hören. Für ein paar Sekunden schaute ich fasziniert zu, wie geschickt Gideon sich anstellte. Es war wie bei einer Filmszene, jeder Ausfallschritt, jeder Hieb, jeder Sprung saß perfekt, als hätten Stuntmänner tagelang an der Choreografie gefeilt. Als aber der eine Mann aufschrie und in die Knie ging, während Blut aus seinem Hals schoss wie aus einer Springbrunnenfontäne, kam ich wieder zur Besinnung. Das war kein Film, das war *echt*. Und auch wenn die Degen eine tödliche

Waffe sein mochten (der getroffene Mann lag inzwischen zuckend am Boden, fürchterliche Laute ausstoßend), so schienen sie mir doch gegen Pistolen wenig ausrichten zu können. Warum trug Gideon denn keine Pistole? Es wäre doch ein Leichtes gewesen, so eine praktische Waffe von zu Hause mitzubringen. Und wo blieb der Kutscher, warum kämpfte er nicht an Gideons Seite?

Der Reiter war inzwischen herangekommen und vom Pferd gesprungen. Zu meiner Verblüffung hatte auch er einen Degen gezogen, mit dem er sich auf Gideon stürzte. Warum benutzte er die Pistole nicht? Er hatte sie ins Gras geschleudert, wo sie keinem nützlich war.

»Wer seid Ihr? Was wollt Ihr?«, fragte Gideon.

»Nichts weiter als Euer Leben«, sagte der Mann, der als letzter dazugekommen war.

»Nun, aber das werdet Ihr nicht bekommen!«

»Wir werden es uns holen! Verlasst Euch drauf!«

Wieder glich der Kampf vor dem Fenster einem eintrainierten Ballett, wobei der dritte, der verletzte Mann, nun leblos am Boden lag und die anderen um ihn herumkämpfen mussten.

Gideon parierte jeden Angriff, als würde er im Vorhinein ahnen, was sie vorhätten, aber die anderen hatten ohne Zweifel auch von Kind an Fechtunterricht gehabt. Einmal sah ich den Degen seines Gegners auf seine Schulter zuzischen, während er damit beschäftigt war, den Schlag des anderen zu parieren.

Nur eine geschmeidige Seitwärtsdrehung verhinderte einen Treffer, der ihm vermutlich den halben Arm abgerissen hätte. Ich hörte Holz splittern, als der Degen stattdessen die Kutsche traf.

Das durfte doch alles nicht wahr sein! Wer waren diese Typen und was wollten sie von uns?

Hastig rutschte ich auf der Bank zurück und spähte auf der anderen Seite durchs Fenster. Sah denn niemand, was hier passierte? Konnte man tatsächlich am helllichten Nachmittag im Hyde Park überfallen werden? Der Kampf schien mir schon eine Ewigkeit anzudauern.

Obwohl Gideon sich gut gegen die Übermacht hielt, sah es nicht so aus, als könne er sich jemals einen Vorteil verschaffen. Die beiden anderen Männer würden ihn mehr und mehr in die Enge drängen und am Ende würden sie siegen.

Ich hatte keine Ahnung, wie viel Zeit seit dem Schuss vergangen war oder wie lange es noch dauern würde bis zu unserem Zeitsprung. Vermutlich zu lange, um zu hoffen, dass wir uns vor den Augen der Angreifer in Luft auflösen würden. Ich hielt es nicht mehr aus, in der Kutsche zu sitzen und einfach nur zuzusehen, wie die beiden Gideon umbrachten.

Vielleicht konnte ich durch das Fenster klettern und Hilfe holen?

Einen kurzen Augenblick lang bangte ich, ob der riesige Rock durch die Öffnung passen würde, aber eine Sekunde später stand ich auf dem Fahrweg im Sand und versuchte, mich zu orientieren.

Von der anderen Seite der Kutsche waren nur Keuchen, Fluchen und das unbarmherzige Klirren von Metall auf Metall zu vernehmen.

»Ergebt Euch doch einfach«, keuchte einer der Fremden.

»Niemals!«, antwortete Gideon.

Vorsichtig bewegte ich mich nach vorne zu den Pferden. Dabei wäre ich beinahe über etwas Gelbes gestolpert. Nur mit Mühe unterdrückte ich einen Aufschrei. Es war der Mann im gelben Rock.

Er war vom Kutschbock gerutscht und lag rücklings im Sand. Mit Schrecken sah ich, dass ihm ein Teil seines Gesichtes fehlte und seine Kleidung mit Blut getränkt war. Das Auge der unversehrten Gesichtshälfte stand weit auf und schaute ins Leere.

Ihm hatte der Schuss vorhin gegolten. Der Anblick war zu schrecklich, ich spürte, wie sich mir der Magen umdrehte. Ich hatte noch nie einen Toten gesehen. Wie viel hätte ich darum gegeben, jetzt im Kino zu sitzen und einfach wegschauen zu können!

Aber das hier war Wirklichkeit. Dieser Mann war tot und Gideon steckte dort drüben in echter Lebensgefahr.

Ein Klirren weckte mich aus meiner Erstarrung. Gideon stöhnte auf und das brachte mich endgültig zur Besinnung.

Ehe ich wusste, was ich tat, hatte ich den Degen an der Seite des Toten entdeckt und aus dem Gürtel befreit.

Er wog schwerer in der Hand, als ich gedacht hatte, aber ich fühlte mich gleich besser. Ich hatte zwar keine Ahnung, wie ich mit der Waffe umzugehen hatte, aber das Ding war scharf und spitz, so viel stand fest.

Die Kampfgeräusche rissen nicht ab. Ich riskierte einen Blick um die Ecke und sah, dass es den beiden Männern gelungen war, Gideon mit dem Rücken an die Kutsche zu drängen. Ein paar Haarsträhnen hatten sich aus seinem Zopf gelöst und fielen ihm wirr in die Stirn. In einem seiner Ärmel klaffte ein tiefer Riss, aber zu meiner Erleichterung konnte ich nirgendwo Blut erkennen. Noch war er unverletzt.

Ein letztes Mal sah ich mich nach allen Seiten um, aber Hilfe war nicht in Sicht. Ich wog den Degen in meiner Hand und trat entschlossen vor. Zumindest würde mein Erscheinen die beiden

Männer ablenken und damit konnte ich Gideon vielleicht einen Vorteil verschaffen.

Aber in Wirklichkeit war es genau andersherum. Da die beiden Männer mit dem Rücken zu mir kämpften, sahen sie mich nicht, aber Gideons Augen weiteten sich bei meinem Anblick erschrocken.

Für den Bruchteil einer Sekunde zögerte er und das reichte einem der schwarz gekleideten Fremden, um einen weiteren Treffer zu erzielen, fast an der gleichen Stelle, an der der Ärmel bereits zerschnitten war. Diesmal floss Blut. Gideon focht weiter, als wäre nichts geschehen.

»Lange haltet Ihr nicht mehr durch«, rief der Mann triumphierend und drang noch heftiger auf Gideon ein. »Betet, wenn Ihr könnt. Denn gleich werdet Ihr Eurem Schöpfer gegenüberstehen.«

Ich umfasste den Degengriff mit beiden Händen und rannte los, Gideons entsetzten Blick ignorierend. Die Männer hörten mich nicht kommen, sie bemerkten meine Anwesenheit erst, als der Degen durch die schwarzen Kleider in den Rücken des einen gefahren war, ohne den geringsten Widerstand und beinahe lautlos. Für einen angstvollen Augenblick dachte ich, ich hätte danebengezielt, vielleicht genau die Lücke zwischen Körper und Arm getroffen, aber dann ließ der Mann mit einem Röcheln seine Waffe fallen und stürzte selber zu Boden wie ein abgesägter Baumstamm. Erst als er schon fiel, ließ ich den Griff des Degens los.

Oh mein Gott.

Gideon nutzte die Schrecksekunde des anderen Mannes, um ihm einen Hieb zu versetzen, der ihn ebenfalls in die Knie gehen ließ.

»Bist du verrückt geworden?«, schrie er mich an, während er den Degen seines Gegners mit dem Fuß zur Seite schleuderte und ihm die Spitze seiner Klinge an den Hals legte.

Der Mann verlor auf der Stelle seine ganze Körperspannung.

»Bitte . . . lasst mich am Leben«, sagte er.

Meine Zähne begannen aufeinanderzuklappern.

Das kann nicht passiert sein. Ich habe nicht gerade einen Degen in einen Menschen gebohrt.

Dieser Mensch stieß ein Röcheln aus. Der andere sah aus, als würde er gleich weinen.

»Wer seid Ihr und was wollt Ihr von uns?«, fragte Gideon kalt.

»Ich habe nur getan, was man von mir verlangt hat. Bitte!«

»Wer hat was von Euch verlangt?« Ein Tropfen Blut bildete sich unter der Degenspitze am Hals des Mannes. Gideon hatte seine Lippen aufeinandergepresst, als könne er sich nur schwer beherrschen, den Degen stillzuhalten.

»Ich kenne keine Namen, ich schwöre es.« Das ängstlich verzerrte Gesicht begann vor meinen Augen zu verschwimmen, das Grün der Wiese wirbelte um mich herum und beinahe erleichtert ließ ich mich in diesen Strudel fallen und schloss die Augen.

Aus den Geheimschriften des Grafen von Saint Germain

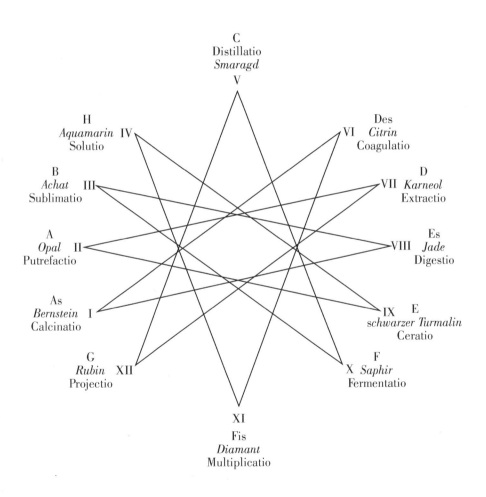

C
Distillatio
Smaragd
V

H
Aquamarin IV
Solutio

Des
VI *Citrin*
Coagulatio

B
Achat III
Sublimatio

D
VII *Karneol*
Extractio

A
Opal II
Putrefactio

Es
VIII *Jade*
Digestio

As
Bernstein I
Calcinatio

IX E
schwarzer Turmalin
Ceratio

G
Rubin XII
Projectio

F
X *Saphir*
Fermentatio

XI
Fis
Diamant
Multiplicatio

13.

Ich war weich inmitten meiner eigenen Röcke gelandet, aber ich war nicht in der Lage, wieder aufzustehen. Alle Knochen in meinen Beinen schienen sich verflüchtigt zu haben, ich zitterte am ganzen Körper und meine Zähne schlugen wie wild aufeinander.

»Steh auf!« Gideon hielt mir seine Hand hin. Seinen Degen hatte er wieder in den Gürtel geschoben. Es klebte Blut daran, ich sah es mit einem Schaudern. »Komm, Gwendolyn! Die Leute gucken schon.«

Es war Abend und längst dunkel, aber wir waren unter einer Laterne gelandet, irgendwo im Park. Ein Jogger mit Kopfhörern warf uns im Vorbeilaufen einen befremdeten Blick zu.

»Hatte ich nicht gesagt, du sollst in der Kutsche bleiben!« Weil ich nicht reagierte, griff Gideon nach meinem Arm und zog mich auf die Beine. Jede Farbe war aus seinem Gesicht gewichen. »Das war überaus leichtsinnig und . . . total . . . gefährlich und . . .« Er schluckte und starrte mich an. ». . . und verdammt noch mal ziemlich mutig.«

»Ich dachte, man müsste spüren, wenn man auf eine Rippe trifft«, sagte ich zähneklappernd. »Ich dachte nicht, dass es ein Gefühl ist wie . . . beim Schneiden einer Torte. Wieso hatte der Mann keine Knochen?«

»Er hatte mit Sicherheit welche«, sagte Gideon. »Du hattest Glück und hast ihn irgendwo dazwischen getroffen.«

»Wird er sterben?«

Gideon zuckte mit den Schultern. »Wenn es ein sauberer Stich war, nicht. Aber die Chirurgie im 18. Jahrhundert kann man nur schlecht mit *Grey's Anatomy* vergleichen.«

Wenn es ein sauberer Stich war? Was sollte das denn heißen? Wie konnte ein Stich sauber sein?

Was hatte ich nur getan? Ich hatte vielleicht gerade einen Mann umgebracht!

Diese Erkenntnis hätte beinahe dazu geführt, dass ich wieder zu Boden gesunken wäre. Aber Gideon hielt mich fest. »Komm, wir müssen zurück nach Temple. Die anderen werden sich Sorgen machen.«

Offenbar wusste er genau, wo im Park wir uns befanden, denn er zog mich zielstrebig den Weg hinunter, vorbei an zwei Frauen, die ihre Hunde ausführten und uns neugierig anstarrten.

»Hör bitte auf, mit den Zähnen zu klappern. Das klingt gruselig«, sagte Gideon.

»Ich bin ein Mörder«, sagte ich.

»Hast du schon mal was von Notwehr gehört? Du hast dich selbst verteidigt. Oder eigentlich mich, wenn man's genau nimmt.«

Er lächelte mich schief an und mir schoss durch den Kopf, dass ich noch vor einer Stunde geschworen hätte, dass er so etwas niemals würde zugeben können.

Konnte er auch nicht.

»Nicht dass es nötig gewesen wäre . . .«, sagte er.

»Oh, und ob das nötig war! Was ist mit deinem Arm? Du blutest!«

»Ist nicht weiter schlimm. Dr. White wird das verarzten.«

Eine Weile liefen wir schweigend nebeneinander her. Die kühle

Abendluft tat mir gut, allmählich beruhigte sich mein Puls und auch das Zähneklappern hörte auf.

»Mir ist das Herz stehen geblieben, als ich dich plötzlich gesehen habe«, sagte Gideon schließlich. Er hatte meinen Arm losgelassen. Offenbar traute er mir zu, mich jetzt allein auf den Beinen zu halten.

»Warum hattest du keine Pistole?«, fuhr ich ihn an. »Der andere Mann hatte eine!«

»Er hatte sogar zwei«, sagte Gideon.

»Wieso hat er sie nicht benutzt?«

»Das hat er doch. Er hat den armen Wilbour erschossen und der Schuss aus der zweiten Pistole hat mich knapp verfehlt.«

»Aber warum hat er nicht noch einmal geschossen?«

»Weil jede Pistole nur einen Schuss hat, Dummerchen«, sagte Gideon. »Die praktischen kleinen Handfeuerwaffen, die du aus James-Bond-Filmen kennst, waren noch nicht erfunden.«

»Aber jetzt *sind* sie erfunden! Warum nimmst du einen doofen Degen mit in die Vergangenheit und keine anständige Pistole?«

»Ich bin doch kein Berufskiller«, sagte Gideon.

»Aber das ist doch . . . ich meine, welchen Vorteil soll es denn sonst haben, dass man aus der Zukunft kommt? Oh! *Hier* sind wir!« Wir waren genau auf Apsley House an Hyde Park Corner zugelaufen. Abendspaziergänger, Jogger und Hundebesitzer beäugten uns neugierig.

»Wir nehmen ein Taxi nach Temple«, sagte Gideon.

»Hast du denn Geld dabei?«

»Natürlich nicht!«

»Aber ich habe mein Handy«, sagte ich und fischte es aus meinem Ausschnitt.

»Ah, *der silberne Schrein!* Ich *hatte* mir schon so was gedacht! Du blö. . . gib schon her!

»Hey! Das ist meins!«

»Ja und? Kennst du vielleicht die Telefonnummer?«

Gideon wählte bereits.

»Entschuldigen Sie, meine Liebe.« Eine ältere Dame zupfte mich am Ärmel. »Ich muss Sie das einfach fragen. Sind Sie vom Theater?«

»Ähm, ja«, sagte ich.

»Ach, das dachte ich mir.« Die Dame hatte Mühe, ihren Dackel an der Leine zu halten. Er zog kräftig in Richtung eines anderen Hundes, ein paar Meter weit weg. »Es sieht so wundervoll echt aus, das kriegen nur die Kostümbildnerinnen so hin. Wissen Sie, ich habe als junge Frau auch viel genäht . . . Polly! Du sollst nicht so ziehen!«

»Sie kommen uns sofort abholen«, sagte Gideon und gab mir das Handy zurück. »Wir gehen vor bis Ecke Picadilly.«

»Und wo kann man Ihr Stück bewundern?«, fragte die Dame.

»Ähm, also, das war leider die letzte Vorstellung heute Abend«, sagte ich.

»Oh, wie schade.«

»Ja. Finde ich auch.«

Gideon zog mich weiter.

»Wiedersehen.«

»Ich verstehe nicht, wie diese Männer uns finden konnten. Und welche Order diesen Wilbour dazu getrieben hat, uns in den Hyde Park zu fahren. Es war doch gar keine Zeit, einen Hinterhalt vorzubereiten.« Gideon murmelte im Gehen vor sich hin. Hier auf der Straße wurden wir noch mehr bestaunt als im Park.

»Sprichst du mit mir?«

»Irgendjemand hat gewusst, dass wir da sein würden. Aber woher? Und wie ist das überhaupt möglich?«

»Wilbour . . . sein eines Auge war . . .« Plötzlich hatte ich das dringende Bedürfnis, mich zu übergeben.

»Was machst du da?«

Ich würgte, aber es kam nichts.

»Gwendolyn, wir müssen noch bis da vorne hin! Atme halt tief durch, dann geht es vorüber.«

Ich blieb stehen. Was genug war, war genug.

»Es geht vorüber?« Obwohl mir eigentlich mehr nach Kreischen zumute war, zwang ich mich, sehr langsam und deutlich zu reden. »Geht es auch vorüber, dass ich eben gerade einen Mann getötet habe? Geht es vorüber, dass mein ganzes Leben heute mal so mir nichts dir nichts auf den Kopf gestellt wurde? Geht es vorüber, dass ein arroganter, langhaariger, seidenbestrumpfter, Geige spielender Fiesling nichts anderes zu tun hat, als mich ständig herumzukommandieren, obwohl ich gerade sein beschissenes Leben gerettet habe? Wenn du mich fragst, ich finde, ich habe allen Grund zum Kotzen! Und falls es dich interessiert: Du bist es auch! Zum Kotzen!«

Okay, der letzte Satz war vielleicht tatsächlich ein wenig gekreischt, aber nicht sehr. Plötzlich merkte ich, wie gut es tat, das alles loszuwerden. Das erste Mal an diesem Tag fühlte ich mich wirklich befreit und übel war mir plötzlich auch nicht mehr.

Gideon starrte mich so fassungslos an, dass ich gekichert hätte, wäre ich nicht gerade so verzweifelt gewesen. Ha! Endlich schien auch er mal sprachlos zu sein!

»Ich will jetzt nach Hause«, wollte ich möglichst würdevoll meinen Triumph vollenden.

Leider gelang es mir nicht so ganz, denn bei dem Gedanken an meine Familie begannen plötzlich meine Lippen zu zittern und ich spürte, wie meine Augen sich mit Tränen füllten.

Mist, Mist, Mist!

»Ist schon gut«, sagte Gideon.

Sein überraschend sanfter Ton war zu viel für meine Selbstbeherrschung. Die Tränen kullerten mir aus den Augen, ehe ich es verhindern konnte.

»Hey, Gwendolyn. Es tut mir leid.« Gideon trat unvermittelt auf mich zu, fasste mich an der Schulter und zog mich an sich. »Ich Idiot hab vergessen, wie das für dich sein muss«, murmelte er irgendwo schräg über meinem Ohr. »Dabei kann ich mich noch erinnern, was für ein blödes Gefühl es war, als ich die ersten Male gesprungen bin. Trotz der Degenstunden. Nicht zu vergessen den Geigenunterricht . . .«

Seine Hand streichelte über mein Haar.

Ich schluchzte nur noch lauter.

»Wein doch nicht«, sagte er hilflos. »Alles ist gut.«

Aber nichts war gut. Alles war fürchterlich. Die wilde Verfolgungsjagd heute Nacht, als man mich für eine Diebin gehalten hatte, Rakoczys gruselige Augen, der Graf mit seiner eiskalten Stimme und der Würgehand an meinem Hals und schließlich der arme Wilbour und dieser Mann, dem ich einen Degen in den Rücken gestoßen hatte. Und erst recht die Tatsache, dass ich es nicht mal schaffte, Gideon meine Meinung zu sagen, ohne dass ich in Tränen ausbrach und er mich trösten musste!

Ich riss mich los.

Himmel, wo war meine Selbstachtung? Verlegen wischte ich mir mit der Hand übers Gesicht.

»Taschentuch?«, fragte er und zog lächelnd ein zitronengelbes Tuch mit Spitzenbesatz aus seiner Tasche. »Im Rokoko gab es leider noch keine Tempos. Aber ich schenk es dir.«

Ich wollte gerade danach greifen, als eine schwarze Limousine neben uns stoppte.

Im Wageninneren wartete Mr George auf uns, die Glatze voll feiner Schweißtröpfchen, und bei seinem Anblick beruhigten sich die unablässig kreisenden Gedanken in meinem Kopf ein bisschen. Übrig blieb nur die tödliche Müdigkeit.

»Wir sind fast umgekommen vor Sorgen«, sagte Mr George. »Oh mein Gott, Gideon, was ist mit deinem Arm? Du blutest! Und Gwendolyn ist ja vollkommen aufgelöst! Ist sie verletzt?«

»Nur erschöpft«, sagte Gideon knapp. »Wir bringen sie nach Hause.«

»Aber das geht nicht. Wir müssen euch beide untersuchen und deine Wunde muss schnellstens versorgt werden.«

»Es hat längst aufgehört zu bluten, nur ein Kratzer, wirklich. Gwendolyn will nach Hause.«

»Sie hat vielleicht noch nicht genug elapsiert. Sie muss doch morgen in die Schule gehen und . . .«

Gideons Stimme nahm den altvertrauten arroganten Tonfall an, aber diesmal galt er nicht mir.

»Mr George. Sie war drei Stunden weg, das reicht für die nächsten achtzehn Stunden.«

»Wahrscheinlich würde es das«, sagte Mr George. »Aber es verstößt gegen die Regeln und wir müssen außerdem wissen, ob . . .«

»Mr George!«

Er gab auf, drehte sich um und klopfte an das Fenster zur Fahrerkabine. Die Trennwand fuhr mit einem Surren abwärts.

»Fahren Sie rechts rein in die Berkeley Street«, sagte er. »Wir machen einen kleinen Umweg. Bourdonplace. Nr. 81.«

Ich atmete erleichtert auf, als das Auto in die Berkeley Street rollte. Ich durfte nach Hause. Zu meiner Mum.

Mr George sah mich ernst an. Sein Blick war mitleidig, als hätte er noch nie etwas Bedauernswerteres gesehen als mich. »Was ist denn um Himmels willen geschehen?«

Immer noch diese bleierne Müdigkeit.

»Unsere Kutsche wurde im Hyde Park von drei Männern überfallen«, sagte Gideon. »Der Kutscher wurde dabei erschossen.«

»Oh mein Gott«, sagte Mr George. »Ich verstehe es zwar nicht, aber es macht Sinn.«

»Was denn?«

»Es steht in den Annalen. 14. September 1782. Ein Wächter zweiten Grades namens James Wilbour wird im Hyde Park tot aufgefunden. Eine Pistolenkugel hat ihm das halbe Gesicht weggerissen. Man hat nie herausgefunden, wer das getan hat.«

»Jetzt wissen wir es«, sagte Gideon grimmig. »Das heißt, ich weiß, wie sein Mörder aussah, aber ich kenne seinen Namen nicht.«

»Und ich habe ihn getötet«, sagte ich stumpf.

»Was?«

»Sie hat dem Angreifer Wilbours Degen in den Rücken gerammt«, sagte Gideon. »Mit Anlauf. Ob sie ihn wirklich getötet hat, wissen wir allerdings nicht.«

Mr Georges blaue Augen waren kugelrund geworden. »Sie hat *was?*«

»Es waren zwei gegen einen«, murmelte ich. »Ich konnte doch nicht zugucken.«

»Es waren drei gegen einen«, verbesserte mich Gideon. »Und den einen hatte ich schon erledigt. Ich hatte gesagt, du sollst in der Kutsche bleiben, egal, was passiert.«

»Es sah nicht so aus, als hättest du noch lange durchgehalten«, sagte ich, ohne ihn anzusehen.

Gideon schwieg.

Mr George blickte von einem zum anderen und schüttelte den Kopf. »Was für ein Desaster! Deine Mutter wird mich umbringen, Gwendolyn! Es sollte eine ganz ungefährliche Aktion sein. Ein Gespräch mit dem Grafen, im gleichen Haus, vollkommen risikofrei. Du wärst nicht eine Sekunde lang in Gefahr gewesen. Und stattdessen seid ihr durch die halbe Stadt gefahren und habt euch von Wegelagerern überfallen lassen . . . Gideon, um Himmels willen! Was hast du dir nur dabei gedacht?«

»Es wäre perfekt gelaufen, wenn uns nicht jemand verraten hätte.« Gideon klang jetzt aufgebracht. »Irgendjemand muss von unserem Besuch gewusst haben. Jemand, der in der Lage war, diesen Wilbour davon zu überzeugen, uns zu einem Treffpunkt in den Park zu fahren.«

»Aber warum sollte euch jemand töten wollen? Und wer sollte von eurem Besuch an genau diesem Tag gewusst haben? Das macht doch alles keinen Sinn.« Mr George kaute an seiner Unterlippe. »Oh, wir sind da.«

Ich sah hoch. Da war wirklich unser Haus, alle Fenster hell erleuchtet. Irgendwo da drinnen wartete meine Mum auf mich. Und mein Bett.

»Danke«, sagte Gideon.

Ich drehte mich zu ihm um. »Wofür?«

»Vielleicht . . . vielleicht hätte ich wirklich nicht mehr lange durchgehalten«, sagte er. Ein schiefes Grinsen huschte über sein Gesicht. »Ich glaube, du hast mir tatsächlich mein beschissenes Leben gerettet.«

Oh. Ich wusste nicht, was ich sagen sollte. Ich konnte ihn nur ansehen und merkte, dass meine blöde Unterlippe wieder zu beben anfing.

Schnell zückte Gideon wieder sein spitzenbesetztes Taschentuch, das ich diesmal auch nahm. »Du wischst dir damit am besten das Gesicht ab, sonst denkt deine Mutter am Ende noch, du hättest geheult«, sagte er.

Es sollte mich zum Lachen bringen, was aber in diesem Augenblick schlicht unmöglich gewesen wäre. Aber wenigstens musste ich nicht schon wieder losflennen.

Der Fahrer öffnete die Wagentür und Mr George stieg aus. »Ich bringe sie an die Tür, Gideon, es dauert nur eine Minute.«

»Gute Nacht«, presste ich hervor.

»Schlaf gut«, sagte Gideon und lächelte. »Wir sehen uns dann morgen.«

»Gwen! Gwenny!« Caroline rüttelte mich wach. »Du kommst zu spät, wenn du jetzt nicht aufstehst.«

Ich zog mir unwillig die Decke über den Kopf. Ich wollte nicht aufwachen, noch träumend wusste ich genau, dass fürchterliche Erinnerungen auf mich warteten, wenn ich diesen gnädigen Zustand des Halbschlafes verließ.

»Wirklich, Gwenny! Es ist schon Viertel nach!«

Vergeblich kniff ich die Augen zusammen. Es war zu spät. Die Erinnerungen waren über mich hereingebrochen wie . . . ähm . . . Attila über die . . . ähm Vandalen?

Ich war wirklich eine Niete in Geschichte. Die Ereignisse der letzten beiden Tage zogen wie ein bunter Film vor meinem inneren Auge vorbei.

Aber ich erinnerte mich nicht mehr, wie ich in dieses Bett gekommen war, nur noch daran, wie Mr Bernhard mir gestern Abend die Tür aufgemacht hatte.

»Guten Abend, Miss Gwendolyn. Guten Abend, Mr George, Sir.«

»Guten Abend, Mr Bernhard. Ich bringe Gwendolyn nach Hause, etwas früher als geplant. Bitte richten Sie Lady Arista meine Grüße aus.«

»Selbstverständlich, Sir. Guten Abend, Sir.« Mr Bernhards Miene war reglos wie immer gewesen, als er die Tür hinter Mr George geschlossen hatte.

»Hübsches Kleid, Miss Gwendolyn«, hatte er dann zu mir gesagt. »Spätes 18. Jahrhundert?«

»Ich denke, ja.« Ich war so müde gewesen, dass ich mich auf der Stelle auf dem Teppich hätte zusammenrollen und einschlafen können. Noch nie hatte ich mich so sehr auf mein Bett gefreut wie jetzt. Ich fürchtete nur, auf meinem Weg in den dritten Stock könnte ich Tante Glenda, Charlotte und Lady Arista über den Weg laufen, die mich mit Vorwürfen, Spott und Fragen überhäufen würden.

»Leider haben die Herrschaften schon ohne Sie zu Abend gegessen. Aber ich habe einen kleinen Imbiss für Sie in der Küche vorbereitet.«

»Oh, das ist wirklich sehr nett, Mr Bernhard, aber ich . . .«

»Sie möchten ins Bett«, sagte Mr Bernhard und ein winziges Lächeln erschien auf seinem Gesicht. »Ich schlage vor, Sie begeben sich direkt in Ihr Schlafzimmer, die Damen sind alle im Musikzimmer und werden Sie nicht hören, wenn Sie schleichen wie eine Katze. Ich werde Ihrer Mutter dann Bescheid sagen, dass Sie da sind, und ihr den Imbiss mit nach oben geben.«

Ich war zu müde gewesen, um mich über seine Umsicht und Fürsorge zu wundern. Ich hatte nur »Vielen Dank, Mr Bernhard« gemurmelt und war die Treppe hinaufgestiegen. An den Imbiss und das Gespräch mit meiner Mum erinnerte ich mich nur noch vage, denn dabei hatte ich schon halb geschlafen. Ganz sicher hatte ich nichts mehr kauen können. Aber vielleicht hatte es ja eine Suppe gegeben.

»Oh! Das ist aber schön!« Caroline hatte das Kleid entdeckt, das mitsamt dem rüschenbesetzten Unterkleid über einen Stuhl gehängt war. »Hast du das aus der Vergangenheit mitgebracht?«

»Nein. Das hatte ich vorher schon an.« Ich richtete mich auf. »Hat Mum euch erzählt, was Seltsames passiert ist?«

Caroline nickte. »Viel erzählen musste sie gar nicht. Tante Glenda hat so gebrüllt, dass es jetzt sicher auch die Nachbarn wissen. Sie hat so getan, als wäre Mum eine gemeine Betrügerin, die der armen Charlotte das Zeitreise-Gen gestohlen hat.«

»Und Charlotte?«

»Ist in ihr Zimmer gegangen und nicht mehr rausgekommen, egal, wie Tante Glenda gebettelt hat. Tante Glenda hat geschrien, nun sei Charlottes Leben verpfuscht und das wäre alles Mums Schuld. Großmutter sagte, Tante Glenda solle eine Tablette nehmen, sonst würde sie sich gezwungen sehen, einen Arzt zu rufen. Und Tante Maddy redete immer dazwischen, von dem Adler, dem Saphir, der Eberesche und der Turmuhr.«

»Das war bestimmt furchtbar«, sagte ich.

»Furchtbar spannend«, sagte Caroline. »Nick und ich finden es gut, dass du das Gen hast und nicht Charlotte. Ich glaube, dass du alles genauso gut kannst wie Charlotte, obwohl Tante Glenda sagt, du hättest einen Verstand so groß wie eine Erbse und zwei linke Füße. Sie ist so gemein.« Sie streichelte über den glänzenden Stoff des Mieders. »Kannst du das Kleid heute nach der Schule mal für mich anziehen, ja?«

»Klar«, sagte ich. »Du kannst es aber auch mal anprobieren, wenn du willst.«

Caroline kicherte. »Das ist mir doch viel zu groß, Gwenny! Und du musst jetzt wirklich aufstehen, sonst kriegst du kein Frühstück mehr.«

Erst unter der Dusche wurde ich richtig wach, und während ich mir die Haare wusch, kreisten meine Gedanken unablässig um den gestrigen Abend, genauer gesagt um die halbe Stunde (gefühlte Zeit), die ich Rotz und Wasser heulend in Gideons Armen verbracht hatte.

Ich erinnerte mich daran, wie er mich an sich gedrückt und meine Haare gestreichelt hatte. Ich war so aufgelöst gewesen, dass ich gar nicht darüber nachgedacht hatte, wie nah wir uns plötzlich gewesen waren. Aber jetzt war es mir dafür umso peinlicher. Vor allem deshalb, weil er entgegen seiner sonstigen Art wirklich sehr lieb gewesen war. (Wenn auch nur aus purem Mitleid.) Und dabei hatte ich mir doch fest vorgenommen, ihn bis ans Ende meines Lebens zu verabscheuen. »Gwenny!« Caroline klopfte an die Badezimmertür. »Jetzt mach schon! Du kannst nicht ewig im Bad bleiben.«

Sie hatte recht. Ich konnte mich wirklich nicht ewig hier aufhalten. Ich musste wieder raus – in dieses komische neue Leben, das ich auf einmal hatte. Ich drehte den Heißwasserhahn ab und ließ eiskaltes Wasser über mich rieseln, bis der letzte Rest Müdigkeit aus meinem Körper gewichen war. Meine Schuluniform war in der Nähstube von Madame Rossini geblieben und zwei Blusen waren in der Wäsche, weshalb ich die zweite Garnitur anziehen musste, die mir schon ein bisschen zu klein war. Die Bluse spannte über der Brust und der Rock war eine Spur zu kurz. Egal. Die dunkelblauen Schulschuhe waren auch noch in Temple, also zog ich meine schwarzen Sneakers an, was eigentlich verboten war. Aber Direktor Gilles würde wohl nicht ausgerechnet heute einen Schuhkontrollgang durch die Klassen antreten.

Zum Föhnen war keine Zeit mehr, ich rubbelte die Haare mit einem Handtuch trocken, so gut es ging, und kämmte sie einmal durch. Sie fielen nass und glatt über meine Schultern, von den weichen Locken, die Madame Rossini mir gestern gezaubert hatte, war keine Spur mehr zu sehen.

Einen Moment lang betrachtete ich mein Gesicht im Spiegel. Ich sah nicht gerade ausgeschlafen aus, aber besser, als zu erwarten gewesen wäre. Ich verteilte etwas von Mums Antifalten-Creme auf Wangen und Stirn. Man konnte nicht früh genug damit anfangen, sagte meine Mutter immer.

Ich hätte das Frühstück gern ausfallen lassen, aber andererseits musste ich Charlotte und Tante Glenda früher oder später ohnehin gegenübertreten, dann konnte ich es auch jetzt gleich hinter mich bringen.

Ich hörte sie schon reden, als ich im ersten Stock ankam, lange bevor ich das Esszimmer erreichte.

»Der große Vogel ist ein Symbol für Unheil«, hörte ich Großtante Maddy sagen. Nanu! Normalerweise stand sie keinen Morgen vor zehn Uhr auf, sie war eine leidenschaftliche Langschläferin und hielt das Frühstück für die einzige überflüssige Mahlzeit des Tages. »Ich wünschte, jemand würde auf mich hören.«

»Wirklich, Maddy! Kein Mensch kann etwas mit deiner Vision anfangen. Wir haben das jetzt schon mindestens zehnmal anhören müssen.« Das war Lady Arista.

»Richtig«, sagte Tante Glenda. »Wenn ich noch einmal das Wort *Saphir-Ei* höre, dann schreie ich.«

»Guten Morgen«, sagte ich.

Es folgte eine kurze Stille, in der mich alle anglotzten wie Dolly, das geklonte Schaf.

»Guten Morgen, Kind«, sagte Lady Arista dann. »Ich hoffe, du hast gut geschlafen.«

»Ja, ganz hervorragend, danke. Ich war sehr müde.«

»Das war sicher alles ein bisschen viel für dich«, sagte Tante Glenda von oben herab.

In der Tat, das war es. Ich ließ mich auf meinen Platz fallen, gegenüber von Charlotte, die ihren Toast ganz offensichtlich nicht angerührt hatte. Sie schaute mich an, als hätte mein Anblick ihr nun erst recht den Appetit verdorben.

Immerhin: Mum und Nick lächelten mir verschwörerisch zu und Caroline schob mir eine Schüssel Cornflakes mit Milch hin. Vom anderen Tischende winkte Großtante Maddy in ihrem rosa Morgenmantel. »Engelchen! Ich bin so froh, dich zu sehen! Du wirst endlich Licht in dieses ganze Durcheinander bringen. Bei dem Geschrei gestern Abend konnte ja kein Mensch durchblicken. Glenda hat uralte Geschichten hervorgekramt, von damals, als unsere Lucy mit diesem hübschen De-Villiers-Jungen getürmt ist. Ich habe nie verstanden, warum alle so einen Wind darum gemacht haben, dass Grace sie ein paar Tage bei sich hat wohnen lassen. Man sollte denken, das wäre längst vergessen. Aber nein, kaum ist irgendwo Gras drübergewachsen, kommt irgendein Kamel daher und frisst es wieder ab.«

Caroline kicherte. Ohne Zweifel stellte sie sich Tante Glenda als Kamel vor.

»Das ist hier keine Fernsehserie, Tante Maddy«, fauchte Tante Glenda.

»Gott sei Dank nicht«, sagte Großtante Maddy. »Wenn es eine wäre, hätte ich schon längst den roten Faden verloren.«

»Es ist doch ganz einfach«, sagte Charlotte kalt. »Alle dachten, dass ich das Gen hätte, aber in Wahrheit hat es Gwendolyn.« Sie schob ihren Teller von sich und stand auf. »Soll sie doch sehen, wie sie damit klarkommt.«

»Charlotte, warte!« Aber Tante Glenda konnte Charlotte nicht daran hindern, aus dem Zimmer zu rauschen. Bevor sie hinter ihr herlief, warf sie Mum noch einen bitterbösen Blick zu. »Du solltest dich wirklich schämen, Grace!«

»Die ist echt gemeingefährlich«, sagte Nick.

Lady Arista seufzte tief.

Mum seufzte auch. »Ich muss jetzt zur Arbeit. Gwendolyn: Ich habe mit Mr George vereinbart, dass er dich heute an der Schule abholen wird. Du wirst zum Elapsieren ins Jahr 1956 geschickt, in einen sicheren Kellerraum, dort kannst du in Ruhe deine Hausaufgaben machen.«

»Krass!«, sagte Nick.

Ich dachte das Gleiche.

»Und danach kommst du sofort nach Hause«, sagte Lady Arista.

»Dann ist der Tag ja auch schon vorbei«, sagte ich. Würde ab jetzt so mein Alltag aussehen? Nach der Schule zum Elapsieren nach Temple, dort in einem langweiligen Keller herumsitzen und die Hausaufgaben machen und anschließend nach Hause zum Abendessen? Was für ein Albtraum!

Großtante Maddy fluchte leise, weil der Ärmel ihres Morgenmantels in der Marmelade auf ihrem Toast gelandet war. »Um diese Zeit sollte man im Bett liegen, ich sag's ja immer.«

»Genau«, sagte Nick.

Mum küsste ihn, Caroline und mich wie jeden Morgen zum Abschied, dann legte sie mir die Hand auf die Schulter und sagte leise: »Solltest du zufällig meinen Dad sehen, gib ihm bitte einen Kuss von mir.«

Lady Arista zuckte bei diesen Worten leicht zusammen. Schweigend nippte sie an ihrem Tee, dann sah sie auf die Uhr und sagte: »Ihr müsst euch beeilen, wenn ihr pünktlich in der Schule sein wollt.«

»Ich werde auf jeden Fall später mal ein Detektivbüro eröffnen«, sagte Leslie. Wir schwänzten gerade den Erdkundeunterricht bei Mrs Counter und hatten uns zu zweit in eine Kabine der Mädchentoilette gequetscht. Leslie saß auf dem Klodeckel, einen fetten Aktenordner auf den Knien. Ich lehnte mit dem Rücken gegen die Tür, die über und über mit Kugelschreiber und Edding bekritzelt war. *Jenny liebt Adam, Malcolm ist ein Arschloch* und *das Leben ist scheiße* stand da. Unter anderem.

»Das Erforschen von Geheimnissen liegt mir einfach im Blut«, sagte Leslie. »Vielleicht studiere ich auch noch Geschichte und spezialisiere mich auf alte Mythen und Schriften. Und dann mache ich so was wie Tom Hanks in *Sakrileg*. Ich sehe natürlich besser aus und ich werde einen richtig coolen Assistenten einstellen.«

»Mach das«, sagte ich. »Das wird sicher spannend. Während ich für den Rest meines Lebens täglich im Jahr 1956 herumhängen werde, in einem fensterlosen Kellerraum.«

»Nur drei Stunden am Tag«, sagte Leslie. Sie war vollkommen auf dem Laufenden. Es schien, als würde sie die ganzen komplizierten Zusammenhänge viel besser und schneller erfassen als ich. Sie hatte sich alles bis zu meiner Geschichte über die Männer im Park angehört, einschließlich der endlosen Litanei meiner Gewissensbisse. »Besser du verteidigst dich, als dich selbst wie eine Torte durchschneiden zu lassen«, war ihr Kommentar dazu gewesen. Und merkwürdigerweise hatte mir das mehr geholfen als alle Versicherungen von Mr George oder Gideon.

»Sieh es mal so«, sagte sie jetzt. »Wenn du Hausaufgaben in einem Kellerraum machen musst, kannst du wenigstens nicht auf gruselige Grafen treffen, die der Telekinese mächtig sind.«

Telekinese war der Begriff, den Leslie für die Fähigkeit des Grafen, mich zu würgen, obwohl er meterweit entfernt stand, gefunden hatte. Über Telekinese, meinte sie, könne man auch miteinander kommunizieren, ohne den Mund zu öffnen. Sie hatte versprochen, sich gleich heute Nachmittag näher mit dem Thema auseinanderzusetzen.

Den gestrigen Tag und die halbe Nacht hatte sie damit verbracht, das Internet nach dem Grafen von Saint Germain und all dem anderen Kram zu durchsuchen, den ich ihr weitergegeben hatte. Meinen überschwänglichen Dank wehrte sie ab, sie meinte, das würde ihr alles einen Heidenspaß machen.

»Also, dieser Graf von Saint Germain ist eine ziemlich undurchsichtige historische Person, nicht mal sein Geburtsdatum steht genau fest. Über seiner Herkunft liegen viele Rätsel«, sagte sie und ihr Gesicht glühte dabei förmlich vor Begeisterung. »Angeblich alterte er nicht, was die einen auf Magie zurückführen, die anderen auf eine ausgewogene Ernährung.«

»Er *war* alt«, sagte ich. »Vielleicht hat er sich gut gehalten, aber alt war er auf alle Fälle.«

»Na, dann ist das wohl schon mal widerlegt«, sagte Leslie. »Er muss eine faszinierende Persönlichkeit gewesen sein, denn er kommt in zahlreichen Romanen vor und für gewisse Esoterik-Kreise ist er eine Art Guru, ein Aufgestiegener, was auch immer das heißen soll. Er war Mitglied diverser Geheimgesellschaften, bei den Freimaurern und den Rosenkreuzern und noch ein paar, er war ein hervorragender Musiker, spielte Violine und komponierte, er sprach ein Dutzend Sprachen fließend und er konnte angeblich – jetzt halt dich fest – in der Zeit reisen. Jedenfalls behauptete er, bei diversen Ereignissen dabei gewesen zu sein, bei denen er unmöglich hätte sein können.«

»Tja, konnte er wohl doch.«

»Ja, Wahnsinn. Außerdem beschäftigte er sich mit Alchemie. In Deutschland hatte er einen eigenen Alchemieturm für seine wie auch immer gearteten Experimente.«

»Alchemie – das hat was mit diesem Stein der Weisen zu tun, oder?«

»Genau. Und mit Magie. Der Stein der Weisen bedeutet aber für jeden etwas anderes. Die einen wollten nur künstlich Gold herstellen, was zu den merkwürdigsten Auswüchsen geführt hat. Alle Könige und Fürsten waren ganz scharf auf Leute, die behaupteten, Alchemisten zu sein, denn sie waren natürlich alle ganz scharf auf Gold. Bei den Versuchen, Gold herzustellen, entstand zwar unter anderem das Porzellan, nur meistens entstand gar nichts und deshalb wurden die Alchemisten auch schon mal als Ketzer und Betrüger ins Gefängnis geworfen oder einen Kopf kürzer gemacht.«

»Selber schuld«, sagte ich. »Sie hätten eben im Chemieunterricht besser aufpassen sollen.«

»Aber in Wirklichkeit ging es den Alchemisten gar nicht um Gold. Das war sozusagen nur das Tarnmäntelchen für ihre Experimente. Der Stein der Weisen ist vielmehr ein Synonym für Unsterblichkeit. Die Alchemisten dachten, wenn man nur die richtigen Zutaten – Krötenaugen, Blut einer Jungfrau, Schwanzhaare einer schwarzen Katze, haha, nein, war nur ein Scherz –, also, wenn man die richtigen Zutaten mit den richtigen chemischen Verfahren kombiniert, entsteht am Ende ein Stoff, der, so man ihn trinkt, unsterblich macht. Die Anhänger des Grafen von Saint Germain behaupten, er habe das Rezept dazu besessen und sei somit unsterblich. Zwar sagen Quellen, dass er 1784 in Deutschland gestorben ist, aber es gibt andere Quellen über Berichte von Menschen, die ihn noch viele Jahre später quicklebendig angetroffen haben.«

»Hm, hm«, machte ich. »Ich glaube nicht, dass er unsterblich ist. Aber vielleicht will er es werden? Vielleicht ist das das Geheimnis hinter dem Geheimnis. Das, was passiert, wenn der Kreis sich schließt . . .«

»Möglich. Aber das ist nur eine Seite der Medaille, von glühenden Anhängern esoterischer Verschwörungstheorien forciert, die die Quellenangaben gern mal zu ihren Gunsten manipulieren. Kritische Betrachter gehen davon aus, dass die Mythen, die sich um Saint Germain ranken, zum größten Teil blanker Fantasie der Fans und seiner eigenen, geschickten Inszenierung zu verdanken sind.« Leslie rasselte das alles so fließend und voller echter Begeisterung herunter, dass ich lachen musste.

»Geh doch mal zu Mr Whitman und frag ihn, ob du eine Hausarbeit zu diesem Thema schreiben darfst«, schlug ich vor. »Du hast so viel recherchiert, dass du wahrscheinlich sogar ein ganzes Buch darüber schreiben könntest.«

»Ich glaube nicht, dass das Eichhörnchen meine Mühen zu schätzen weiß«, sagte Leslie. »Er ist schließlich einer von Saint Germains Fans – als Wächter muss er das ja sein. Also, für mich ist er ganz klar der Bösewicht in dieser Geschichte, also Saint Germain, nicht Mr Eichhörnchen. Er hat dich bedroht und gewürgt. Und deine Mutter hat gesagt, dass du dich vor ihm hüten musst. Sie weiß also mehr, als sie zugibt. Und das kann sie doch eigentlich nur von dieser Lucy wissen.«

»Ich glaube, *alle* wissen mehr, als sie zugeben«, seufzte ich. »Auf jeden Fall wissen alle mehr als ich. Sogar du!«

Leslie lachte. »Betrachte mich einfach als einen ausgelagerten Teil deines Gehirns. Um seine Herkunft hat der Graf immer ein großes Geheimnis gemacht. Der Name und der Titel waren auf jeden Fall frei erfunden. Möglicherweise ist er der uneheliche Sohn Maria Annas von Habsburg, der Witwe König Karls II. von Spanien. Als Vater kämen da mehrere Personen infrage. Eine andere Theorie lautet, dass er der Sohn eines transsilvanischen Fürsten sei, der in Italien beim letzten Herzog der Medici großgezogen wurde. So oder so – nichts davon ist wirklich beweisbar und so tappt jeder im Dunkeln. Aber wir beide haben ja jetzt eine neue Theorie.«

»Haben wir das?«

Leslie verdrehte die Augen. »Natürlich! Wir wissen jetzt, dass ein Elternteil auf jeden Fall aus der Familie de Villiers stammen muss.«

»Und woher wissen wir das?«

»Ach Gwen! Du hast selber gesagt, der erste Zeitreisende hieß de Villiers und der Graf *muss* deswegen entweder ein legales oder ein illegales Mitglied dieser Familie sein, das verstehst du doch, oder? Sonst hätten auch seine Nachkommen diesen Namen nicht.«

»Ähm, ja«, sagte ich unsicher. Mit dieser Vererbungssache kam ich noch nicht ganz klar. »Ich finde aber, diese Transsilvanien-Theorie hat auch was. Das kann doch kein Zufall sein, dass dieser Rakoczy von dort kommt.«

»Ich werde da weiter nachforschen«, versprach Leslie. »Achtung!« Die Tür vorne schwang auf und jemand kam in die Mädchentoilette. Sie – jedenfalls nahmen wir an, dass es eine Sie war – ging in die Kabine neben uns, um Pipi zu machen. Wir verhielten uns still, bis sie wieder weg war.

»Ohne sich die Hände zu waschen«, sagte Leslie. »Pfui. Ich bin froh, dass ich nicht weiß, wer das war.«

»Die Papiertücher sind alle«, sagte ich. Allmählich wurden meine Beine taub. »Meinst du, wir kriegen Ärger? Mrs Counter merkt bestimmt, dass wir nicht da sind. Und wenn nicht, dann petzt es irgendwer.«

»Für Mrs Counter sehen doch alle Schüler gleich aus, die merkt nichts. Sie nennt mich seit der fünften Klasse Lilly und dich verwechselt sie mit Cynthia. Ausgerechnet! Nee, nee, das hier ist wirklich wichtiger als Erdkunde. Du musst so gut vorbereitet sein wie nur irgend möglich. Je mehr man über seine Gegner weiß, desto besser.«

»Wenn ich nur wüsste, wer meine Gegner sind.«

»Du kannst keinem trauen«, sagte Leslie, genau wie meine Mutter. »Wenn wir in einem Film wären, dann wäre am Ende derjenige der Bösewicht, bei dem man es am wenigsten erwartet. Aber da wir nicht in einem Film sind, würde ich auf den Typ tippen, der dich gewürgt hat.«

»Aber wer hat uns diese schwarzen Männer im Hyde Park auf den Hals gehetzt? Der Graf doch nie im Leben! Er braucht Gideon ja, damit er die anderen Zeitreisenden besucht und ihnen Blut abnimmt, um den Kreis zu schließen.«

»Ja, das stimmt.« Leslie kaute nachdenklich auf ihrer Unterlippe. »Aber vielleicht gibt es in diesem Film ja mehrere Bösewichte. Lucy und Paul könnten ebenfalls die Bösen sein. Immerhin haben sie den Chronografen geklaut. Was ist eigentlich mit dem schwarzen Mann in Nummer achtzehn?«

Ich zuckte mit den Schultern. »Heute Morgen stand er da wie immer. Wieso, meinst du, er würde demnächst auch einen Degen ziehen?«

»Nein. Ich tippe eher, er gehört zu den Wächtern und steht da einfach nur aus Prinzip dumm herum.« Leslie widmete sich wieder ihrer Akte. »Über die Wächter als solche konnte ich übrigens nichts finden, das scheint eine sehr geheime Geheimloge zu sein. Aber einige der Namen, die du genannt hast – Churchill, Wellington, Newton –, kann man auch bei den Freimaurern finden. Es ist also davon auszugehen, dass beide Logen zumindest eine Verbindung zueinander haben. Über einen ertrunkenen Jungen namens Robert White habe ich im Internet nichts gefunden, aber in der Bibliothek kann man alle Ausgaben der Times und des Observer der letzten vierzig Jahre einsehen. Ich bin sicher, dass ich da etwas finden werde. Was war noch? Ach ja, Eberesche, Saphir und Rabe . . . – also, man kann das natürlich auf alle möglichen Arten deuten, aber bei diesem Esoterik-Kram kann alles immer auch alles bedeuten, weshalb man keine zuverlässigen Aussagen treffen kann. Wir müssen versuchen, uns mehr an den Fakten zu orientieren als an diesem Chichi. Du musst einfach noch mehr herausfinden. Vor allem über Lucy und Paul und warum sie den Chronografen gestohlen haben. Offensichtlich wissen sie etwas, das die anderen nicht wissen. Oder nicht wahrhaben wollen. Oder worüber sie grundsätzlich anderer Meinung sind.«

Wieder öffnete sich die Tür. Die Schritte waren diesmal recht schwer und energisch. Und sie kamen zielstrebig auf unsere Kabinentür zu.

»Leslie Hay und Gwendolyn Shepherd! Ihr werdet jetzt sofort da rauskommen und zurück in den Unterricht gehen!«

Leslie und ich schwiegen perplex. Dann sagte Leslie: »Sie wissen schon, dass das hier das *Mädchenklo* ist, oder, Mr Whitman?«

»Ich zähle bis drei«, sagte Mr Whitmann. »Eins . . .«

Bei »drei« hatten wir bereits die Tür geöffnet.

»Das gibt einen Eintrag ins Klassenbuch«, sagte Mr Whitman, uns wie ein strenges Eichhörnchen musternd. »Ich bin sehr enttäuscht von euch. Vor allem von dir, Gwendolyn. Nur weil du jetzt die Position deiner Cousine eingenommen hast, darfst du noch lange nicht tun und lassen, was du willst. Charlotte hat ihre schulischen Pflichten niemals vernachlässigt.«

»Ja, Mr Whitman«, sagte ich. Dieses autoritäre Gehabe sah ihm überhaupt nicht ähnlich. Sonst war er immer so charmant und höchstens mal sarkastisch.

»Und jetzt ab mit euch in die Klasse.«

»Woher wussten Sie, dass wir hier sind?«, fragte Leslie.

Mr Whitman antwortete nicht. Er streckte die Hand nach Leslies Aktenordner aus. »Und *das* nehme ich solange in Gewahrsam!«

»Oh nein, das geht nicht.« Leslie drückte den Ordner an ihre Brust.

»Gib her, Leslie!«

»Ich brauche es aber . . . für den Unterricht!!«

»Ich zähle bis drei . . .«

Bei »zwei« gab Leslie den Ordner zähneknirschend heraus. Es war schrecklich peinlich, als Mr Whitman uns in den Klassenraum schob. Mrs Counter nahm unseren Schwänzversuch offenbar persönlich, denn sie ignorierte uns den Rest der Stunde vollständig.

»Habt ihr was geraucht?«, wollte Gordon wissen.

»Nein, Blödmann«, fuhr Leslie ihn an. »Wir wollten nur mal in Ruhe miteinander reden.«

»Ihr habt geschwänzt, weil ihr mal *reden* wolltet?« Gordon schlug sich vor den Kopf. »Echt! *Mädchen!*«

»Jetzt kann sich Mr Whitman deine ganze Akte anschauen«, sagte ich zu Leslie. »Und dann weiß er, dann wissen die *Wächter,* dass ich dir alles erzählt habe. Ganz sicher ist das verboten.«

»Ja, ganz sicher ist es das«, sagte Leslie. »Vielleicht schicken sie ja einen schwarzen Mann bei mir vorbei, der mich beseitigt, weil ich Dinge weiß, die niemand wissen darf . . .« Die Aussicht schien sie zu erheitern.

»Und wenn der Gedanke gar nicht abwegig wäre?«

»Dann . . . – ich besorge dir ja heute Nachmittag Pfefferspray, da kauf ich gleich eins für mich mit.« Leslie klopfte mir auf die Schultern. »Komm schon! Wir lassen uns nicht unterkriegen.«

»Nein. Nein, das lassen wir uns nicht.« Ich beneidete Leslie um ihren unerschütterlichen Optimismus. Sie betrachtete die Dinge stets von ihrer guten Seite. Sofern sie denn welche hatten.

Aus den Annalen der Wächter,

14. August 1949

15 bis 18 Uhr. Lucy und Paul sind zum Elapsieren in
meinem Büro erschienen. Wir plauderten über
Wiederaufbau und Stadtteilsanierung und die
unglaubwürdige Tatsache, dass Notting Hill in ihrer Zeit
als einer der begehrtesten und schicksten aller Stadtteile
gelten wird. (Sie nennen das »trendy«.) Sie brachten mir
außerdem eine Liste aller Wimbledon-Sieger ab 1950. Ich
versprach, die Wettgewinne in einen Fonds für die
Collegeausbildung meiner Kinder und Enkelkinder zu
stecken. Außerdem gedenke ich, eine oder zwei der
heruntergekommenen Immobilien in Notting Hill zu
erwerben. Man weiß ja nie.

Bericht: Lucas Montrose, Adept 3. Grad

14.

Der Unterricht kroch quälend langsam dahin, das Mittagessen war widerlich wie immer (Yorkshirepudding), und als wir nach einer Doppelstunde Chemie am Nachmittag endlich nach Hause durften, fühlte ich mich eigentlich wieder bereit, schlafen zu gehen.

Charlotte hatte mich den ganzen Tag ignoriert. Einmal, in der Pause, hatte ich versucht, mit ihr zu sprechen, und da hatte sie gesagt: »Falls du dich entschuldigen willst – vergiss es!«

»Wofür sollte ich mich denn entschuldigen?«, hatte ich aufgebracht gefragt.

»Also, wenn du das selber nicht weißt . . .«

»Charlotte! Ich kann doch überhaupt nichts dafür, dass ich und nicht du dieses doofe Gen geerbt habe.«

Charlotte hatte mich wütend angefunkelt. »Es ist kein *doofes Gen* – es ist eine Gabe. Etwas ganz Besonderes. Und an jemanden wie dich ist es einfach nur verschwendet. Aber du bist viel zu kindisch, um das auch nur annähernd zu begreifen.«

Und dann hatte sie sich umgedreht und mich einfach stehen lassen.

»Sie wird sich schon wieder einkriegen«, sagte Leslie, als wir unsere Sachen aus den Spinden holten. »Sie muss sich nur erst daran gewöhnen, dass *sie* nichts mehr Besonderes ist.«

»Aber sie ist so ungerecht«, sagte ich. »Ich habe ihr schließlich nichts weggenommen.«

»Im Grunde schon!« Leslie reichte mir ihre Haarbürste. »Hier!«

»Was soll ich damit?«

»Dir die Haare bürsten, was sonst!«

Ich fuhr mir folgsam mit der Bürste durch die Haare. »Warum tue ich das eigentlich?«, fragte ich dann.

»Ich wollte nur, dass du hübsch aussiehst, wenn du Gideon wiedersiehst. Glücklicherweise brauchst du keine Wimperntusche, deine Wimpern sind von Natur aus so wahnsinnig schwarz und lang . . .«

Ich war bei der Erwähnung von Gideons Namen knallrot geworden. »Vielleicht treffe ich ihn ja heute gar nicht. Ich soll schließlich nur zum Hausaufgabenmachen nach 1956 geschickt werden, in einen Kellerraum.«

»Ja, aber vielleicht läuft er dir irgendwann vorher oder hinterher über den Weg.«

»Leslie, ich bin nicht sein Typ!«

»Das hat er nicht so gemeint«, sagte Leslie.

»Doch, hat er!«

»Na und? Seine Meinung kann man ändern. Auf jeden Fall ist er *dein* Typ.«

Ich machte den Mund auf und gleich wieder zu. Es war zwecklos, es zu leugnen. Er *war* mein Typ. Obwohl ich mir liebend gerne etwas anderes vorgemacht hätte.

»Jedes Mädchen würde ihn toll finden«, sagte ich. »Zumindest vom Aussehen her. Aber er bringt mich die ganze Zeit auf die Palme und er kommandiert mich herum und er ist einfach . . . er ist einfach unwahrscheinlich . . .«

». . . toll?« Leslie lächelte mich liebevoll an. »Das bist du auch, ehrlich! Du bist das allertollste Mädchen, das ich kenne. Vielleicht mal von mir selber abgesehen. Und herumkommandieren kannst du übrigens auch. Komm jetzt. Ich will unbedingt die Limousine sehen, mit der du abgeholt wirst.«

James nickte mir steif zu, als wir an seiner Nische vorbeikamen.

»Warte mal«, sagte ich zu Leslie. »Ich muss James was fragen.«

Als ich stehen blieb, verschwand der blasierte Ausdruck von James' Gesicht und er lächelte mich erfreut an. »Ich habe noch einmal über unser letztes Gespräch nachgedacht«, sagte er.

»Über das Küssen?«

»Nein! Über die Blattern. Möglicherweise habe ich sie doch bekommen. Dein Haar glänzt übrigens heute sehr schön.«

»Danke. James? Kannst du mir einen Gefallen tun?«

»Ich hoffe, es hat nichts mit Küssen zu tun.«

Ich musste lachen. »Auch keine schlechte Idee«, sagte ich. »Aber mir geht es um Manieren.«

»Manieren?«

»Du beschwerst dich doch immer, dass ich keine habe. Und du hast völlig recht. Deshalb würde ich dich bitten, mir zu zeigen, wie man sich richtig benimmt. In deiner Zeit. Wie man spricht, wie man knickst, wie man – ach, was weiß ich?«

». . . einen Fächer hält? Tanzt? Sich verhält, wenn der Prinzregent im Raum ist?«

»Genau!«

»Also, das kann ich dir zeigen«, sagte James.

»Du bist ein Schatz«, sagte ich und wandte mich wieder zum Gehen. »Ach, und James? Kannst du auch degenfechten?«

»Selbstverständlich«, sagte James. »Ich will mich nicht selber rühmen, aber unter meinen Freunden im Club gelte ich als einer der besten Fechter. Galliano selbst sagt, ich sei ein ausgesprochenes Talent.«

»Super!«, sagte ich. »Du bist ein echter Freund.«

»Du willst, dass das Gespenst dir Fechten beibringt?« Leslie hatte unser Gespräch interessiert verfolgt. Natürlich hatte sie nur meinen Part davon hören können. »Kann ein Geist denn überhaupt einen Degen halten?«

»Wir werden sehen«, sagte ich. »Auf jeden Fall kennt er sich bestens im 18. Jahrhundert aus. Er kommt schließlich von da.«

Gordon Gelderman holte uns auf der Treppe ein. »Du hast schon wieder mit der Nische gesprochen, Gwendolyn. Ich hab's genau gesehen.«

»Ja, das ist meine Lieblingsnische, Gordon. Sie ist beleidigt, wenn ich nicht mit ihr spreche.«

»Du weißt schon, dass du wunderlich bist, oder?«

»Ja, lieber Gordon, das weiß ich. Aber wenigstens bin ich nicht im Stimmbruch.«

»*Das* geht vorbei«, sagte Gordon.

»Schön wäre, wenn *du* vorbeigingst«, sagte Leslie.

»Ah, ihr beiden wollt sicher wieder reden«, sagte Gordon. Er war immer sehr anhänglich. »Das verstehe ich. Ihr habt ja heute auch erst fünf Stunden die Köpfe zusammengesteckt. Treffen wir uns nachher im Kino?«

»Nein«, sagte Leslie.

»Ich kann sowieso nicht«, sagte Gordon, während er uns durch die Vorhalle folgte wie ein Schatten. »Muss diesen blöden Aufsatz über Siegelringe schreiben. Sagte ich schon, dass ich Mr Whitman hasse?«

»Ja, aber erst hundertmal«, sagte Leslie.

Ich sah die Limousine vor dem Schultor stehen, noch bevor wir hinaustraten. Mein Herz begann, ein bisschen schneller zu schlagen. Noch immer war mir der gestrige Abend entsetzlich peinlich. »Wow! Was ist denn das für ein Schlitten?« Gordon pfiff leise durch seine Zähne. »Vielleicht stimmen die Gerüchte ja doch, dass Madonnas Tochter bei uns auf die Schule geht – inkognito natürlich und unter falschem Namen.«

»Klar«, sagte Leslie und blinzelte in die Sonne »Und deshalb wird sie auch von einer Limousine abgeholt. Damit es nur ja keiner merkt, das mit dem Inkognito.«

Die Limousine wurde von einigen Schülern begafft. Auch Cynthia und ihre Freundin Sarah standen auf der Treppe und glotzten. Allerdings glotzten sie nicht zur Limousine, sondern ein Stück weiter nach rechts.

»Und ich dachte, die alte Streberin hätte mit Jungs nichts am Hut«, sagte Sarah. »Schon gar nicht mit solchen Prachtexemplaren.«

»Vielleicht ist es ihr Cousin«, sagte Cynthia. »Oder ihr Bruder.«

Ich krallte meine Hand in Leslies Arm. Da stand wahrhaftig Gideon auf unserem Schulhof, ganz lässig mit Jeans und T-Shirt. Und er sprach mit Charlotte.

Leslie wusste sofort Bescheid. »Und ich dachte, seine Haare wären lang«, sagte sie vorwurfsvoll.

»Sind sie doch auch«, sagte ich.

»*Halb* lang«, sagte Leslie. »Das ist ein Unterschied. Sehr cool.«

»Der ist schwul, ich wette fünfzig Pfund, dass er schwul ist«, sagte Gordon. Er stützte seinen Arm auf meiner Schulter ab, um besser zwischen Cynthia und mir hindurchschauen zu können.

»Oh Gott, er berührt sie!«, sagte Cynthia. »Er nimmt ihre Hand!«

Charlottes Lächeln war bis hierhin gut zu erkennen. Sie lächelte nicht oft (wenn man von dem verkniffenen Mona-Lisa-Lächeln mal absah), aber wenn sie lächelte, sah sie entzückend aus. Sie hatte sogar ein Grübchen, das dann zum Vorschein kam. Gideon musste es auch sehen und ganz sicher fand er sie gerade alles andere als gewöhnlich.

»Er streichelt ihre Wange!«

Oh mein Gott. *Wirklich!* Der Stich, den mir das versetzte, war nicht mehr zu ignorieren. »Und jetzt küsst er sie!«

Wir hielten alle die Luft an. Es sah tatsächlich so aus, als würde Gideon Charlotte küssen wollen.

»Aber nur auf die Wange«, sagte Cynthia erleichtert. »Er ist doch ihr Cousin. Gwenny, bitte sag, dass er ihr Cousin ist.«

»Nein«, sagte ich. »Sie sind nicht verwandt.«

»Und er ist auch nicht schwul«, sagte Leslie.

»Wetten, dass? Guck dir doch mal seinen Siegelring an!«

Charlotte strahlte Gideon noch einmal an und ging beschwingten Schrittes davon. Offensichtlich war ihre miese Stimmung wie weggeblasen.

Gideon wandte sich zu uns um. Mir war klar, was wir für einen Anblick boten: vier Mädchen und Gordon, gaffend und kichernd auf der Treppe.

Ich kenne Mädchen wie dich.

Ganz nach Erwartung. Na toll.

»Gwendolyn!«, rief Gideon. »Da bist du ja endlich!«

Kollektives Luftanhalten von Cynthia, Sarah und Gordon. Und mir selber, um ehrlich zu sein. Nur Leslie blieb cool. Sie gab mir einen kleinen Schubs. »Beeil dich mal ein bisschen. Deine Limousine wartet.«

Während ich die Treppe hinunterging, spürte ich die Blicke der anderen in meinem Rücken. Wahrscheinlich standen ihre Münder weit offen. Der von Gordon auf jeden Fall.

»Hi«, sagte ich, als ich bei Gideon angelangt war. Mehr brachte ich gerade nicht heraus. Im Sonnenlicht waren seine Augen noch leuchtender grün als sonst.

»Hi.« Er betrachtete mich, vielleicht eine Spur zu gründlich. »Bist du über Nacht gewachsen?«

»Nein.« Ich zog die Jacke über der Brust zusammen. »Die Schuluniform ist eingelaufen.«

Gideon grinste. Dann schaute er über meine Schulter. »Sind das deine Freundinnen da oben? Ich glaube, die eine fällt gerade in Ohnmacht.«

Oh mein Gott. »Das ist Cynthia Dale«, sagte ich, ohne mich umzudrehen. »Sie leidet unter erhöhtem Östrogenspiegel. Falls du Interesse hast, stelle ich gern den Kontakt her.«

Gideons Lächeln vertiefte sich. »Vielleicht komme ich ja mal darauf zurück. Los jetzt! Wir haben heute noch viel vor.« Er nahm meinen Arm (von der Treppe ertönte ein lautes Quieken) und dirigierte mich zur Limousine.

»Ich soll nur meine Hausaufgaben machen. Im Jahr 1956.«

»Die Pläne haben sich geändert.« Gideon öffnete mir die Wagentür. (Synchron-Kreischen von der Treppe.) »Wir besuchen deine Ururgroßmutter. Sie hat ausdrücklich nach dir verlangt.« Er legte mir die Hand auf den Rücken, um mich ins Auto zu schieben. (Nochmaliges Kreischen von der Treppe.)

Ich ließ mich auf den Rücksitz fallen. Mir gegenüber wartete bereits eine vertraute, rundliche Gestalt.

»Hallo Mr George.«

»Gwendolyn, mein tapferes Mädchen, wie geht es dir heute?«
Mr George strahlte mit seiner Glatze um die Wette.

Gideon setzte sich neben ihn.

»Ähm, gut, danke.« Ich wurde rot, weil ich daran dachte, was
für ein Bild des Jammers ich gestern Abend abgegeben haben
musste. Aber wenigstens hatte Gideon keine ätzende Anspielung
gemacht. Er benahm sich, als wäre gar nichts gewesen. »Wie war
das mit meiner Ururgroßmutter?«, fragte ich hastig. »Das habe ich
nicht verstanden.«

»Ja, wir haben das auch nicht so ganz verstanden«, sagte Gideon seufzend.

Die Limousine setzte sich in Bewegung. Ich widerstand der Ver-
suchung, durch das Rückfenster nach meinen Freunden zu
schauen.

»Margret Tilney, geborene Grand, war die Großmutter deiner
Großmutter Arista und die letzte Zeitreisende vor Lucy und dir.
Die Wächter haben sie nach ihrem zweiten Zeitsprung 1894
problemlos in den ersten, den ursprünglichen Chronografen einlesen können. Den Rest ihres Lebens – sie starb 1944 – hat sie re-
gelmäßig mithilfe des Chronografen elapsiert, die Annalen schil-
dern sie als freundliche, kooperative Person.« Mr George rieb sich
mit der Hand nervös über die Glatze. »Während der Bombardements von London im Zweiten Weltkrieg ist eine Gruppe von
Wächtern mit ihr und dem Chronografen aufs Land gezogen.
Dort starb sie dann siebenundsechzigjährig an den Folgen einer
Lungenentzündung.«

»Wie – ähm – traurig.« Ich verstand nicht genau, was ich mit
diesen Informationen anfangen sollte.

»Wie du weißt, hat Gideon bereits sieben aus dem Kreis der

Zwölf in der Vergangenheit besucht und ihnen das Blut für den zweiten, den neuen Chronografen abgenommen. Sechs, wenn man die Zwillinge als einen zählt. Mit deinem und seinem Blut fehlen also nur noch vier im Kreis. Opal, Jade, Saphir und schwarzer Turmalin.«

»Elaine Burghley, Margret Tilney, Lucy Montrose und Paul de Villiers«, ergänzte Gideon.

»Die vier müssen noch in der Vergangenheit besucht und ihr Blut abgezapft werden.« Das hatte ich schon verstanden, ich war ja nicht ganz blöd.

»Genau. Wir haben nicht gedacht, dass es bei Margret irgendwelche Komplikationen geben könnte.« Mr George lehnte sich im Sitz zurück. »Bei den anderen ja, aber bei Margret Tilney gab es keinen Grund, Schwierigkeiten anzunehmen. Ihr Leben ist von den Wächtern auf das Genaueste protokolliert. Wir wissen, wo sie an jedem einzelnen Tag ihres Lebens gewesen ist. Und deshalb war es auch ein Leichtes, ein Treffen zwischen ihr und Gideon zu arrangieren. Er reiste vergangene Nacht ins Jahr 1937, um Margret Tilney in unserem Haus in Temple zu treffen.«

»Wirklich, vergangene Nacht? Wann hast du denn geschlafen, um Himmels willen?«

»Es sollte ja ganz schnell gehen«, sagte Gideon. Er verschränkte die Arme vor seiner Brust. »Wir hatten nur eine Stunde für die Aktion eingeplant.«

Mr George sagte: »Aber wider Erwarten weigerte Margret sich, ihm Blut zu überlassen, nachdem er ihr den Sachverhalt erklärt hatte.« Er sah mich abwartend an. Oh, sollte ich jetzt was dazu sagen?

»Vielleicht ... äh ... hat sie es nur nicht verstanden«, sagte ich. Es war schließlich eine sehr vertrackte Geschichte.

»Sie hat mich genau verstanden.« Gideon schüttelte den Kopf. »Denn sie wusste bereits, dass der erste Chronograf gestohlen worden war und ich nun versuchen würde, ihr Blut für den zweiten zu gewinnen.«

»Aber wie konnte sie denn ahnen, was erst viele Jahre später passieren würde? Konnte sie hellsehen?« Kaum hatte ich die Frage ausgesprochen, kapierte ich auch schon. Langsam schien ich diesen Zeitreisekram wirklich zu verinnerlichen.

»Jemand ist vor dir da gewesen und hat es ihr erzählt, oder?«, sagte ich.

Gideon nickte anerkennend. »Und hat ihr eingeredet, dass sie sich auf keinen Fall Blut abnehmen lassen dürfe. Noch seltsamer war, dass sie sich weigerte, mit mir zu reden. Sie rief die Wächter zu Hilfe und verlangte, dass man mich von ihr fernhielte.«

»Aber wer kann das gewesen sein?« Ich überlegte. »Eigentlich kommen ja nur Lucy und Paul infrage. Sie können in der Zeit reisen und wollen verhindern, dass der Kreis geschlossen wird.«

Mr George und Gideon tauschten einen Blick.

»Wir standen bei Gideons Rückkehr vor einem echten Rätsel«, sagte Mr George. »Zwar hatten wir eine vage Vorstellung davon, was passiert sein könnte, aber es fehlten uns die Beweise. Deshalb reiste Gideon heute Morgen noch einmal in die Vergangenheit und besuchte Margret Tilney erneut.«

»Du hattest einen ausgefüllten Tag, was?« Ich suchte in Gideons Gesicht nach Spuren von Müdigkeit, aber ich fand keine. Im Gegenteil, er sah hellwach aus. »Wie geht es eigentlich deinem Arm?«

»Gut. Hör zu, was Mr George sagt. Es ist wichtig.«

»Diesmal suchte Gideon Margret unmittelbar nach ihrem ersten

Zeitsprung auf, 1894«, sagte Mr George. »Dazu musst du wissen, dass sich der Faktor X oder das Zeitreise-Gen, wie wir es nennen, erst nach dem Initiationssprung im Blut bemerkbar zu machen scheint. Denn Blut, das man Zeitreisenden vor ihrem ersten Zeitsprung abnimmt, kann vom Chronografen offensichtlich nicht erkannt werden. Der Graf von Saint Germain führte dazu einige Experimente durch, die seinerzeit beinahe zu einer Zerstörung des Chronografen geführt hätten. Es hat also keinen Zweck, einen Zeitreisenden zum Zwecke des Blutabnehmens in seiner Kindheit aufzusuchen. Obwohl es manches leichter machen würde. Verstehst du?«

»Ja«. Sagte ich jetzt einfach mal so.

»Gideon traf also die junge Margret heute Morgen zu ihrem ersten offiziellen Elapsiertermin. Sie war nach ihrem ersten Zeitsprung sofort nach Temple gefahren worden. Noch während der Vorbereitungen zum Einlesen in den Chronografen sprang sie bereits ein zweites Mal, der längste bis dahin gemessene unkontrollierte Zeitsprung überhaupt. Über zwei Stunden war sie weg.«

»Mr George, lassen Sie doch die unwichtigen Sachen einfach weg«, schlug Gideon vor, eine Spur von Ungeduld in der Stimme.

»Jaja. Wo war ich? Gideon besuchte Margret also zu ihrem ersten Elapsiertermin. Und wieder erklärte er ihr die Geschichte mit dem gestohlenen Chronografen und der Chance, alles mit dem zweiten Chronografen wieder gutzumachen.«

»Ha!«, rief ich dazwischen. »*Daher* kannte die ältere Margret also die ganze Geschichte. Gideon hatte sie ihr selbst erzählt!«

»Ja, das wäre eine Möglichkeit«, sagte Mr George. »Aber auch dieses Mal hörte die junge Margret die Geschichte nicht zum ersten Mal.«

»Es war also noch jemand vor Gideon da gewesen. Lucy und Paul. Sie sind mit dem gestohlenen Chronografen in die Vergangenheit gereist, um Margret Tilney davon zu erzählen, dass höchstwahrscheinlich früher oder später jemand auftauchen würde, der ihr Blut abnehmen wollen würde.«

Mr George sagte nichts.

»Hat sie sich denn dieses Mal Blut abnehmen lassen?«

»Nein«, sagte Mr George. »Auch dieses Mal verweigerte sie ihm die Blutabnahme.«

»Allerdings war sie als Sechzehnjährige noch nicht ganz so halsstarrig wie später als alte Frau«, sagte Gideon. »Diesmal ließ sie ein wenig mit sich reden. Und schließlich sagte sie, wenn überhaupt, würde sie nur mit dir über ihr Blut verhandeln.«

»Mit *mir?*«

»Sie sagte deinen Namen. Gwendolyn Shepherd.«

»Aber . . .« Ich kaute an meiner Unterlippe, während Mr George und Gideon mich aufmerksam beobachteten. »Ich dachte, Paul und Lucy wären vor meiner Geburt verschwunden. Wie konnten sie dann meinen Namen wissen und dieser Margret davon erzählen?«

»Ja, das ist hier die Frage«, sagte Mr George. »Siehst du: Lucy und Paul stahlen den Chronografen im Mai deines Geburtsjahres. Zunächst versteckten sie sich mit ihm in der Gegenwart. Ein paar Monate gelang es ihnen recht geschickt, sich den Detektiven der Wächter immer wieder zu entziehen, indem sie falsche Fährten legten und andere Tricks benutzten. Sie wechselten häufig die Städte und reisten mit dem Chronografen durch halb Europa. Dann aber kreisten wir ihren Aufenthaltsort immer enger ein und sie begriffen, dass sie uns auf Dauer nur entgehen konnten, wenn sie mit dem Chronografen in die Vergangenheit flüchteten. Aufgeben kam für sie leider nicht infrage. Sie verteidigten ihre falschen Ideale absolut kompromisslos.« Er seufzte. »Sie waren so jung und leidenschaftlich . . .« Sein Blick wurde ein wenig träumerisch.

Gideon räusperte sich und Mr George hörte auf, ins Leere zu starren. Er fuhr fort: »Wir glaubten bisher, dass sie diesen Schritt im September hier in London unternahmen, ein paar Wochen vor deiner Geburt.«

»Dann können sie aber doch unmöglich meinen Namen gewusst haben!«

»Richtig«, sagte Mr George. »Deshalb erwägen wir nach diesem Morgen die Möglichkeit, dass sie erst *nach* deiner Geburt mit dem Chronografen in die Vergangenheit sprangen.«

»Warum auch immer«, ergänzte Gideon.

»Wobei noch zu klären wäre, woher Lucy und Paul deinen Namen und deine Bestimmung kannten. So oder so verweigert Margret Tilney jegliche Kooperation.«

Ich dachte nach. »Und wie kommen wir jetzt an ihr Blut ran?« Oh, Gott! Das hatte doch gerade nicht ich gesagt, oder? »Ihr werdet doch keine Gewalt anwenden, oder?« In meiner Vorstellung sah ich Gideon schon mit Äther, Fesseln und einer riesigen Spritze hantieren, was mein Bild von ihm empfindlich trübte.

Mr George schüttelte den Kopf. »Eine der zwölf goldenen Regeln der Wächter lautet, dass wir Gewalt nur anwenden, wenn alles andere – Verhandlung und Verständigung – nicht funktioniert. Also versuchen wir erst, was Margret vorgeschlagen hat: Wir schicken dich zu ihr.«

»Damit ich sie überreden kann?«

»Damit wir uns über ihre Motive und die Informanten klar werden. Mit dir wird sie sprechen, sie hat es ja selber gesagt. Wir wollen wissen, was sie dir zu sagen hat.«

Gideon seufzte. »Es wird zwar nichts dabei herumkommen, aber ich rede schon den ganzen Morgen gegen Wände.«

»Ja. Und deshalb ist Madame Rossini gerade dabei, dir ein nettes Sommerkleid für das Jahr 1912 zu nähen«, sagte Mr George. »Du sollst deine Ururgroßmutter kennenlernen.«

»Warum ausgerechnet 1912?«

»Wir haben das Jahr vollkommen willkürlich ausgewählt. Trotzdem denkt Gideon, dass ihr in eine Falle gehen könntet.«

»In eine Falle?«

Gideon sagte nichts, er schaute mich nur an. Und er sah tatsächlich besorgt aus.

»Das ist nach den Gesetzen der Logik so gut wie ausgeschlossen«, sagte Mr George.

»Warum sollte uns jemand eine Falle stellen?«

Gideon beugte sich zu mir vor. »Überleg mal: Lucy und Paul haben den Chronografen in ihrer Gewalt und bereits zehn von zwölf Zeitreisenden sind darin mit ihrem Blut eingelesen. Um den Kreis zu schließen und das Geheimnis für sich nutzen zu können, benötigen sie nur noch das Blut von uns beiden.«

»Aber . . . Lucy und Paul wollten doch gerade verhindern, dass der Kreis geschlossen und das Geheimnis offenbart wird«, sagte ich.

Wieder tauschten Mr George und Gideon einen Blick.

»Das ist das, was deine Mutter glaubt«, sagte Mr George.

Das war auch das, was ich bisher geglaubt hatte. »Und ihr glaubt das nicht?«

»Sieh es doch mal andersherum. Was ist, wenn Lucy und Paul das Geheimnis für sich allein haben wollen?«, fragte Gideon. »Was, wenn sie den Chronografen deshalb stahlen? Dann wäre das Einzige, das ihnen noch fehlt, um den Grafen von Saint Germain zu übertrumpfen, unser Blut.«

Ich ließ die Worte eine Weile wirken. Dann sagte ich: »Und da sie uns nur in der Vergangenheit treffen können, müssen Sie uns irgendwohin locken, um an unser Blut zu gelangen?«

»Sie können sich denken, dass sie nur mit Gewalt an unser Blut herankommen«, sagte Gideon. »Genau wie wir umgekehrt wissen, dass sie uns ihr Blut nicht freiwillig geben werden.«

Ich dachte an die Männer, die uns gestern im Hyde Park angegriffen hatten.

»Genau«, sagte Gideon, als ob er meine Gedanken gelesen hätte. »Wenn sie uns getötet hätten, hätten sie so viel von unserem Blut nehmen können, wie sie wollten. Bleibt nur noch zu klären, woher sie wussten, dass wir da sein würden.«

»Ich kenne Lucy und Paul. Das ist einfach nicht ihr Stil«, sagte Mr George. »Sie sind mit den zwölf goldenen Regeln der Wächter groß geworden und ganz sicher würden sie ihre eigenen Verwandten nicht ermorden lassen. Auch sie setzen auf Verhandlung und Verstän-«

»Sie *kannten* Lucy und Paul, Mr George«, sagte Gideon. »Aber können Sie wirklich wissen, was in der Zwischenzeit aus ihnen geworden ist?«

Ich sah von einem zum anderen. »Ich fände es in jedem Fall interessant zu erfahren, was meine Ururgroßmutter von mir möchte«, sagte ich. »Und wie kann das eine Falle sein, wenn wir den Zeitpunkt für unseren Besuch selber wählen?«

»So sehe ich das auch«, sagte Mr George.

Gideon seufzte resigniert. »Es ist ohnehin längst beschlossene Sache.«

Madame Rossini streifte mir ein knöchellanges weißes Kleid mit feinem Karomuster und einer Art Matrosenkragen über den Kopf. In der Taille wurde es mit einer Schärpe aus himmelblauem Satin gegürtet, aus dem gleichen Stoff wie die Schleife, die die Stelle zierte, an der der Kragen in eine Knopfleiste überging.

Als ich mich im Spiegel sah, war ich ein bisschen enttäuscht. Ich sah sehr brav aus. Die Aufmachung erinnerte ein klein wenig an die der Messdiener in St. Luke's, wohin wir manchmal sonntags zum Gottesdienst gingen.

»Die Mode 1912 kann man natürlich nicht vergleichen mit der Extravaganz des Rokoko«, sagte Madame Rossini, während sie mir lederne Knopfstiefelchen reichte. »Die Reize der Frauen wurden doch eher versteckt als betont, würde ich mal sagen.«

»Das würde ich auch mal sagen.«

»Jetzt noch die Frisur.« Madame Rossini schubste mich sanft auf einen Stuhl und zog einen sehr tiefen Seitenscheitel durch mein Haar. Dann steckte sie alles in einzelnen Strähnen auf dem Hinterkopf fest.

»Ist das nicht ein bisschen – ähm – *bauschig* über meinen Ohren?«

»Das gehört so«, sagte Madame Rossini.

»Aber ich finde nicht, dass es mir steht, Sie denn?«

»Dir steht einfach alles, mein kleines Schwanenhälschen. Außerdem ist das hier kein Schönheitswettbewerb. Es geht um . . .«

». . . Authentizität. Ich weiß.«

Madame Rossini lachte. »Dann ist es ja gut.«

Dieses Mal kam Dr. White, um mich abzuholen und zum Keller-versteck des Chronografen zu bringen. Er guckte höchst missge-launt wie immer, aber zum Ausgleich strahlte mich Robert, der kleine Geistjunge, freundlich an.

Ich strahlte zurück. Er war wirklich sehr süß mit seinen blonden Locken und den Grübchen. »Hallo!«

»Hallo, Gwendolyn«, sagte Robert.

»Kein Grund zu solch überschwänglicher Wiedersehensfreude«, sagte Dr. White und schwenkte die schwarze Augenbinde.

»Oh nein, warum das denn schon wieder?«

»Es gibt keinen Grund, dir zu trauen«, sagte Dr. White.

»Ah! Geben Sie schon her, Sie Grobian!« Madame Rossini riss ihm das schwarze Tuch aus der Hand. »Diesmal wird mir keiner die Frisur ruinieren.«

Schade eigentlich. Madame Rossini verband mir höchstpersön-lich und sehr vorsichtig die Augen. Kein Haar wurde dabei ge-krümmt.

»Viel Glück, Kleines«, sagte sie, als Dr. White mich hinausführ-te. Ich winkte blind zum Abschied. Wieder war es ein unange-nehmes Gefühl, einfach so ins Leere zu stolpern. Trotzdem kam mir die Strecke allmählich schon vertrauter vor. Aber dieses Mal warnte mich Robert immer vor. »Zwei Stufen noch und jetzt geht es nach links durch die Geheimtür. Achtung, pass auf die Schwel-le auf. Noch zehn Schritte, dann beginnt die große Treppe.«

»Das ist wirklich ein toller Service, vielen Dank.«

»Nur keine Ironie«, sagte Dr. White.

»Warum kannst du mich hören und er nicht?«, fragte Robert bekümmert.

»Das weiß ich leider auch nicht«, sagte ich und das Mitleid überwältigte mich geradezu. »Möchtest du ihm denn etwas sagen?«

Robert schwieg.

Dr. White sagte: »Glenda Montrose hatte recht. Du führst wirklich Selbstgespräche.«

Ich tastete mit der Hand an der Wand entlang. »Ah, diese Nische kenne ich. Jetzt kommt wieder eine Stufe, da ist sie ja, und nach vierundzwanzig Schritten geht es nach rechts.«

»Du hast die Schritte gezählt!«

»Nur aus Langeweile. Warum sind Sie eigentlich so misstrauisch, Dr. White?«

»Oh, das bin ich gar nicht. Ich traue dir durchaus. *Jetzt noch.* Denn im Moment bist du einigermaßen gutartig, höchstens aufgehetzt durch die verqueren Ideen deiner Mutter. Aber niemand weiß, was mal aus dir werden wird. Und deshalb würde ich es nur ungern sehen, dass du den Aufenthaltsort des Chronografen kennst.«

»So groß kann dieser Keller auch wieder nicht sein«, sagte ich.

»Du hast ja keine Ahnung«, sagte Dr. White. »Wir haben schon Menschen darin verloren.«

»Wirklich?«

»Ja.« In seiner Stimme schwang eine Spur von Gelächter mit, daran hörte ich, dass er nur scherzte. »Andere sind tagelang durch die Gänge geirrt, bis sie endlich wieder an einen Aufgang kamen.«

»Ich würde ihm gern sagen, dass es mir leidtut«, sagte Robert. Offenbar hatte er lange darüber nachdenken müssen.

»Oh.« Der arme kleine Kerl. Ich wäre am liebsten stehen geblieben und hätte ihn in die Arme genommen. »Aber du kannst doch nichts dafür.«

»Weißt du das sicher?« Dr. White bezog sich wohl immer noch auf die Menschen, die im Keller verloren gegangen waren.

Robert schniefte. »An dem Morgen haben wir uns gestritten. Ich habe ihm gesagt, dass ich ihn hasse und dass ich mir wünschte, ich hätte einen anderen Vater.«

»Aber das hat er sicher nicht ernst genommen. Ganz sicher nicht.«

»Doch, das hat er. Und jetzt denkt er, ich hätte ihn nicht lieb, und ich kann es ihm nicht mehr sagen.« Das hohe Stimmchen, das jetzt deutlich hörbar zitterte, zerriss mir fast das Herz.

»Bist du deswegen immer noch hier?«

»Ich will ihn nicht allein lassen. Er kann mich zwar nicht sehen und hören, aber vielleicht spürt er ja, dass ich da bin.«

»Oh – *Schätzchen*.« Jetzt hielt ich es nicht mehr aus und blieb stehen. »Ganz sicher weiß er, dass du ihn liebst. Jeder Vater weiß, dass Kinder manchmal Dinge sagen, die sie nicht so meinen.«

»Allerdings«, sagte Dr. White. Seine Stimme klang plötzlich belegt. »Wenn man Kindern zwei Tage Fernsehverbot erteilt, nur weil sie ihr Fahrrad im Regen haben stehen lassen, muss man sich ja auch nicht wundern, wenn sie einen anschreien und Dinge sagen, die sie gar nicht meinen.«

Er schob mich weiter.

»Ich bin froh, dass Sie das sagen, Dr. White.«

»Ich auch!«, sagte Robert.

Den Rest des Weges waren er und ich allerbester Stimmung. Eine schwere Tür wurde aufgeschoben und fiel hinter uns ins Schloss.

Das Erste, was ich sah, als ich die Augenbinde abnahm, war Gideon mit einem Zylinder auf dem Kopf. Ich brach sofort in lautes Gelächter aus. Ha! Diesmal war er der Blöde mit dem Hut!

»Sie ist heute ausnehmend gut gelaunt«, sagte Dr. White. »Dank ausgiebiger Selbstgespräche.« Aber seine Stimme klang nicht ganz so ätzend wie sonst immer.

Mr de Villiers stimmte in mein Gelächter mit ein. »Ich find's auch komisch«, lachte er. »Sieht aus wie ein Zirkusdirektor.«

»Schön, dass ihr euch amüsiert«, sagte Gideon.

Bis auf den Zylinder sah er gut aus. Lange dunkle Hosen, dunkler Gehrock, weißes Hemd – ein bisschen so, als wolle er auf eine Hochzeit gehen. Er musterte mich von Kopf bis Fuß und ich hielt die Luft an, während ich gespannt auf die Revanche wartete. Mir wären an seiner Stelle auf Anhieb mindestens zehn beleidigende Bemerkungen über meinen Aufzug eingefallen.

Aber er sagte nichts, er grinste nur.

Mr George war mit dem Chronografen beschäftigt. »Hat Gwendolyn alle Anweisungen erhalten?«

»Ich denke schon«, sagte Mr de Villiers. Er hatte eine halbe Stunde lang mit mir über die »Operation Jade« gesprochen, während Madame Rossini das Kostüm vorbereitet hatte. *Operation Jade!* Ich war mir ein bisschen vorgekommen wie Geheimdienstagentin Emma Peel. Leslie und ich liebten den Film mit Uma Thurman. *Mit Schirm, Charme und Melone.*

Gideons hartnäckige Theorie darüber, dass wir in eine Falle gelockt werden könnten, konnte ich immer noch nicht nachvollziehen. Margret Tilney hatte sich zwar ausdrücklich ein Gespräch mit mir gewünscht, aber sie hatte ja keinen Zeitpunkt dafür bestimmt. Selbst wenn es ihre Absicht war, mich in eine Falle zu locken, so konnte sie nicht wissen, an welchem Tag und zu welcher Stunde in ihrem Leben wir auftauchen würden.

Und es war erst recht sehr unwahrscheinlich, dass es Lucy und Paul gelingen würde, uns genau in der gewählten Zeitspanne abzupassen. Willkürlich hatte man sich für den Juni des Jahres 1912 entschieden. Da war Margret Tilney fünfunddreißig Jahre alt und lebte mit ihrem Mann und ihren drei Kindern in einem Haus in Belgravia. Und genau dort würden wir sie besuchen.

Ich sah hoch und bemerkte, wie Gideons Blick auf mir ruhte. Genauer gesagt auf meinem Ausschnitt. Das war ja wohl die Höhe!

»Hey, starrst du etwa auf meinen Busen?«, zischte ich empört.

Er grinste. »Nicht direkt«, flüsterte er zurück.

Plötzlich wusste ich, was er meinte. Im Rokoko war es wesentlich einfacher gewesen, Gegenstände hinter Spitzenbesätzen zu verstecken, dachte ich.

Aber leider war auch schon Mr George auf uns aufmerksam geworden.

Er beugte sich vor. »Ist das etwa ein Handy?«, fragte er. »Aber du darfst keine Gegenstände aus unserer Zeit in die Vergangenheit mitnehmen!«

»Warum denn nicht? Es könnte sich als nützlich herausstellen!« (Und das Foto von Rakoczy und Lord Brompton war toll geworden!) »Hätte Gideon das letzte Mal eine anständige Pistole dabeigehabt, wäre es bedeutend leichter gewesen.«

Gideon verdrehte die Augen.

»Stell dir mal vor, du würdest dein Handy in der Vergangenheit verlieren«, sagte Mr de Villiers. »Wahrscheinlich könnte der, der es findet, nichts damit anfangen. Aber möglicherweise doch. Und dann würde dein Handy die Zukunft verändern. Oder eine Pistole! Nicht auszudenken, was passieren würde, wenn die Menschheit noch früher als ohnehin schon auf die Idee käme, ausgeklügelte Waffen zu benutzen.«

»Diese Gegenstände wären außerdem ein Beweis für eure und auch unsere Existenz«, sagte Dr. White. »Es könnte sich durch ein kleines Versehen alles ändern und das Kontinuum wäre in Gefahr.«

Ich kaute an meiner Unterlippe, während ich darüber nachdachte, inwiefern Pfefferspray, das ich beispielsweise im 18. Jahrhundert verlieren würde, die Zukunft der Menschheit verändern könnte. Vielleicht nur zum Guten, wenn es denn die richtige Person fände . . .

Mr George streckte seine Hand aus. »Ich gebe solange darauf acht.«

Seufzend griff ich mir in den Ausschnitt und legte ihm das Handy in die Hand. »Aber nachher kriege ich es sofort wieder!«

»Sind wir dann endlich so weit?«, erkundigte sich Dr. White. »Der Chronograf ist startklar.«

Ich war so weit. Ich hatte ein leichtes Kribbeln im Bauch und ich musste mir eingestehen, dass ich das hier viel besser fand, als irgendwo in einem langweiligen Jahr im Keller hocken zu müssen und meine Hausaufgaben zu machen.

Gideon warf mir einen prüfenden Blick zu. Vielleicht überlegte er, was ich sonst noch versteckt haben könnte. Ich sah unschuldig zurück – das Pfefferspray würde ich erst beim nächsten Mal mitnehmen können. Schade eigentlich.

»Bereit, Gwendolyn?«, fragte er schließlich.

Ich lächelte ihn an. »Bereit, wenn du es bist.«

»Die Zeit ist aus den Fugen, verfluchte Schicksalstücken,
dass ich geboren ward, um sie zurechtzurücken.«

Hamlet

William Shakespeare
(1564–1616)

15.

Eine Droschke der Wächter brachte uns von Temple nach Belgravia, immer am Themseufer entlang, und diesmal konnte ich doch eine Menge von dem mir bekannten London draußen wiedererkennen. Die Sonne bestrahlte Big Ben und Westminster Cathedral und zu meiner großen Freude flanierten Menschen mit Hüten, Sonnenschirmen und hellen Kleidern wie meinem über die breiten Boulevards, die Parks leuchteten frühlingsgrün, die Straßen waren ordentlich gepflastert und kein bisschen matschig.

»Das ist wie die Kulisse zu einem Musical!«, sagte ich. »Ich will auch so einen Sonnenschirm haben.«

»Wir haben einen guten Tag erwischt«, sagte Gideon. »Und ein gutes Jahr.« Er hatte seinen Zylinder im Keller gelassen und da ich das an seiner Stelle auch so gemacht hätte, hatte ich kein Wort darüber verloren.

»Warum passen wir Margret nicht einfach in Temple ab, wenn sie zum Elapsieren kommt?«

»Das habe ich ja zweimal versucht. Ich hatte es nicht einfach, die Wächter von meinen guten Absichten zu überzeugen, trotz Parole und Siegelring und so weiter. Es ist immer schwierig, die Reaktionen der Wächter der Vergangenheit einzuschätzen. Im Zweifel würden sie wohl eher dazu tendieren, dem ihnen bekannten und von ihnen zu beschützenden Zeitreisenden beizustehen als dem Besucher aus der Zukunft, den sie kaum oder gar nicht kennen. So wie sie es heute Nacht und heute Morgen auch getan haben. Mit einem Besuch bei ihr zu Hause sind wir vielleicht erfolgreicher. Und auf jeden Fall überraschender.«

»Aber könnte sie nicht Tag und Nacht von jemandem bewacht werden, der nur darauf wartet, dass wir auftauchen? Sie rechnet ja eigentlich damit. Schon seit vielen Jahren, oder nicht?«

»In den Annalen der Wächter ist nichts von einem zusätzlichen Personenschutz verzeichnet. Nur der obligatorische Novize, der das Haus jedes Zeitreisenden im Auge behält.«

»Der schwarze Mann«, rief ich aus. »Bei uns steht auch so einer.«

»Nicht besonders unauffällig offensichtlich.« Gideon grinste.

»Nein, kein bisschen. Meine kleine Schwester hält ihn für einen Zauberer.« Dabei fiel mir etwas ein. »Hast du auch Geschwister?«

»Einen kleinen Bruder«, sagte Gideon. »Na ja, so klein ist er nicht mehr. Er ist siebzehn.«

»Und du?«

»Neunzehn«, sagte Gideon. »Jedenfalls so gut wie.«

»Wenn du nicht mehr zur Schule gehst – was machst du dann? Außer in der Vergangenheit herumreisen natürlich.« Und Violine spielen. Und was er sonst noch so tat.

»Offiziell bin ich an der University of London eingeschrieben«, sagte er. »Aber ich glaube, dieses Semester kann ich abhaken.«

»Welches Fach?«

»Du bist ganz schön neugierig, kann das sein?«

»Ich betreibe nur Konversation«, sagte ich. Den Satz hatte ich von James. »Also, was studierst du?«

»Medizin.« Es klang ein bisschen verlegen.

Ich verkniff mir ein erstauntes »Oh!« und sah wieder aus dem Fenster. Medizin. Interessant. Interessant. Interessant.

»War das heute in der Schule dein Freund?«

»Was? Wer?« Ich schaute ihn verblüfft an.

»Der Typ hinter dir, der die Hand auf deiner Schulter hatte.« Es klang ganz beiläufig, fast desinteressiert.

»Du meinst Gordon Gelderman? Ach du liebe Güte.«

»Wenn er nicht dein Freund ist, wieso darf er dich dann berühren?«

»Darf er ja nicht. Ich hab gar nicht gemerkt, dass er es getan hat, um ehrlich zu sein.« Und zwar deshalb nicht, weil ich zu sehr damit beschäftigt war, Gideon dabei zuzusehen, wie er mit Charlotte Zärtlichkeiten ausgetauscht hatte. Bei der Erinnerung daran schoss mir das Blut ins Gesicht. Er hatte sie geküsst. Jedenfalls beinahe.

»Wieso wirst du rot? Wegen Gordon Gallahan?«

»Gelderman«, verbesserte ich.

»Wie auch immer. Er sah wie ein Idiot aus.«

Ich musste lachen. »Er hört sich auch wie einer an«, sagte ich.

»Und er küsst ganz furchtbar.«

»So genau wollte ich das gar nicht wissen.« Gideon beugte sich hinunter zu seinen Schuhen und knotete die Schnürsenkel neu. Als er wieder hochkam, verschränkte er die Arme vor der Brust und schaute aus dem Fenster. »Das ist schon Belgrave Road, sieh mal! Bist du gespannt auf deine Ururgroßmutter?«

»Ja, sehr sogar.« Ich vergaß sofort, worüber wir gesprochen hatten. Wie seltsam das doch alles war. Meine Ururgroßmutter, die ich im Begriff war zu besuchen, war um einiges jünger als meine Mum.

Sie hatte offenbar vorteilhaft geheiratet, denn das Haus am Eaton Place, vor dem die Droschke hielt, war hochherrschaftlich. Und der Butler, der uns die Tür öffnete, war das auch. Er war noch hochherrschaftlicher als Mr Bernhard. Er trug sogar weiße Handschuhe!

Er musterte uns recht misstrauisch, als Gideon ihm eine Karte reichte und meinte, wir seien Überraschungsbesuch zum Tee. Gewiss würde seine liebe alte Freundin, Lady Tilney, sich sehr freuen, wenn sie hören würde, dass Gwendolyn Shepherd zu Besuch gekommen sei.

»Ich glaube, er hält dich nicht für fein genug«, sagte ich, als der Butler mit der Karte davongegangen war. »So ohne Hut und Koteletten.«

»Und ohne Schnurrbart«, sagte Gideon. »Lord Tilney hat einen, der von Ohr zu Ohr reicht. Siehst du? Da vorne hängt ein Porträt von ihm.«

»Ach du liebe Güte«, sagte ich. Meine Ururgroßmutter hatte einen reichlich bizarren Männergeschmack. Das war die Sorte Schnurrbart, die man des Nachts auf Lockenwickler drehen musste.

»Und wenn sie sich jetzt einfach verleugnen lässt?«, fragte ich. »Vielleicht hat sie keine Lust, dich schon wieder zu treffen.«

»Schon wieder ist gut. Für sie ist das letzte Mal achtzehn Jahre her.«

»Doch schon so lange?« Auf der Treppe stand eine Frau, schlank und hochgewachsen, die roten Haare zu einer Frisur aufgesteckt, die meiner nicht unähnlich war. Sie sah aus wie Lady Arista, nur dreißig Jahre jünger. Ich sah staunend, dass auch ihr steifer Gang dem von Lady Arista bis aufs i-Tüpfelchen glich.

Als sie vor mir stehen blieb, schwiegen wir alle beide, so sehr waren wir in die gegenseitige Betrachtung versunken. Ein bisschen erkannte ich auch von meiner Mum in meiner Ururgroßmutter. Ich weiß nicht, was oder wen Lady Tilney in mir sah, aber sie nickte und lächelte, als ob mein Anblick sie befriedigen würde.

Gideon wartete eine Weile, dann sagte er: »Lady Tilney, ich habe immer noch das gleiche Anliegen wie vor achtzehn Jahren. Wir benötigen etwas von Ihrem Blut.«

»Und ich sage immer noch dasselbe wie vor achtzehn Jahren. Du bekommst mein Blut nicht.« Sie drehte sich zu ihm um. »Aber ich kann euch Tee anbieten. Obwohl es noch ein bisschen früh dafür ist. Bei einem Tässchen Tee lässt es sich doch besser plaudern.«

»Dann sollten wir auf jeden Fall ein Tässchen trinken«, sagte Gideon charmant.

Wir folgten meiner Ururgroßmutter die Treppe hinauf in ein straßenseitig gelegenes Zimmer. Ein kleiner runder Tisch am Fenster war für drei Personen gedeckt, Teller, Tassen, Besteck, Brot, Butter, Marmelade und in der Mitte eine Platte mit hauchfeinen Gurkensandwichs und Scones.

»Es sieht ja fast so als, als hätten Sie uns bereits erwartet«, sagte ich, während Gideon sich gründlich im Zimmer umsah.

Wieder lächelte sie. »Ja, nicht wahr? Das könnte man wirklich denken. Aber in Wahrheit erwarte ich andere Gäste. Nehmt doch Platz.«

»Nein danke, unter diesen Umständen stehen wir doch lieber«, sagte Gideon, plötzlich sehr angespannt. »Wir wollen auch gar nicht lange stören. Wir hätten nur gern ein paar Antworten.«

»Und wie lauten die Fragen?«

»Woher kennen Sie meinen Namen?«, fragte ich. »Wer hat Ihnen von mir erzählt?«

»Ich hatte Besuch aus der Zukunft.« Ihr Lächeln vertiefte sich. »Passiert mir öfter.«

»Lady Tilney, ich habe Ihnen schon beim letzten Mal versucht zu erklären, dass Ihr Besuch Sie mit vollkommen falschen Fakten gefüttert hat«, sagte Gideon. »Sie machen einen großen Fehler, wenn Sie den falschen Menschen vertrauen.«

»Das sage ich ihr auch immer«, sagte eine Männerstimme. In der Tür war ein junger Mann erschienen, der lässig näher schlenderte. »Margret, sage ich immer, du machst einen großen Fehler, wenn du den falschen Menschen traust. Oh, das sieht ja köstlich aus. Sind die für uns?«

Gideon hatte scharf die Luft eingesogen, jetzt griff er nach mir und umfasste mein Handgelenk.

»Keinen Schritt näher!«, fauchte er.

Der andere Mann zog eine Augenbraue hoch. »Ich nehme mir nur ein Sandwich, wenn du nichts dagegen hast.«

»Bedien dich ruhig.« Während meine Ururgroßmutter den Raum verließ, baute sich der Butler auf der Schwelle auf. Trotz der weißen Handschuhe sah er jetzt wie der Türsteher eines wirklich angesagten Clubs aus.

Gideon fluchte leise.

»Keine Angst vor Millhouse«, sagte der junge Mann. »Obwohl er angeblich schon mal einem Mann das Genick gebrochen hat. Aus Versehen, nicht wahr, Millhouse?«

Ich starrte ihn an, ich konnte nicht anders. Er hatte die gleichen Augen wie Falk de Villiers, gelb wie Bernstein. Wie ein Wolf.

»Gwendolyn Shepherd!« Als er mich anlächelte, sah er Falk de Villiers noch ähnlicher. Er war nur mindestens zwanzig Jahre jünger und seine kurz geschnittenen Haare waren pechschwarz.

Sein Blick machte mir Angst, er war freundlich, doch da lag noch etwas darin, das ich nicht näher bestimmen konnte. Vielleicht Wut? Oder Schmerz?

»Es ist mir ein Vergnügen, dich kennenzulernen.« Seine Stimme war für einen kurzen Moment heiser geworden. Er streckte mir seine Hand entgegen, aber Gideon packte mich mit beiden Armen und zog mich an sich.

»Du rührst sie nicht an!«

Wieder die hochgezogene Augenbraue. »Wovor hast du Angst, Kleiner?«

»Ich weiß genau, was du von ihr willst!«

Ich spürte Gideons Herz an meinem Rücken klopfen.

»Blut?« Der Mann nahm sich eins der winzigen, hauchdünnen Sandwichs und warf es sich in den Mund. Dann hielt er uns beide Handflächen entgegen und sagte: »Keine Spritze, kein Skalpell, siehst du? Und jetzt lass das Mädchen los. Du zerquetschst sie ja.«

Wieder dieser merkwürdige Blick, der sich auf mich richtete. »Mein Name ist Paul. Paul de Villiers.«

»Das habe ich mir schon gedacht«, sagte ich. »Sie sind der, der meine Cousine Lucy verführt hat, den Chronografen zu stehlen. Warum haben Sie das getan?«

Paul de Villiers Mund verzog sich. »Ich find's komisch, wenn du mich siezt.«

»Und ich find's komisch, dass Sie mich kennen.«

»Hör auf, mit ihm zu sprechen«, sagte Gideon. Sein Griff hatte sich ein bisschen gelockert, er hielt mich nur noch mit einem Arm an sich gepresst, mit dem anderen öffnete er eine Seitentür hinter sich und warf einen Blick in das Nachbarzimmer. Ein weiterer behandschuhter Mann hatte sich dort aufgebaut.

»Das ist Frank«, sagte Paul. »Und weil er nicht so groß und stark ist wie Millhouse, hat er eine Pistole, siehst du?«

»Ja«, knurrte Gideon und warf die Tür wieder zu.

Er hatte tatsächlich recht gehabt. Wir waren in eine Falle geraten. Aber wie war das nur möglich? Margret Tilney konnte doch unmöglich an jedem Tag ihres Lebens den Tisch für uns decken und einen Mann mit einer Pistole im Nebenzimmer sitzen haben.

»Woher wussten Sie, dass wir heute hier sein würden?«, fragte ich Paul.

»Tja. Wenn ich jetzt sagen würde, dass ich es gar nicht wusste, sondern nur zufällig vorbeigekommen bin, würdest du mir sicher nicht glauben, oder?« Er angelte nach einem Scone und ließ sich auf einen Stuhl fallen. »Wie geht es deinen lieben Eltern?«

»Halt den Mund!«, zischte Gideon.

»Aber ich werde sie doch wohl fragen dürfen, wie es ihren Eltern geht!«

»Gut«, sagte ich. »Jedenfalls meiner Mum. Mein Dad ist tot.«

Paul sah erschrocken aus. »Tot? Aber Nicolas ist ein Kerl wie ein Baum, so gesund und stark!«

»Er hatte Leukämie«, sagte ich. »Er ist gestorben, als ich sieben war.«

»Oh, mein Gott. Das tut mir furchtbar leid.« Paul schaute mich ernst und traurig an. »Das war sicher furchtbar für dich, ohne Vater aufwachsen zu müssen.«

»Hör auf, mit ihm zu reden«, sagte Gideon wieder. »Er versucht uns nur hinzuhalten, bis Verstärkung kommt.«

»Denkst du immer noch, ich wäre hinter eurem Blut her?« Die gelben Augen hatten einen gefährlichen Glanz.

»Allerdings«, sagte Gideon.

»Und du glaubst, Millhouse, Frank und ich und die Pistole würden nicht allein mit dir fertig werden?«, fragte Paul spöttisch.

»Allerdings«, sagte Gideon wieder.

»Oh, ich bin sicher, mein lieber Bruder und die anderen Wächter haben dafür gesorgt, dass du eine richtige Kampfmaschine bist«, sagte Paul. »Du musstest schließlich den Karren wieder aus dem Dreck ziehen. Oder vielmehr den Chronografen. Unsereins hat ja aus reiner Tradition nur ein bisschen Degenfechten gelernt und die obligatorische Violine. Aber ich wette, du kannst auch noch Taekwondo und so einen Kram. Das muss man wohl können, wenn man in die Vergangenheit reisen und Menschen zum Bluten bringen will.«

»Bis jetzt haben diese Menschen mir ihr Blut freiwillig gegeben.«

»Aber nur, weil sie nicht wissen, wohin das führen wird!«

»Nein! Weil sie nicht zerstören wollten, wofür die Wächter seit Jahrhunderten geforscht, gewacht und gearbeitet haben!«

»Blablabla! Mit diesem pathetischen Gerede sind wir auch unser Leben lang berieselt worden. Aber *wir* kennen die Wahrheit über die Absichten des Grafen von Saint Germain.«

»Und was ist die Wahrheit?«, platzte es aus mir heraus.

Auf der Treppe waren Schritte zu hören.

»Da kommt die Verstärkung schon«, sagte Paul, ohne sich umzudrehen.

»Die Wahrheit ist, dass er lügt, sobald er den Mund aufmacht«, sagte Gideon.

Der Butler machte Platz, um ein zierliches rothaariges Mädchen ins Zimmer zu lassen, nur ein bisschen zu alt, um Lady Tilneys Tochter zu sein.

»Das kann ich nicht glauben«, sagte das Mädchen. Sie sah mich an, als hätte sie noch nie etwas Seltsameres gesehen als mich.

»Glaub es ruhig, Prinzessin!«, sagte Paul. Es klang zärtlich und ein bisschen besorgt.

Das Mädchen stand auf der Schwelle wie angewurzelt.

»Du bist Lucy«, sagte ich. Die Familienähnlichkeit war nicht zu übersehen.

»Gwendolyn«, sagte Lucy. Sie hauchte es eigentlich nur.

»Ja, das ist Gwendolyn«, sagte Paul. »Und der Typ, der sich da an sie klammert, als wäre sie sein Lieblingsteddy, ist mein Cousinneffe – oder wie auch immer man das nennt. Er will leider die ganze Zeit schon gehen.«

»Bitte nicht!«, sagte Lucy. »Wir müssen mit euch reden.«

»Ein anderes Mal gern«, sagte Gideon glatt. »Vielleicht, wenn weniger Fremde dabei sind.«

»Es ist wichtig!«, sagte Lucy.

Gideon lachte auf. »Ja, ganz bestimmt.«

»Du kannst gerne gehen, Kleiner«, sagte Paul. »Millhouse wird dich zur Tür begleiten. Aber Gwendolyn bleibt noch ein bisschen. Ich habe das Gefühl, mit ihr kann man besser reden. Sie hat noch nicht die ganze Gehirnwäsche über sich . . . oh, Scheiße!«

Der Fluch galt der kleinen schwarzen Pistole, die aus dem Nichts in Gideons Hand aufgetaucht war. Er richtete sie ganz ruhig auf Lucy.

»Gwendolyn und ich werden jetzt in aller Ruhe das Haus verlassen«, sagte er. »Lucy wird uns zur Tür begleiten.«

»Du bist ja vielleicht ein – Mistkerl«, sagte Paul leise. Er war aufgestanden und sah unschlüssig zwischen Millhouse, Lucy und uns hin und her.

»Setz dich wieder«, sagte Gideon. Seine Stimme war eiskalt, aber ich fühlte seinen rasenden Pulsschlag. Er hielt mich mit seinem freien Arm immer noch fest an sich gepresst. »Und Sie, Millhouse, setzen sich bitte dazu. Es sind noch jede Menge Sandwichs da.« Paul setzte sich wieder und sah auf die Seitentür.

»Ein Wort zu Frank und ich drücke ab«, sagte Gideon.

Lucy schaute ihn zwar mit großen Augen an, aber sie schien keine Angst zu haben. Im Gegensatz zu Paul. Er schien wirklich zu glauben, dass Gideon es ernst meinte.

»Tu, was er sagt«, sagte er zu Millhouse und der Butler verließ seinen Posten auf der Schwelle und setzte sich an den Tisch, uns dabei bösartige Blicke zuwerfend.

»Du hast ihn bereits getroffen, nicht wahr?« Lucy sah Gideon direkt in die Augen. »Du bist dem Grafen von Saint Germain schon begegnet.«

»Dreimal«, sagte Gideon. »Und er weiß genau, was ihr vorhabt. Umdrehen.« Er setzte Lucy den Lauf der Pistole direkt auf den Hinterkopf. »Vorwärts!«

»Prinzessin . . .«

»Es ist alles in Ordnung, Paul.«

»Sie haben ihm eine verdammte Smith-&-Wesson-Automatik mitgegeben. Ich dachte, das verstößt gegen die zwölf goldenen Regeln.«

»Auf der Straße werden wir sie gehen lassen«, sagte Gideon. »Aber sollte sich vorher hier oben jemand rühren, ist sie tot. Komm, Gwendolyn. Sie müssen ein anderes Mal versuchen, an dein Blut zu kommen.«

Ich zögerte. »Vielleicht wollen sie wirklich nur reden«, sagte ich. Was Lucy und Paul zu sagen hatten, interessierte mich brennend. Andererseits – wenn sie wirklich so harmlos waren, wie sie taten, warum hatten sie dann diese Bodyguards in den Zimmern postiert? Mit Waffen? Ich musste wieder an die Männer im Park denken.

»Ganz sicher wollen sie nicht nur reden«, sagte Gideon.

»Es ist zwecklos«, sagte Paul. »Sie haben sein Gehirn gewaschen.«

»Es ist der Graf«, sagte Lucy. »Er kann sehr überzeugend sein, wie du weißt.«

»Wir sehen uns wieder!«, sagte Gideon. Wir waren in der Zwischenzeit schon auf dem Treppenabsatz angelangt.

»Soll das etwa eine Drohung sein?«, rief Paul. »Wir *sehen* uns wieder, darauf kannst du dich verlassen!«

Gideon hielt die Pistole auf Lucys Hinterkopf gerichtet, bis wir die Haustür erreicht hatten.

Ich rechnete jeden Augenblick damit, dass dieser Frank aus dem anderen Zimmer geschossen kam, aber es rührte sich nichts. Auch meine Ururgroßmutter war nirgends zu sehen.

»Ihr dürft nicht zulassen, dass der Kreis geschlossen wird«, sagte Lucy eindringlich. »Und ihr dürft den Grafen niemals wieder in der Vergangenheit aufsuchen. Vor allem Gwendolyn darf ihm nie begegnen!«

»Hör einfach nicht hin!« Gideon musste mich gezwungenermaßen loslassen, während er mit der einen Hand die Pistole auf Lucy gerichtet hielt und mit der anderen die Haustür öffnete und hinaus auf die Straße schaute. Von oben war Stimmengemurmel zu hören. Ich sah ängstlich die Treppe hoch. Dort oben waren drei Männer und eine Pistole versammelt und dort oben sollten sie auch bleiben.

»Ich habe ihn schon getroffen«, sagte ich zu Lucy. »Gestern . . .«

»Oh nein!« Lucys Gesicht wurde noch eine Nuance blasser. »Er kennt deine Magie?«

»Welche Magie denn?«

»Die Magie des Raben«, sagte Lucy.

»Die Magie des Raben ist nur ein Mythos.« Gideon griff nach meinem Arm und zog mich die Stufen hinunter, hinaus auf die Straße. Von unserer Droschke war weit und breit keine Spur zu sehen.

»Das ist nicht wahr! Und der Graf weiß das auch.«

Immer noch hielt Gideon die Pistole auf Lucys Kopf gerichtet, aber sein Blick galt jetzt den Fenstern in der ersten Etage. Wahrscheinlich stand dort dieser Frank mit seiner Pistole. Noch befanden wir uns durch das Vordach in Deckung.

»Warte«, sagte ich zu Gideon. Ich sah Lucy an. In ihren großen blauen Augen standen Tränen und aus irgendeinem Grund fiel es mir schwer, ihr nicht zu glauben.

»Wieso bist du so sicher, dass sie nicht die Wahrheit sagen, Gideon?«, fragte ich leise.

Er blickte mich einen Moment irritiert an. Seine Augen flackerten. »Ich bin mir eben sicher«, flüsterte er.

»Das klingt aber nicht so«, sagte Lucy. Ihre Stimme klang sanft. »Ihr könnt uns vertrauen.«

Konnten wir das wirklich? Wieso hatten sie dann das Unmögliche geschafft und uns hier abgepasst?

Ich sah den Schatten nur aus den Augenwinkeln.

»Pass auf!«, brüllte ich, da war Millhouse auch schon heran. Gideon wirbelte im letzten Moment herum, als der bullige Butler zum Schlag ausholte.

»Millhouse, nein!« Das war Pauls Stimme von der Treppe.

»Lauf!«, schrie Gideon und im Bruchteil einer Sekunde traf ich meine Entscheidung.

Ich rannte los, so schnell mir das in den Knopfstiefelchen möglich war. Bei jedem Schritt wartete ich auf das Geräusch eines Schusses.

»Sprich mit Großvater«, rief Lucy hinter mir her. »Frag ihn nach dem grünen Reiter!«

Erst an der nächsten Ecke holte Gideon mich wieder ein. »Danke«, keuchte er und steckte die Pistole wieder ein. »Wenn ich die verloren hätte, wäre es knapp geworden. Hier entlang.«

Ich sah mich um. »Werden wir verfolgt?«

»Ich glaube nicht«, sagte Gideon. »Aber für den Fall, dass doch, sollten wir uns beeilen.«

»Wo ist dieser Millhouse denn auf einmal hergekommen? Ich hatte die Treppe die ganze Zeit im Auge.«

»Wahrscheinlich gibt es noch eine andere Treppe im Haus. Ich habe auch nicht daran gedacht.«

»Wo ist der Wächter mit der Droschke hin? Er sollte doch auf uns warten.«

»Was weiß ich!« Gideon war außer Atem. Die Leute auf den Bürgersteigen sahen uns befremdet an, als wir vorbeirannten, aber das war ich ja schon gewohnt.

»Wer ist der grüne Reiter?«

»Ich habe keine Ahnung«, sagte Gideon.

Allmählich bekam ich Seitenstechen. Lange würde ich das Tempo nicht mehr durchhalten können. Gideon bog in eine schmalere Seitenstraße ab und blieb schließlich vor dem Portal einer Kirche stehen.

Holy Trinity las ich auf einem Schild.

»Was machen wir hier?«, keuchte ich.

»Wir beichten«, sagte Gideon. Er sah sich um, bevor er die schwere Tür öffnete, dann schob er mich ins dämmrige Innere und schloss die Tür wieder.

Sofort umfing uns nichts als Ruhe, der Geruch von Weihrauch und diese feierliche Stimmung, die einen sofort befällt, wenn man eine Kirche betritt.

Es war eine hübsche Kirche mit bunten Glasmosaikfenstern, hellen Sandsteinmauern und Opferständen, auf denen Teelichter still vor sich hin flackerten, jedes einzelne ein Gebet oder ein guter Wunsch.

Gideon dirigierte mich durch das Seitenschiff zu einem alten Beichtstuhl, zog den Vorhang beiseite und zeigte auf den Platz in der kleinen Kabine.

»Das ist doch jetzt nicht dein Ernst?«, flüsterte ich.

»Doch, ist es. Ich setze mich auf die andere Seite und dann warten wir, bis wir zurückspringen.«

Perplex ließ ich mich auf den Sitz fallen. Gideon zog den Vorhang vor meiner Nase zu. Einen Augenblick später wurde das vergitterte kleine Guckfenster zum Nachbarsitz aufgeschoben. »Gemütlich?«

Allmählich kam ich wieder zu Atem und meine Augen gewöhnten sich an das Dämmerlicht.

Gideon sah mich mit gespieltem Ernst an. »Nun, meine Tochter! Lass uns dem Herrn für sein schützendes Haus danken.«

Ich starrte ihn an. Wie konnte er jetzt so gelöst, ja beinahe übermütig sein? Gerade eben noch hatte er unter großer Anspannung gestanden, liebe Güte, er hatte meiner Cousine eine Pistole an den Kopf gehalten! Das konnte ihn doch unmöglich kaltgelassen haben.

»Wie kannst du schon wieder Witze machen?«

Plötzlich sah er verlegen aus. Er zuckte mit den Achseln. »Fällt dir was Besseres ein?«

»Ja! Wir könnten uns zum Beispiel einen Reim daraus machen, was da eben gerade passiert ist! Warum sagen Lucy und Paul, dass jemand dein Gehirn gewaschen hat?«

»Woher soll ich das denn wissen?« Er fuhr sich durch die Haare und ich sah, dass seine Hand ganz leicht zitterte. Also doch nicht so cool, wie er tat. »Sie wollen dich verunsichern. Und mich auch.«

»Lucy hat gesagt, ich soll meinen Großvater fragen. Sie weiß wohl nicht, dass er tot ist.« Ich dachte an Lucys mit Tränen gefüllte Augen. »Die Arme. Das muss furchtbar sein, seine ganze Familie in der Zukunft nie wiedersehen zu können.«

Gideon sagte nichts. Eine Weile schwiegen wir. Ich sah durch einen Spalt im Vorhang hinaus in den Altarraum. Ein kleiner Wasserspeier, vielleicht kniehoch, mit spitzen Ohren und einem komischen Eidechsenschwanz, kam aus dem Schatten einer Säule gehüpft und sah zu uns hinüber. Ich guckte schnell weg. Wenn er merkte, dass ich ihn sehen konnte, wurde er bestimmt lästig. Wasserspeier-Geister konnten sehr aufdringlich sein, das wusste ich aus Erfahrung.

»Bist du sicher, dass du dem Grafen von Saint Germain vertrauen kannst?«, fragte ich, während der Wasserspeier näher hopste.

Gideon holte tief Luft. »Er ist ein Genie. Er hat Dinge entdeckt, die kein Mensch vor ihm . . . ja, ich vertraue ihm. Was auch immer Lucy und Paul denken – sie liegen falsch.« Er seufzte. »Jedenfalls war ich mir da bis vor Kurzem noch vollkommen sicher. Alles schien so logisch zu sein.«

Der kleine Wasserspeier fand uns offenbar langweilig. Er kletterte an einer Säule in die Höhe und verschwand auf der Orgelempore.

»Und jetzt ist es das nicht mehr?«

»Ich weiß nur, dass ich alles im Griff hatte, bevor du aufgetaucht bist!«, sagte Gideon.

»Machst du mich etwa dafür verantwortlich, dass das erste Mal in deinem Leben nicht alle nach deiner Pfeife tanzen?« Ich zog meine Augenbrauen in die Höhe, ganz so, wie ich es von ihm abgeschaut hatte. Das war wirklich ein cooles Gefühl! Fast hätte ich gegrinst, so stolz war ich auf mich.

»Nein!« Er schüttelte den Kopf und stöhnte auf. »Gwendolyn! Warum ist eigentlich alles so viel komplizierter mit dir als mit Charlotte?« Er beugte sich vor und etwas lag in seinem Blick, das ich noch nie gesehen hatte.

»Ach. Habt ihr darüber heute auf dem Schulhof geredet?«, fragte ich beleidigt.

Mist. Jetzt hatte ich ihm eine Steilvorlage geliefert. Anfängerfehler!

»Eifersüchtig?«, fragte er prompt und grinste breit.

»Gar nicht!«

»Charlotte hat immer getan, was ich gesagt habe. Du machst das nicht. Was echt anstrengend ist. Aber irgendwie auch ganz lustig. Und süß.« Diesmal brachte mich nicht nur sein Blick aus der Fassung.

Verlegen strich ich mir eine Haarsträhne aus dem Gesicht. Meine doofe Frisur hatte sich bei unserem Dauerlauf vollständig aufgelöst, die Haarnadeln hatten wahrscheinlich eine Spur vom Eaton Place bis vor die Kirchentür hinterlassen.

»Warum gehen wir nicht zurück nach Temple?«

»Ist doch gemütlich hier. Wenn wir zurückkommen, geht wieder eine dieser endlosen Diskussionen los. Und ehrlich gesagt kann ich auch mal darauf verzichten, mich von Onkel Falk herumkommandieren zu lassen.«

Ha! Jetzt war ich wieder am Zug. »Kein gutes Gefühl, oder?«

Er schüttelte den Kopf. »Nein. Eigentlich nicht.«

Draußen aus dem Kirchenschiff drang ein Geräusch. Ich fuhr zusammen und spähte wieder durch den Vorhang. Nur eine alte Frau, die vor einem Opferstock eine Kerze anzündete. »Was, wenn wir gleich zurückspringen? Ich will nicht auf dem Schoß von einem ... ähm ... Kommunionkind landen ... Und ich könnte mir vorstellen, der Pfarrer ist auch nicht gerade begeistert.«

»Keine Sorge.« Gideon lachte leise. »In unserer Zeit ist dieser Beichtstuhl niemals besetzt. Er ist sozusagen für uns reserviert. Pastor Jakobs nennt ihn den *Fahrstuhl zur Unterwelt*. Er ist natürlich Mitglied bei den Wächtern.«

»Wie lange dauert es denn noch bis zu unserem Sprung?«

Gideon sah auf seine Uhr. »Wir haben noch Zeit.«

»Dann sollten wir die auch sinnvoll nutzen.« Ich kicherte. »Wolltest du nicht deine Beichte ablegen, mein Sohn?« Das war mir einfach so herausgerutscht und im gleichen Moment wurde mir endgültig klar, was hier lief.

Ich saß mit Mr-Gideon-formerly-known-as-Kotzbrocken in einem Beichtstuhl um die vorletzte Jahrhundertwende und flirtete, was das Zeug hielt! Himmel! Warum hatte Leslie mir dafür keinen Ordner voll Anweisungen zusammengestellt?

»Nur wenn du mir auch deine Sünden verrätst.«

»Das hättest du wohl gerne.« Ich beeilte mich, das Thema zu wechseln. Das hier war definitiv zu glattes Eis. »Du hattest übrigens recht mit der Falle. Aber wie konnten Lucy und Paul wissen, dass wir ausgerechnet heute da sein würden?«

»Ich hab nicht den blassesten Schimmer«, sagte Gideon und lehnte sich plötzlich so weit zu mir hinüber, dass unsere Nasen nur noch wenige Zentimeter voneinander entfernt waren. Im Dämmerlicht wirkten seine Augen ganz dunkel. »Aber vielleicht weißt *du* es.«

Ich blinzelte irritiert (gleich zweifach irritiert: zum einen durch die Frage, aber beinahe noch mehr durch die plötzliche Nähe zu ihm). »Ich?«

»Du könntest diejenige gewesen sein, die Lucy und Paul unseren Treffpunkt verraten hat.«

»Was?« Ich schaute sicher kolossal dämlich drein. »So ein Blödsinn! Wann sollte ich denn das getan haben? Ich weiß ja noch nicht mal, wo der Chronograf sich überhaupt befindet. Und ich würde doch niemals zulassen, dass . . .« Ich brach ab, bevor ich mich noch verplapperte.

»Gwendolyn, du hast keine Ahnung, was du in der Zukunft alles tun wirst.«

Das musste ich erst mal verdauen.

»Genauso gut könntest du es selber gewesen sein«, sagte ich dann.

»Stimmt auch wieder.« Gideon zog sich wieder auf seine Seite vom Beichtstuhl zurück und im Dämmerlicht sah ich seine Zähne weiß aufblitzen. Er lächelte. »Ich glaube, das wird ziemlich spannend mit uns in der nächsten Zeit.«

Der Satz verursachte ein warmes Kribbeln in meinem Magen. Die Aussicht auf künftige Abenteuer hätte mich vermutlich ängstigen müssen, aber in diesem Augenblick erfüllte sie mich mit nichts als einem wilden Glücksgefühl.

Ja, das *würde* spannend werden.

Eine Weile schwiegen wir. Dann sagte Gideon: »Neulich in der Kutsche, als wir über die Magie des Raben gesprochen haben – erinnerst du dich daran?«

Natürlich erinnerte ich mich daran. An jedes einzelne Wort.

»Du hast gesagt, dass ich diese Magie nicht haben könnte, weil ich nur ein ganz gewöhnliches Mädchen sei. Ein Mädchen, wie du sie haufenweise kennst. Die immer nur in Gruppen aufs Klo gehen und über Lisa lästern, die . . .«

Eine Hand legte sich auf meine Lippen. »Ich weiß, was ich gesagt habe.« Gideon hatte sich von seiner Seite der Kabine weit zu mir hinübergebeugt. »Und es tut mir leid.«

Was? Ich saß da wie vom Donner gerührt, unfähig mich zu bewegen oder auch nur zu atmen. Seine Finger berührten vorsichtig meine Lippen, streichelten mein Kinn und tasteten sich die Wange hinauf bis an meine Schläfe.

»Du bist nicht gewöhnlich, Gwendolyn«, flüsterte er, während er anfing, mir durchs Haar zu streichen. »Du bist ganz und gar ungewöhnlich. Du brauchst keine Magie des Raben, um für mich etwas Besonderes zu sein.« Sein Gesicht kam noch näher. Als seine Lippen meinen Mund berührten, musste ich die Augen schließen.

Okay. Ich würde dann jetzt mal in Ohnmacht fallen.

Aus den Annalen der Wächter

24. Juni 1912

Sonnenschein, 23 Grad im Schatten.
Lady Tilney erscheint pünktlich um neun Uhr zum
Elapsieren.
Der Verkehr in der City wird durch einen Protestmarsch
verrückt gewordener Weiber behindert, die das Wahlrecht
für Frauen fordern. Eher werden wir Kolonien auf dem
Mond gründen, als dass das passiert.
Ansonsten keine besonderen Vorkommnisse.

Bericht: Frank Mine, Innerer Kreis

Epilog

Hyde Park, London

24. Juni 1912

»Diese Sonnenschirme sind wirklich praktisch«, sagte sie und ließ ihren im Kreis wirbeln. »Ich verstehe nicht, warum sie abgeschafft wurden.«

»Möglicherweise, weil es hier pausenlos regnet?« Er grinste sie von der Seite an. »Aber ich finde die Dinger auch sehr niedlich. Und weiße Spitzensommerkleider stehen dir ganz großartig. Allmählich gewöhne ich mich auch an die langen Röcke. Es ist immer so ein schöner Augenblick, wenn du sie wieder ausziehst.«

»Ich werde mich aber niemals daran gewöhnen, keine Hosen mehr zu tragen«, jammerte sie. »Ich vermisse meine Jeans täglich sehr schmerzlich.«

Er wusste genau, dass es nicht die Jeans waren, die sie schmerzlich vermisste, aber er hütete sich, das zu sagen. Eine Weile schwiegen sie.

Der Park wirkte so wunderbar friedlich in der Sommersonne, die Stadt, die sich dahinter ausbreitete, schien wie für die Ewigkeit gebaut. Er dachte darüber nach, dass in zwei Jahren der Erste Weltkrieg beginnen würde und deutsche Zeppeline Bomben über London abwerfen würden. Vielleicht müssten sie sich dann für einige Zeit aufs Land zurückziehen.

»Sie sieht genauso aus wie du«, sagte sie plötzlich.

Er wusste sofort, von wem sie redete. »Nein, sie sieht aus wie du, Prinzessin! Nur die Haare hat sie von mir.«

»Und diese Art, den Kopf schief zu legen, wenn sie über etwas nachdenkt.«

»Sie ist wunderschön, oder?«

Sie nickte. »Komisch ist das schon. Vor zwei Monaten haben wir sie als Neugeborenes im Arm gehalten und jetzt ist sie schon sechzehn Jahre alt und einen halben Kopf größer als ich. Und nur noch zwei Jahre jünger.«

»Ja, das ist verrückt.«

»Aber ich bin irgendwie auch wahnsinnig erleichtert, dass es ihr gut geht. Nur Nicolas ... Warum musste er so früh sterben.«

»Leukämie. Das hätte ich niemals gedacht. Armes Mädchen, so früh den Vater zu verlieren.« Er räusperte sich. »Ich hoffe, sie hält sich von diesem Jungen fern. Meinem ... ähm, Neffen oder was immer er ist. Diese Verwandtschaftsverhältnisse blickt doch keiner.«

»So schwer ist das doch nicht: Dein Urgroßvater und sein Ururgroßvater waren Zwillingsbrüder. Also ist dein Urgroßvater gleichzeitig sein Urururgroßvater.« Als sie seinen verständnislosen Blick sah, lachte sie. »Ich mal es dir mal auf.«

»Ich sag doch, da blickt keiner durch. Jedenfalls mag ich den Kerl nicht. Hast du gemerkt, wie er sie bevormundet hat? Glücklicherweise hat sie sich nichts von ihm gefallen lassen.«

»Sie ist verliebt in ihn.«

»Ist sie nicht.«

»Doch, ist sie. Sie weiß es nur noch nicht.«

»Und woher willst du es dann wissen?«

»Ach, er ist doch einfach unwiderstehlich. Oh mein Gott, hast du seine Augen gesehen? Grün wie bei einem Tiger. Ich glaube, ich hatte auch ein bisschen weiche Knie, als er mich so zornig angefunkelt hat.«

»Was? Das ist doch bitte nicht dein Ernst! Seit wann magst du grüne Augen?«

Sie lachte. »Keine Sorge. Deine Augen sind immer noch die schönsten. Jedenfalls für mich. Aber ich denke, *sie* mag grüne lieber . . .«

»Nie im Leben ist sie in diesen arroganten Kerl verliebt.«

»Doch, ist sie. Und er ist genau wie du früher.«

»Wie bitte? Dieser . . .! Der ist kein bisschen wie ich. *Ich* habe dich nie herumkommandiert, niemals!«

Sie grinste. »Hast du wohl«

»Aber nur, wenn es nötig war.« Er schob sich den Hut in den Nacken. »Er soll sie bloß in Ruhe lassen.«

»Du bist ja eifersüchtig.«

»Ja«, gab er zu. »Ist das nicht normal? Wenn ich ihn das nächste Mal sehe, werde ich ihm sagen, dass er seine Pfoten von ihr lassen soll!«

»Ich denke, wir werden den beiden in nächster Zeit öfter über den Weg laufen«, sagte sie und jetzt lächelte sie nicht mehr. »Und ich denke, du kannst schon mal anfangen, deine Degenfechtkünste zu trainieren. Da kommt noch einiges auf uns zu.«

Er warf seinen Spazierstock in die Luft und fing ihn geschickt wieder auf. »Ich bin bereit. Und du, Prinzessin?«

»Bereit, wenn du es bist.«

Rubinrot ist der erste Teil einer Trilogie. Der zweite Band *Saphirblau* erscheint voraussichtlich im Herbst 2009/Frühjahr 2010.

Verzeichnis der wichtigsten Personen

In der Gegenwart:

Bei den Montroses:

Gwendolyn Shepherd geht in die zehnte Klasse und stellt eines Tages fest, dass sie in der Zeit reisen kann.

Grace Shepherd, Gwendolyns Mutter

Nick und Caroline Shepherd, Gwendolyns jüngere Geschwister

Charlotte Montrose, Gwendolyns Cousine

Glenda Montrose, Charlottes Mutter, Grace' ältere Schwester

Lady Arista Montrose, Gwendolyns und Charlottes Großmutter, Grace' und Glendas Mutter

Madeleine (Maddy) Montrose, Gwendolyns Großtante, die Schwester des verstorbenen Lord Montrose

Mr Bernhard, Hausangestellter bei den Montroses

In der Saint Lennox High School:

Leslie Hay, Gwendolyns beste Freundin

James August Peregrin Pimplebottom, das Schulgespenst

Cynthia Dale, Mitschülerin

Gordon Gelderman, Mitschüler

Mr Whitman, Lehrer für Englisch und Geschichte

Im Hauptquartier der Wächter in Temple:

Gideon de Villiers, kann wie Gwendolyn in der Zeit reisen

Falk de Villiers, sein Onkel zweiten Grades, Großmeister der Loge des Grafen von Saint Germain, der sogenannten *Wächter*

Thomas George, Mitglied der Loge im Inneren Kreis

Dr. Jake White, Arzt und Mitglied der Loge im Inneren Kreis

Mrs Jenkins, Sekretärin bei den Wächtern

Madame Rossini, Schneiderin bei den Wächtern

In der Vergangenheit:

Der Graf von Saint Germain, Zeitreisender und Gründer der Wächter

Miro Rakoczy, sein Seelenbruder und Freund, auch bekannt als *der schwarze Leopard*

Lord Brompton, Bekannter und Förderer des Grafen

Margret Tilney, Zeitreisende, Gwendolyns Ururgroßmutter, Großmutter von Lady Arista

Paul de Villiers, Zeitreisender, jüngerer Bruder von Falk de Villiers

Lucy Montrose, Zeitreisende, Nichte von Grace, Tochter von Grace' und Glendas älterem Bruder Harry

Kerstin Gier

Jungs sind wie Kaugummi –
süß und leicht um den Finger zu wickeln

Sissi ist dreizehn, ziemlich frech, gnadenlos schlecht in Mathe – und unsterblich verliebt! Doch leider hat Konstantin, ihr Traumprinz, nur Augen für ältere Mädchen mit „Erfahrung". Zu dumm, denn was das Küssen angeht, da kann Sissi einfach noch nicht mitreden. Also setzt sie Himmel und Erde und ihren Sandkastenfreund Jacob in Bewegung, um sich a tempo gefühlsechte Informationen zum Thema zu beschaffen ...

Arena

200 Seiten. Klappenbroschur.
ISBN 978-3-401-06093-4
www.arena-verlag.de

Kerstin Gier

Saphirblau -
Liebe geht durch alle Zeiten

Frisch verliebt in die Vergangenheit, das ist keine gute Idee. Das zumindest findet Gwendolyn, 16 Jahre alt, frisch gebackene Zeitreisende. Schließlich haben sie und Gideon ganz andere Probleme. Zum Beispiel die Welt zu retten. Oder Menuett tanzen zu lernen. (Beides nicht wirklich einfach!) Als Gideon dann auch noch anfängt, sich völlig rätselhaft zu benehmen, wird Gwendolyn klar, dass sie schleunigst ihre Hormone in den Griff bekommen muss. Denn sonst wird das nichts mit der Liebe zwischen allen Zeiten!

Arena

400 Seiten. Gebunden.
ISBN 978-3-401-06347-8
www.arena-verlag.de

Eva Völler

Wenn Mädchen die Sonne sind, sind Jungs das Eis

Jule hat eine Reise für zwei Personen in die Karibik gewonnen. Der Traumurlaub kommt wie gerufen – nur leider hat ihr Freund keine Lust auf den Trip. Stattdessen springt der völlig chaotische Jo als Reisebegleitung ein. Doch Jule beschließt ihren Aufenthalt auf Jamaika zu genießen – und zwar ohne Jungs! Allerdings hat sie dabei nicht mit dem unverschämt gut aussehenden David gerechnet.

312 Seiten. Klappenbroschur.
ISBN 978-3-401-06357-7
www.arena-verlag.de

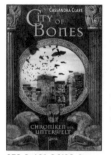